登高壯觀天地間

程郁缀——著

古典诗歌与人文精神十五讲

東方出版中心

图书在版编目（CIP）数据

登高壮观天地间：古典诗歌与人文精神十五讲 / 程郁缀著. —上海：东方出版中心, 2021.1
ISBN 978-7-5473-1613-9

Ⅰ. ①登… Ⅱ. ①程… Ⅲ. ①古典诗歌－诗歌研究－中国 Ⅳ. ①I207.22

中国版本图书馆CIP数据核字（2020）第265486号

登高壮观天地间：古典诗歌与人文精神十五讲

著　　者　程郁缀
责任编辑　冯　媛
装帧设计　钟　颖

出版发行　东方出版中心
地　　址　上海市仙霞路345号
邮政编码　200336
电　　话　021-62417400
印 刷 者　上海盛通时代印刷有限公司

开　　本　890mm×1240mm　1/32
印　　张　11.5
字　　数　156千字
版　　次　2021年1月第1版
印　　次　2021年1月第1次印刷
定　　价　58.00元

前言

主书名《登高壮观天地间》，用的是唐代诗仙李白的一句诗。李白于唐肃宗上元元年（760），虚岁 60 岁游庐山时，创作了一首名篇《庐山谣寄卢侍御虚舟》。其中诗人以如椽大笔，饱蘸浓墨重彩，描写登上庐山高峰远眺大江东去的雄伟气势，曰：“登高壮观天地间，大江茫茫去不还。黄云万里动风色，白波九道流雪山。”我们借用李白的诗意，想表达的正是通过大力弘扬优秀古典诗歌中所体现的那些具有崇高境界和高尚情怀的诗歌，以期高远人们的眼界，拓阔人们的心胸，净化人们的心灵，提升人们的人文精神。

“境界”一词，《汉语大词典》的释义中，有一项谓指事物所达到的程度或表现的情况。一般认为，境界既是人的思想觉悟和精神修养，也是一种自我修持的能力，即修为，人生感悟。说一个人的思想境界如何，实际上指的是这个人的思想觉悟和精神修养的水平所达到的程度或高度如何。中国哲学大师冯友兰先生在《人生的境界》一文中说：“一个人做各种事，有各种意义，各种意义合成一个整体，就构成他的人生境界。”冯先生将人生境界由低到高分成四种，即：自然境界，功利境界，道德境界，天地境界。在自然境界中，“一个人做事，可能只是顺着他的本能或其他社会的风俗习惯”；其行为是“顺才顺习”。功利境界中的人，“他可以做些事，其后果有利于他人，其动机则是利己的”；其行为是“为利”，“为利”即是“为我”，目的在“占有”，重在“取”。道德境界中的人，“他所做的都是符合严格的道德意义的道德行为”；其行为是“行义”，“行义”即是“为公”，“为公”即是“利他”，目的在“贡献”，重在“与”。天地境界中的人，“他就为宇宙的利益而做各种事，他了解他所做的事的意义，自觉他正在做他所做的事”；其行为是“事天”。“生活于道德境界的人是贤人，生活于天地境界的人是圣人。”

如果按照冯先生的这四种境界说，我们这里所弘扬和称颂的“大境界”，大体属于第三种境界，即求社会的利的“行义”境界、“利他”境界、奉献境界。这种“大境界”，乃是不为自己求利，而为他人求利、为社会求利、为普天下黎民百姓求利的崇高境界。这与共产党人所提倡的造福全人类、人类命运共同体的理念，在本质上是完全一致的。

此外，在这种“大境界”中，还包括有：“亦余心之所善兮，虽九死其犹未悔”的认准美好目标而上下求索、百折不挠的精神境界；“民生各有所乐兮，余独好修以为常”的怀瑾握瑜、一尘不染、光风霁月的人生境界；“我岂能为五斗米折腰向乡里小儿”的傲骨嶙峋、特立独行、风骨铮铮的精神境界；包孕宇宙、吞吐日月的壮阔浩瀚、宏大高远的海纳百川的精神境界；以及像诗仙李白那样“大鹏一日同风起，抟摇直上九万里”的豪放飘逸的大境界。

“情怀”一词，原本是指人含有某种情感的心境或心情，犹胸怀。“情怀”是一个中性词，情怀可以是高尚的，也可能是平庸的，甚至还可能是恶劣的。因此，当情怀做主语时，前面必须加定语予以界定。我们这里所说的“大情怀”，则是指正面的、高尚的情怀，诸如：“苟利国家生死以”“愿得此身长报国”的爱国情怀；“鸟飞返故乡兮，狐死必首丘”的热爱故土情怀；“穷年忧黎元，叹息肠内热”的关爱黎民百姓情怀；“谁知盘中餐，粒粒皆辛苦”的悯农忧苦情怀；“谁言寸草心，报得三春晖”的孝敬慈母情怀；“海内存知己，天涯若比邻”的重视友情情怀；以及像诗圣杜甫那样“吾庐独破受冻死亦足”的伟大的利他主义大情怀。

人们的主观愿望和期待，往往是很高的、很美好的，甚至是充满理想色彩的，但最终的结果如何，就很难预料了。

我是衷心希望这本浅显通俗的小书，在给普通读者，特别是青少年读者讲一点古典诗歌知识的同时，更能激励他们熟读，乃至背诵其中所选的精彩的名篇佳作，从优秀的古典诗歌所蕴涵的人文精神中汲取营养，滋养心灵，砥砺情操，纯洁学养，拓阔眼界，从而提升自己的人文素质和道德情操。但愿浸润在字里行间的这一泓浅浅的清泉，流自我心，淌入彼心，心心相连，息息相通，滋生出生生不息的生命活力。古语曰："日月出矣，而爝火不息；其于光也，不亦难乎。"（《庄子·逍遥游》）这正是我写这篇短短前言时的心境之写照。

目录

第一讲

不学诗，无以言：中国诗歌的伟大开篇

关关雎鸠，在河之洲。窈窕淑女，君子好逑。

参差荇菜，左右流之。窈窕淑女，寤寐求之。

求之不得，寤寐思服。悠哉悠哉，辗转反侧。

参差荇菜，左右采之。窈窕淑女，琴瑟友之。

参差荇菜，左右芼之。窈窕淑女，钟鼓乐之。

中华民族幅员辽阔，物产富饶，历史悠久，文化灿烂。在中华民族灿烂的文化宝库中，诗歌毫无疑问是其中最璀璨的一串明珠！

中国是一个诗的国度！中国的诗歌历史悠久，源远流长。关于诗歌的起源和原始歌谣等，就不细叙述了，只是从先秦时期的《诗经》和《楚辞》开始讲起。

本书主要通过对古典诗歌的分析，阐述诗歌中优秀的传统精神和人文情怀，以期对读者，特别是青少年读者的人生修养和品行提升，有一定的启迪和教育意义；而不侧重于对诗歌艺术的分析和欣赏。此外，在诗歌发展的历史时段上，本书只是从先秦的《诗经》《楚辞》开始，经汉魏六朝诗歌，一直讲到中国诗歌的高峰——唐代诗歌为止；至于宋代的优秀诗词，以及之后元明清的大量诗词，本书就不作专门讲述了。

先秦时期的《诗经》与《楚辞》，犹如两条大河灌溉着后世文学的田园。中国文学中的诗词、散文、辞赋、小说、戏剧等，无不受到这两条大河的灌溉。我们先从时代、地域和作者等方面，将《诗经》和《楚辞》比较分析一下，再讲一下《诗经》的内容。至于《楚辞》作者屈原及其作品中的人文精神等内容，放到下一讲分析。

《诗经》与《楚辞》产生的时代和地域

《诗经》和《楚辞》，是中华民族第一个历史时期的文学成果。这第一个历史时期，即：夏（约公元前 2070—公元前 1600）、商（公元前 1600—公元前 1046）、周。周分西周（公元前 1046—公元前 771）和东周，东周又分春秋（公元前 770—公元前 476）和战国（公元前 475—公元前 221）。战国有齐、楚、燕、韩、赵、魏、秦，最后秦（公元前 221—公元前 207）并六国，统一天下。这就是中华民族文明史的伟大开篇，每一个炎黄子孙，都要记住这个伟大的开篇。

《诗经》是我国第一部诗歌总集。所收诗歌，是从西周初年到春秋中期这500年左右所产生的诗歌。以前有一种观点，说《诗经》是孔子整理完成的，这不太可能。孔子是一位伟大的思想家、教育家，他不仅属于中华民族，他的思想和智慧也属于全人类！孔子的生卒年是公元前551年至公元前479年。要像记住自己父母的生日一样记住孔子的生卒年。

之所以说孔子整理完成《诗经》的说法不太可能，是因为根据左丘明《左传》中《季札观周乐》记载，在鲁襄公二十九年（公元前544年），吴国公子季札（史有“季札挂剑”故事）去鲁国访问时所观的周乐中，“诗”的总体面貌就已经与今天留存的《诗经》大体上相仿。而公元前544年，孔子才七八岁，是不可能整理《诗经》的。

但是孔子非常推崇《诗经》是毫无疑问的。《论语》中，子曰：“不学诗，无以言。”（《论语·季氏》）子曰：“诗三百，一言以蔽之：思无邪。”（《论语·为政》）子曰：“诗可兴，可以观，可以群，可以怨。”（《论语·阳货》）兴、观、群、怨，这是古代最早的诗歌思想。要知道，先秦时期文献中的“诗”，就是我们今天说的“诗经”；到了汉代“罢黜百家，独尊儒术”时，才将这305篇“诗”抬高到“经”，即“经典”的高度；之后便一直称为《诗经》，并居于“诗、（尚）

书、礼（记）、（周）易、春秋（孔子撰写的第一部历史著作）”的“五经”之首。

而《楚辞》则以屈原为主要作家。屈原（约公元前340—公元前278），请大家记住公元前300年前后这个处于战国中期的历史坐标，记住这是我国古代思想史上一个群星灿烂的时代。战国时期百家争鸣，处士横议，与春秋一起，成为我国古代思想成果最辉煌的时代。中华民族的主要思想，都是在春秋战国时期形成的，除了后来的佛教是外来的，其他都是在这个时期奠定基础的。与屈原同样生在公元前300年之前、去世在公元前300年之后的，还有儒学亚圣孟子（公元前372—公元前289），思想家、政治家荀子（公元前313—公元前238），哲学家庄子（约公元前369—约公元前289）。庄子是中国哲学史上，能够和苏格拉底（约公元前469—公元前399）相媲美的伟大哲学家，比苏格拉底晚100年。可见，这是一个大家辈出、英才荟萃的时代。

《诗经》和《楚辞》，是中国古典诗歌最早的两座高峰。这两座高峰，从大约公元前600年，到大约公元前300年，之间相隔300年左右。这300年，在中国诗歌发展史上，是两个高峰之间的一个低谷；而这300年，恰好是中国散文发展史上的第一个高峰：先秦散文——包括先秦历史散文与先秦诸子散文。

从诗歌产生的地域方面来比较，《诗经》是黄河流域中原文化的结晶，而《楚辞》则是长江流域南方文化的结晶。《诗经》一共有305篇，包括风、雅、颂，文学方面最有成就的是“风”，即《国风》。这个“国”是什么？是当时的诸侯国，一共15个，主要分布在黄河流域。而产生《楚辞》的楚地，则主要包括今天湖南、湖北、安徽南部等地，均处于长江流域。

我们中华民族有960万平方千米的土地，面积世界第三（第一是俄罗斯，第二是加拿大）。中国地势总的特点是北方比较高，比较干旱，山西、内蒙古、宁夏、陕西等地比较高；而南方比较低，两湖、两广、江浙等地是泽国水乡。另外，更加明显的特点是西高东低，西边有巍巍的“世界屋脊”喜马拉雅山，上面有世界上最高的山峰珠穆朗玛峰。以前都说珠穆朗玛峰高8 848米，2005年我们国家又用先进的科学仪器测量，公布的结果是8 844.43米。珠穆朗玛峰下是喜马拉雅山脉，再下来是青藏高原。青藏高原往东是黄土高原，然后是江浙平原，再往东就是蔚蓝色的海洋了。所以，有人说我们中华民族是封闭的黄土文化，至少是不科学的。

我们中华民族从来不拒绝外来文明，并且把我们的文明，通过陆上的丝绸之路和海上的丝绸之路（郑和下西洋），送向世界各地。可以自豪地说，中华民族像一个伟岸的英雄，厚实的臂膀紧紧地倚靠着“世界屋脊”。

中国地势的总体特点是西高东低，这决定了中华大地上的主要河流，从古以来都是从西向东流。汉代有一首古诗《长歌行》写道：“青青园中葵，朝露待日晞。阳春布德泽，万物生光辉。常恐秋节至，焜黄华叶衰。百川东到海，何时复西归？少壮不努力，老大徒伤悲。”春天来了，万物生机勃勃；到了秋天，整个草木凋零：春荣而秋枯，这种新陈代谢是不可抗拒的客观规律。接下来说少壮时如果不努力的话，那就难免要“老大徒伤悲”了。

“百川东到海，何时复西归？”川，就是河流，百川是空间上的河流，都是从西向东流；“少壮不努力，老大徒伤悲”，这是时间上的河流。我们说人生也是一条河流，这条河流是一维的、单向的，一刻也不会停息，不会拐弯，更不会倒着流，而是一直向前流去。所以我们应该珍爱生命，珍惜光阴，要记住陶渊明说的：“盛年不重来，一日难再晨。及时当勉励，岁月不待人。”（《杂诗十二首》其一）人生就是要时时刻刻努力奋斗，进取不息。

《诗经》是黄河流域中原文化的结晶。黄河是中华民族的母亲河，是中华文明赖以生存和发展的宝贵资源。它从青藏高原巴颜喀拉山发源，流经宁夏、内蒙古、陕西、山西、河南、山东等 9 个省，最终流入大海。黄河全长 5 464 千米，长江全长 6 397 千米，长江比黄河长 933 千米。

黄河现在每年还在增长。黄河的入海口在哪里？就在今天的山东省东营市。东营市领导 2011 年夏天请我去给他们干部班讲课，讲完他们很高兴，陪同我到黄河入海口看看。到了那里，他们对我讲：东营市每年新长出土地 10 000 多亩。我听了由衷地高兴，曾口占一绝道："黄河入海我同行，新田万亩草连云。从此不怨水土失，失之西域补东营。"

《诗经》共 305 篇，分风、雅、颂三个部分。风，指《国风》，共 160 篇。雅，分大小雅，《小雅》近风，《大雅》近颂，共 105 篇。颂，包括《周颂》《鲁颂》《商颂》，共 40 篇。《诗经》以民歌为主，基本上是集体歌唱的产物，具体作者是谁，已经没办法考证了；个别说某篇作者是谁，也缺乏确证，多不可信。而《楚辞》，则毫无疑问是屈原个人独立歌唱的。中国的诗歌，从《诗经》到《楚辞》，从集体歌唱到个人独立歌唱，在中国诗歌发展史上是一个伟大的飞跃。屈原是中国诗歌史上第一位留下姓名的伟大诗人，这第一把交椅，是谁也无法跟他争的。

歌咏爱情的《关雎》

我们说《诗经》以民歌为主，任何时代的民歌在题材内容方面，无非是两个，即反映人以内的主观世界方面的诗歌，和反映人以外的客观世界方面的诗歌。我们先讲反映人以内的主观世界方面的诗歌，这在民歌中主要是男女爱情的歌唱。

打开《诗经》，第一篇便是《周南·关雎》。诗曰：

关关雎鸠，在河之洲。窈窕淑女，君子好逑。
参差荇菜，左右流之。窈窕淑女，寤寐求之。
求之不得，寤寐思服。悠哉悠哉，辗转反侧。
参差荇菜，左右采之。窈窕淑女，琴瑟友之。
参差荇菜，左右芼之。窈窕淑女，钟鼓乐之。

开头四句是第一章，比兼兴起。雎鸠，一种水鸟，相传雎雄一生只选择一个伴侣，守一而终。所以，在古代诗赋中常用雎鸠跟鸳鸯、凤凰等作为爱情的象征。关关，雎鸠鸣叫的声音。窈窕，美好貌。逑，就是配偶；好逑，就是好配偶、佳偶。“君子好逑”，意思是美丽而又贤淑的女子是君子的好配偶。这是《诗经》的第一篇第一章，真是千古绝唱。只要人类存在，这就是最伟大的诗篇。马克思说人类有两种生产，一种是物质的生产，另一种是人本身的生产。如果没有人本身的生产，我们人类就不能绵绵不绝了，也就没有美好的未来了。而人本身的生产，如果没有甜蜜的、纯洁的、热烈的爱情，那么“生产质量”也许就不那么高了。

接下来八句是第二章，写的是“求之不得”时君子愁思悠长、“辗转反侧”的状态。写君子对那个漂亮而又贤惠的女子的追求是：“参差荇菜，左右流之。窈窕淑女，寤寐求之。”什么叫“寤寐”？寤，睡醒时；寐，睡着时。睡醒和睡着时都在想念和追求她。“求之不得，寤寐思服。悠哉悠哉，辗转反侧。”什么叫“辗转反侧”？就是这位“君子”因为“求之不得”而难以入睡，在床上翻来覆去地“烙饼”。写得多么生动形象！

最后八句是第三章。或认为是描写君子追求成功，已经得到许诺后的愉悦心情，亦可。我以为还可以理解为是君子热烈追求中的想象之词，想象自己有一天与这么好的女子缔结婚约，“琴瑟友之”；进一步想象把“窈窕淑女”迎娶回来举行婚礼时“钟鼓乐之”的情景，即敲锣打鼓地把她迎娶回来。在类似的描写中，充满了对未来的美好憧憬和热情期待。有人认为，把《关雎》放在“三百篇”的第一首，是很有深意的。我也赞同这个观点。因为这首诗所描写和讴歌的，正是我们人类想要生存和发展的最根本、最重要的一件事情。

明人戴君恩《读风臆评》曰：“诗之妙全在翻空见奇。此诗之‘窈窕淑女，君子好逑’便尽了，却翻出未得时一段，写个牢骚忧受的光景。又翻出已得时一段，写个欢乐鼓舞的光景。无非描写‘君子好逑’一句耳，若认作实境，便是梦中说梦。”

又如，《卫风·伯兮》，诗曰：

伯兮朅兮，邦之桀兮。伯也执殳，为王前驱。
自伯之东，首如飞蓬。岂无膏沐？谁适为容！
其雨其雨，杲杲出日。愿言思伯，甘心首疾。
焉得谖草，言树之背。愿言思伯，使我心痗。

女子称自己的丈夫为“伯”。第一章说自己的丈夫高大威武，是邦国的杰出人才。他拿着殳棍等兵器，作为君王的先遣部队，开赴东方打仗去了。第二章说自从丈夫跟着君王到东方打仗之后，自己在家里整天头发像乱飞的蓬草似的。哪里因为是自己没有洗沐用的高级化妆品呢？只是因为打扮好了又能给谁看呢？适（dí），取悦。下面两章写思妇日复一日苦苦相思，以致使得自己头疼（“首疾”）、心疼（“心痗”），痛苦不已。

第二章描写女子独处时的心态，十分生动传神，其表现手法，对后世描写独守空闺女子的愁苦怨情很有影响。“建安七子”之一徐干的《室思》中有句曰：“自君之出矣，明镜暗不治。思君如流水，何有穷已时。”宋代杰出的女词人李清照，在丈夫赵明诚为官外出后所写的一首闺怨词《凤凰台上忆吹箫》中，也这样写道：“香冷金猊，被翻红浪，起来慵自梳头。任宝奁尘满，日上帘钩。”宝奁，就是梳妆匣。任凭梳妆匣上落满了灰尘，也懒得去擦拭一下，因为丈夫不在家自己就不用梳妆打扮，也就用不着“宝奁”了。

再如，《王风·采葛》，诗曰：

彼采葛兮，一日不见，如三月兮！
彼采萧兮，一日不见，如三秋兮！

彼采艾兮，一日不见，如三岁兮！

每一章只变化两个字，但情感却在复沓中步步深入。由如隔三个月，到如隔三秋，就是九个月；再如隔到三岁，即三年，三十六个月。后世凝聚成脍炙人口的熟语，叫作：“一日不见，如隔三秋。”

此外，《秦风·蒹葭》，共三章，诗曰：

蒹葭苍苍，白露为霜。所谓伊人，在水一方。溯洄从之，道阻且长。溯游从之，宛在水中央。

蒹葭凄凄，白露未晞。所谓伊人，在水之湄。溯洄从之，道阻且跻。溯游从之，宛在水中坻。

蒹葭采采，白露未已。所谓伊人，在水之涘。溯洄从之，道阻且右。溯游从之，宛在水中沚。

蒹葭是什么？蒹葭就是河边的芦苇。我们就分析第一章。“蒹葭苍苍，白露为霜，所谓伊人，在水一方。”自己心仪的人，在被河水阻隔的远方。“溯洄从之”，就是顺着河流向上游去追求她，“道阻且长”，道路崎岖而又遥远；“溯游从之”，就是顺着河水向下游去追求她，“宛在水中央”，宛然就在远处的水中央。生动地写出了对美好事物的追求，可望而不可即、可求而不可得这样一种让人激动不已的美好心态。

在事业上有所成功的人士，在回忆自己的奋斗历程时，也许会有这样的体会：当一个美好的目标和理想实现了的时候，固然非常激动，但是这个激动是短暂的，过不了几天就会变得不那么激动，渐渐平静下来。然而，追求美好目标的过程，却是一种永不停歇的骚动。人只有永不停歇地处于激动之中，才能不断地有所进取、有所进步、有所获得。

今人郑振铎先生在《插图本中国文学史》中，赞美这些描写爱情的诗篇时说道："在全部《诗经》中，恋歌可以说是最晶莹的圆珠圭璧……又若蛛网上缀了许多露珠，为朝阳的金光所照射一样。他们的光辉竟照得全部《诗经》都金碧辉煌、光彩炫目起来。""他们乃是民间小儿女的'行歌互答'，他们乃是人间青春期的结晶物。"

反映社会现实的《伐檀》

在《诗经》中，反映外部世界的诗歌，即反映客观现实、国计民生、徭役等社会生活方面的诗歌，其精神主要

是:“饥者歌其食，劳者歌其事。”（东汉何休《春秋公羊传解诂》）

先看《秦风·无衣》三章中的第一章:“岂曰无衣？与子同袍。王于兴师，修我戈矛。与子同仇！”袍，穿在外面的长衣；这里指战袍。这一章的意思是：谁说我没有衣穿？我与你可以同用一件长长的战袍。君王发兵要去打仗，修好我们的武器戈矛，与你同仇敌忾，并肩作战。

再看《魏风·硕鼠》三章中的第一章:“硕鼠硕鼠，无食我黍！三岁贯女，莫我肯顾。逝将去女，适彼乐土。乐土乐土，爰得我所。”贯，“宦”的假借字；臣隶也；此处引申为“事”，侍奉、养活。女，通“汝”，你。爰，乃。所，处所。把不劳而获的统治阶级比作坐享其成的大老鼠，既形象，又生动，更深刻。

下面，我们主要讲一讲《魏风·伐檀》，共三章，诗曰:

> 坎坎伐檀兮，置之河之干兮。河水清且涟猗。不稼不穑，胡取禾三百廛兮？不狩不猎，胡瞻尔庭有县貆兮？彼君子兮，不素餐兮！
>
> 坎坎伐辐兮，置之河之侧兮。河水清且直猗。不稼

不穑，胡取禾三百亿兮？不狩不猎，胡瞻尔庭有县特兮？彼君子兮，不素食兮！

坎坎伐轮兮，置之河之漘兮。河水清且沦猗。不稼不穑，胡取禾三百囷兮？不狩不猎，胡瞻尔庭有县鹑兮？彼君子兮，不素飧兮！

这三章是复沓结构，每一章仅仅改动六个字，基本意思大体相同，只是在程度上有一定的递进和深入。所以我们只分析第一章。

坎坎，伐木的声音。河之干，就是河岸边。稼，就是种植；穑，就是收割。春天不播种、秋天不收割，为什么掠取了那么多的粮食？廛，古同“缠”，束。三百廛，言其多也。你冬天不打猎，为什么家里却挂了那么多的兽皮？岂不是白吃饭吗？不素餐，不白吃饭；这里说的是反话。《孟子·尽心》注疏曰：“无功而食，谓之素餐。”有个成语叫“尸位素餐”，就是指在其位而不干事，白吃饭。讽刺和谴责的都是统治阶级不劳而获。

不劳而获，劳而不获，获而不劳；或者多劳反而少获，多获反而少劳——这是一种不平等、不合理的社会现象。这种不合理的社会现象，几千年来我们的祖先就一直在猛烈地抨击！至今有很多方面是缩小了，但也有那么一些方面是扩大了。在座诸君，在我们生活的城市里，转眼之间耸立起一片片高楼大厦，这每一座高楼大厦上的每一块砖，都是我们农民工用辛勤劳动的汗水搬上去的。无论是寒来暑往，还是雨雪风霜，我们千千万万农民工兄弟，干着最脏的活、最累的活，吃着最普通的饭菜。他们中午不回去，就在工地上吃饭，汤碗就放在地上，一阵风刮过来，风沙刮到汤碗里去了，那汤，你喝不喝？不喝你下午怎么干活？还得喝啊。而他们拿的却是最少的报酬。因此，对中国的农民工，要有足够的尊重！要常怀感恩之心！要学会知恩、感恩、报恩。我以为一个人学会了知恩、感恩、报恩，就意味着这个人的人格开始健全起来。要让我们孩子的人格早日健全起来，要告诉他们：报答父母、报答亲人，是重要的，那是基础；而报答我们的祖国、报答我们的人民，是大报恩，是更重要的，那是升华！

汉代人韩婴在其所作《韩诗外传》卷四中记载，齐桓公问宰相管仲："王者何贵？"对曰"贵天！"齐桓公仰而视天。管仲曰："所谓天，非苍莽之天也。王者以百姓为天。""以百姓为天"，这五个字如洪钟巨响，掷地有声；穿越时空，振聋发聩！我曾经对北大毕业的学生们讲："在未来的人生道路上，要永远记住这五个字！你记住了这五个字，将来就不会横行乡里；你记住了这五个字，就不会鱼肉百姓；记住了这五个字，你就是一个好官！”

老子的《道德经》中，第四十九章的第一句话就是：“圣人无常心，以百姓心为心。”圣人从来就没有自己恒常不变的思想意愿，总是以老百姓的思想意愿为自己的思想意愿，习近平同志几次在讲话中都提到：推进改革开放，就是要坚持“以百姓心为心”。我们今天团结奋斗，同心同德，目的是要建设和谐社会。和谐社会的本质，就是公正、公平。北宋末年农民起义领袖钟相，曾经宣称：“法分贵贱贫富，非善法也。我行法，当等贵贱，均贫富。”“等贵贱”，就是公正；“均贫富”，就是公平。

可见，像《伐檀》这样的诗歌，几千年过去了，至今仍然具有鲜活的生命力，仍然闪射着真理的光芒！眼下，我们党和政府正在进行的脱贫攻坚战役，是一个伟大的战役，具有划时代的意义。2020 年是脱贫攻坚收官之年，能让 14 亿人民全都摆脱贫困的光辉业绩，必将载入中华民族复兴的伟大史册！

第二讲

观其志，虽与日月争光可也：第一位留下姓名的伟大诗人屈原

后皇嘉树，橘徕服兮。受命不迁，生南国兮。

深固难徙，更壹志兮。绿叶素荣，纷其可喜兮。

曾枝剡棘，圆果抟兮。青黄杂糅，文章烂兮。

精色内白，类任道兮。纷缊宜修，姱而不丑兮。

嗟尔幼志，有以异兮。独立不迁，岂不可喜兮？

深固难徙，廓其无求兮。苏世独立，横而不流兮。

闭心自慎，终不过失兮。秉德无私，参天地兮。

愿岁并谢，与长友兮。淑离不淫，梗其有理兮。

年岁虽少，可师长兮。行比伯夷，置以为像兮。

《楚辞》中最重要的作者，就是中国诗歌史上第一个留下姓名的伟大诗人屈原。《楚辞》中，也是中国诗歌史上最伟大的政治抒情诗，就是《离骚》。

其文约、其辞微、其志洁、其行廉的屈原

屈原（约公元前340—公元前278），名平，字原，楚国王室的同姓贵族。楚怀王时曾经担任左徒之职，对内追求美政，重民施德，主张“举贤才而授能兮，循绳墨而不颇”，举贤授能，遵循修明法度，没有偏差；对外极力主张“联齐抗秦”，竭力劝阻楚怀王不要入秦：“秦虎狼之国，不可信，不如毋行。”后来楚怀王听信旧贵族谗言，屈原遂遭放逐，漂泊在湘江流域。最后，当公元前278年楚国郢都被秦军攻破后，他感到楚国大势已去，便怀石投汨罗江自沉，以身

殉国。

《汉书·艺文志》记载屈原诗作品一共有25篇：《离骚》1篇、《九歌》11篇、《九章》9篇、《天问》1篇，另有《远游》《卜居》《渔父》各1篇。前22篇基本上没有问题，后面3篇研究者多认为不是屈原所作。

这22篇中，被郭沫若称为“空前绝后的第一篇奇文”的《天问》，共374句，1 565字；一共提出了172个问题，内容广泛涉及天文、地理、历史、政治、神话、传说等诸多领域，体现了屈原思想的博大深邃，同时，也体现了他具有勇敢的怀疑精神和不屈不挠的探索精神。直到1 100多年后的中唐时期，诗人柳宗元才写出了一篇《天对》，以当时的认识能力回答了《天问》中的问题。

屈原的诗歌中，有一首中国古代诗歌史上最长的、最恢宏瑰丽的、最伟大的政治抒情诗——《离骚》。古典诗歌指什么？指1911年辛亥革命之前的全部诗歌。记住，这是最长的一首诗歌，文学史上一般的东西可以不知道，但如果是我们民族最伟大的东西、第一的东西，您一定得知道，这体现了您的文化素养。《离骚》一共372句，2 480多个字。是饱含血泪的悲愤之歌。震古烁今，千百年来，一直震撼着历代炎黄子孙的心灵，并且深深地影响了中华民族精神的塑造。所以，文学史上历来是风、骚并称。

说句题外话，我们让孩子背唐诗300首，除了背“床前明月光，疑似地上霜。举头望明月，低头思故乡”外，还要让他背《琵琶行》。他说太长了。你说长什么？北大程老师说了，这才88句，616个字；《长恨歌》长，长什么？才120句，840个字，都不长。而《离骚》则2 480多个字，这是中国诗歌史上最长的、最伟大的、最恢宏瑰丽的一首政治抒情诗。所以，我们历来是风、骚并称。

中华民族的汉字和词汇，在它流传的过程中，内涵上有很多的变异。比如“河”，在古代诗词文赋中看到“河”，专指黄河。但今天“河”的内涵大大扩大了，今天的河指河流，河流在古汉语中称“川”。所以有的字词内涵大大地扩大了，有的内涵大大地缩小了，有的大大地变好了，有的则大大地变坏了，像“风骚”就变坏了。实际上，风骚者，文采才华也。你有《诗经》的才华，又有《楚辞》的才华，那还了得啊！毛主席说：“惜秦皇汉武，略输文采；唐宗宋祖，稍逊风骚。”（《沁园春·雪》）

《离骚》前半部分，主要写诗人矢志不渝、高洁自守所遭遇的不公正待遇，以及由此引起的矛盾、纠结和愤懑，重在实写，充满了家国情怀。后半部分则主要是将炽热的情感化为超现实的想象，表现了一个不被理解的苦闷灵魂上天入地的求索精神，主要是虚写，带有强烈的浪漫主义色彩。最后，屈原以死来表达自己的理想："已矣哉！国无人莫我知兮，又何怀乎故都？既莫足与为美政兮，吾将从彭咸之所居。"彭咸，相传为殷周时的贤大夫，劝谏其君而不听，遂自投水而死。屈原表示自己也要追随彭咸而去。最后，他果然这样做了，怀抱着自己的理想和对祖国的爱，追随彭咸投江自沉。

司马迁在《史记·屈原列传》中，极力称赞屈原和《离骚》曰："其文约，其辞微，其志洁，其行廉。其称文小而其指极大，举类迩而见义远。其志洁，故其称物芳；其行廉，故死而不容自疏。濯淖污泥之中，蝉蜕于浊秽，以浮游尘埃之外，不获世之滋垢，皭然泥而不滓者也。推其志也，虽与日月争光可也。"这一评价，极全面，极准确，极到位，诚为不可移易之评价也。

热爱家乡，鸟飞反故乡兮

屈原在《国殇》中，满腔热忱地歌颂为国牺牲的将士们的英雄气概和壮烈精神，称赞他们"诚既勇兮又以武，终刚强兮不可凌。身既死兮神以灵，魂魄毅兮为鬼雄”。在《离骚》《哀郢》等诗歌中，也表达了他对故国、故土的热爱之情。热爱家乡、热爱祖国，这是屈原留给炎黄子孙最伟大的精神遗产！

屈原被流放时，所作哀念故国的《哀郢》中，表达了身被流放、心怀楚国，徘徊而不忍去国的情感。诗的最后说：“鸟飞反故乡兮，狐死必首丘。信非吾罪而弃逐兮，何日夜而忘之。”说鸟儿无论飞到哪里，总是渴望回到自己的故乡。传说狐狸临死的时候，总是把头正对着自己出生和生活过的小山丘。《礼记·檀弓上》：“礼，不忘其本。古人有言曰：狐死正丘首，仁也。”确实不是因我有罪过而遭到放逐，我日日夜夜何尝忘记过故国的郢都啊！

汉代《古诗十九首》的第一首“行行重行行”中有句曰：“胡马依北风，越鸟巢南枝。”意思是，北方的马不管走到哪里，总是依恋从北方吹来的风；因为北方吹来的风，带着家乡的气息，那气息是它从小最熟悉、最难忘、最亲切的气息。南方的鸟儿不管飞到哪里，尤其是飞到北方，总是选择在向南伸展的树枝上筑巢；因为它的家乡在南方，向南的树枝离它的家乡更近一点。鸟者，禽也；马者，兽也；禽兽尚且有故土之恋，何况人乎？！我们人更要热爱自己的故乡、故土、故国。

屈原对家乡、对祖国无限热爱的赤诚，融入了一代又一代炎黄子孙的血脉之中。每个人都有自己的故乡，每个人都爱自己的故乡：水是故乡甜，山是故乡青；月是故乡明，人是故乡亲。中华民族是一个以农耕为主、游牧为辅的民族，祖祖辈辈、世世代代都有恋土情结，每个人都热爱自己脚下的这一方热土。热爱脚下的这方热土的情感，绝不是狭隘的情感，而是十分值得珍惜的情感。所以我以为：热爱家乡是热爱祖国的基础，而热爱祖国则是热爱家乡的升华。一个对生我养我的那一方热土，如果不能真诚而热烈地爱的人，是不会成为一个伟大的爱国主义者的！我在讲孟郊《游子吟》时，曾经说过：一个对生我养我的父母不能真诚而又热烈地爱的人，是不会成为一个爱人民的志士仁人的！

2007年，我随北大代表团访问美国的大学。在旧金山给当时留学美国的北大校友会的同学说过："当你得意的时候，不要忘了你脚下踩着的是别人的土地；当你失意的时候，不要忘了你身后有960万平方千米的土地。"我始终觉得，一个人的事业如果不能给他的祖国和人民直接或者间接地作些贡献，那么这样的事业就很难值得肯定和称道。所以，热爱家乡的情感是一个非常值得珍惜的情感，这一情感最早就是从屈原开始的，他为我们树立了一个光辉的榜样。我再重复说一遍：屈原热爱家乡、热爱祖国的情感，是留给我们炎黄子孙最伟大的精神遗产，我们每一代人都应该继承和弘扬这一份遗产。

追求真理，虽九死其犹未悔

屈原《离骚》中有句曰："亦余心之所善兮，虽九死其犹未悔。"意思是，只要我心目中认为美好的东西，那么追求这个美好的东西，哪怕是九死也绝不后悔。我们每一个人，要想实现某一个宏伟的理想，就一定要有这样一种认准目标，百折不挠，追求真理，上下求索，锲而不舍，九死不悔的精神。

所以王国维说，人要做大学问、做大事业，一定要经过三种境界。第一种境界，是借用晏殊的《蝶恋花》词句："昨夜西风凋碧树，独上高楼，望尽天涯路。"这是目标的选择。第二种境界，是借用柳永的《蝶恋花》词句："衣带渐宽终不悔，为伊消得人憔悴。"衣带渐宽是什么意思？就是形体消瘦。为了一个目标奋斗到形体憔悴也绝不后悔，决不放弃，只有这样才能完成一项大事业。第三种境界，是借用辛弃疾的《青玉案》词句:“众里寻他千百度,蓦然回首,那人却在,灯火阑珊处。”表达的是一种成功后不慕荣华,自甘寂寞,清高自守,不随流俗,自怜幽独的情怀。

我曾经对学生们说,中国有句成语叫作“滴水穿石”;滴水之所以能够穿石,必须具备两个条件:一是持之以恒,一是目标如一。有此精神,则人世间万事可成!

怀瑾握瑜,余独好修以为常

屈原在《离骚》中说:“民生各有所乐兮,余独好修以为常。”民生,不是民生疾苦的“民生”,先秦的民就是人,民生就是人生。朱熹《楚辞集注》解释这句诗时说:“言人生各随气习,有所好乐。或邪或正,或清或浊,种种不同。而我独好修洁以为常。”屈原说,人们的爱好都各有不同,但他与众不同,独独喜好修养纯洁,以此为常行、常态。

在《九章·怀沙》中,屈原写过诗句曰:“怀瑾握瑜兮,穷不知所示。”在衣为怀,在手为握。言己怀持美玉之德,遭世暗惑,不辨善恶,抱宝穷困,而无所语也。示,语也。怀瑾握瑜,谓怀里揣着美玉,手里握着美玉;美玉者,指美好的品行也。读者诸君,请记下这八个字:“好修为常,怀瑾握瑜。”可以此作为座右铭，砥砺自己，清风出袖，明月入怀，廉洁自守，勤政为民。

屈原的《九章》中有一首诗歌，题为《橘颂》，这是古代诗歌史上第一首真正意义上的咏物诗，咏物言志，咏物抒怀，体现了屈原高尚的人格、无私的品行和独特的情操。诗曰：

后皇嘉树，橘徕服兮。受命不迁，生南国兮。
深固难徙，更壹志兮。绿叶素荣，纷其可喜兮。
曾枝剡棘，圆果抟兮。青黄杂糅，文章烂兮。
精色内白，类任道兮。纷缊宜修，姱而不丑兮。
嗟尔幼志，有以异兮。独立不迁，岂不可喜兮？
深固难徙，廓其无求兮。苏世独立，横而不流兮。
闭心自慎，终不过失兮。秉德无私，参天地兮。
愿岁并谢，与长友兮。淑离不淫，梗其有理兮。
年岁虽少，可师长兮。行比伯夷，置以为像兮。

诗中借颂橘，表现了一种独立的人格美！一方面：独立不迁，深固难徙。人要有自己的坚持，不能人云亦云，随波逐流，更不能同流合污。另一方面：廓其无求，秉德无私。

襟怀开阔，没有私求；秉德崇高，光风霁月。无欲则刚，无私则无畏，人只有做到“廓其无求”，才能够坚持“独立不迁”的人格。

关于橘子的这个秉性，《晏子春秋》里有一个著名的故事。晏子是齐国（今山东济南、潍坊一带）的宰相，奉命出使楚国。楚王想侮辱他一下，和臣下暗中商量说：“等一会儿我跟晏子吃饭的时候，你们绑一个人从饭桌面前走过。我问什么人，你们说齐国人。我问为什么把他绑起来，你们说他是小偷。”吃饭的时候楚王问晏子：“你们齐国人是不是喜欢做小偷啊？”晏子一听，原来楚王是想侮辱齐国，便站起来说：“我听说：‘橘生淮南则为橘，生于淮北则为枳。’同样的橘树生长在不同的地方结出来的果实不一样，原因是什么呢？原因是水土不一样。这个人在我们齐国是不做小偷的，一到了你们楚国就做小偷，说明你们楚国的水土适宜滋养小偷。”楚王听了说：“寡人反取病焉。”晏子这个人身材矮小，腿还有点残疾，但很有智慧。他出使到一个国家，这个国家的国王瞧不起他，说：“你们国家没人啦？怎么派你这么一个人来呢？”他机智地回答说：“我们国家有规定，身材高大的、长得英俊的人，都派到好的国家去；长得差的人，就派到差的国家去。我是我们国家最差的，所以就被派到你们国家来了。”多么智慧啊!

屈原因为独立不迁，不同流合污，所以得罪了权贵，贵族们向楚怀王进谗言。楚怀王听信了谗言，便把屈原流放到汨罗江边。有一首《渔父》诗，《汉书·艺文志》将其列在屈原名下，后来人们研究认为不是屈原所作。虽然不是屈原所作，但这首诗却很好地体现了屈原的思想情操。诗是这样写的:

> 屈原既放，游于江潭，行吟泽畔，颜色憔悴，形容枯槁。渔父见而问之曰:“子非三闾大夫与？何故至于斯!”屈原曰:“举世皆浊我独清，众人皆醉我独醒，是以见放。”渔父曰:“圣人不凝滞于物，而能与世推移。世人皆浊，何不淈其泥而扬其波？众人皆醉，何不餔其糟而歠其釃？何故深思高举，自令放为？”屈原曰:“吾闻之，新沐者必弹冠，新浴者必振衣；安能以身之察察，受物之汶汶者乎！宁赴湘流，葬于江鱼之腹中。安能以皓皓之白，而蒙世俗之尘埃乎！”渔父莞尔而笑，鼓枻而去。乃歌曰:“沧浪之水清兮，可以濯吾缨；沧浪之水浊兮，可以濯吾足。”遂去，不复与言。

《渔父》的意思是，屈原被流放到汨罗江边，形容枯槁，面目憔悴。有一个捕鱼的渔父一看，说："你不是三闾大夫屈原吗？怎么流落到这个地步了？"屈原说："因为整个世界都很浑浊，就我一个人非常清白；大家都喝醉了，就我一个人没有醉，非常清醒；所以我就被流放了。"一个人在现实社会里坚持特立独行是非常难的。大家都很浑浊，你清白，那你就会受到攻击；大家都醉了，你还没醉，就难免会遭到大家的攻击。

渔父听了就说："举世皆浊，那你何不淈其泥而扬其波呢？你也把泥水搅到自己身上，跟世人一样都浑浊不就完了吗？众人皆醉，那你何不哺其糟而啜其醨呢？大家都喝醉了，你也跟着喝醉，连酒糟也食用了不就完了吗？"屈原说："我不能这样，我不能同流合污。我听说：'新沐者必弹冠，新浴者必振衣。'"古代男子也是长头发，只洗头发叫"沐"，洗身上才叫"浴"。周公礼贤下士，有"一沐三握发，一饭三吐哺"的典故。那时候很讲究礼节，洗头就是洗头，洗身上就是洗身上，哪像我们今天，下班回到家，从头洗到脚，一下子全身都洗了。所以，古代人洗完头发的时候，有一个动作，就是弹一弹"冠"；冠，就是帽子。为什么呢？因为头发刚洗，很干净，如果帽子上有尘土怎么能行呢。"新浴者必振衣"，我们洗完澡穿衣服的时候，都有一个下意识的动作，就是拿起衣服使劲地抖一下子，抖去可能落在衣服上的尘土。为什么呢？因为身上刚刚洗得很干净，不能受外物的侵染。

西晋时，有一个诗人叫左思，曾经因为写《三都赋》而获得“洛阳纸贵”的美誉。他在自己的《咏史八首》中写有这样的名句：“振衣千仞冈，濯足万里流。”八尺谓之一仞；千仞者，形容很高也；在高高的山冈上抖落一下世俗的尘埃。濯足，就是洗脚；在万里的清流中洗一下自己的脚。表示超然脱俗，一尘不染。

屈原说，“新沐者必弹冠，新浴者必振衣；安能以身之察察，受物之汶汶者乎！”“安能以皓皓之白，而蒙世俗之尘埃乎！”所以他“宁赴湘流”，宁肯投到湘流之中，葬身江鱼之腹，也不能蒙受世俗的尘埃。于是，便毅然决然地怀石投江自沉了。

屈原怀石投江自沉的这一天，正好是农历的五月初五。人们听说屈原投江了，纷纷从四面八方拼命划船去救他，因此留下了一个习俗，端午节“龙舟竞渡”。此事最早见于隋唐之际的虞世南所编类书《北堂书钞》，第一百三十七卷引晋人葛洪《抱朴子》佚文云：“屈原投汨罗之日，人并舟楫以迎之。至今以为竞渡。”没有能救上来，老百姓很痛苦，便随手在河边摘下芦苇的叶子，包上米、麦、豆子等，扎好后抛到河里，以免河里的鱼虾吃我们伟大诗人的遗体。这就是端午节吃粽子的由来。一个把自己的生命都献给祖国和人民的人，祖国和人民是永远不会忘了他的。记得我们小时候，母亲每年端午节包粽子的时候，都会讲这个故事，希望我们长大后不要忘了伟大诗人屈原，希望我们牢记这个优良传统。我以为，一个牢记自己优良传统，并且一代一代传下去的民族，才是一个有希望的民族！朋友们，我们每一个人都肩承着传承优良传统的重任。我们责无旁贷，义不容辞。

屈原去世以后，人们在纪念屈原的文章中说过这样的话：屈原投江自沉，唯其一死，使得他在我们中华民族的历史上永不死也！——唯其一死，永远不死！屈原就是这样一位在华夏民族历史上永远不死的伟大诗人。

2002 年，北大一位副校长去世。这位老校长平时与人为善，老师们有什么困难找他，他总是竭力帮助解决。2003 年去世一周年时，大家怀念他，自发写怀念文章，北大出版社出版了一本纪念文集。我也填了一首词——《江城子·怀念老校长》。《江城子》词中最有名的是苏东坡的“十年生死两茫茫”。这首词的上下片句式完全相同，各 35 个字，一共才 70 个字。我一看太短了，便在下面加了一个附言：“如果一个人活着的时候，能够让人刻骨铭心地思念，那么他的生命便有了双倍的价值；如果一个人去世之后，还能够让人刻骨铭心地怀念，那么他的生命便在活着的人心中延续——他没有死，每一个怀念他的人的心田，都是他的生命继续生长的土壤！”——尊敬的读者诸君，不知以为然否？！

伟大的诗人屈原，正是这样一位永远活在一代一代炎黄子孙心中的爱国诗人！屈原其诗，与日月同辉；屈原其人，与山河共存！

第三讲

感于哀乐，缘事而发：汉代乐府民歌与文人诗歌

出东门，不顾归。来入门，怅欲悲。

盎中无斗米储，还视架上无悬衣。

拔剑东门去，舍中儿母牵衣啼：

“他家但愿富贵，贱妾与君共餔糜。

上用仓浪天故，下当用此黄口儿。今非！”

“咄！行！吾去为迟！白发时下难久居。”

秦朝以后是汉朝，汉朝分西汉和东汉。西汉从公元前 206 年到公元 24 年，因为建都于西京长安，所以称为“西汉”。请大家再记住一个历史坐标，那就是公元元年。公元纪年是我们中国的吗？不是我们中国的，是西方的。我们中国是什么纪年啊？我们中国是年号纪年。年号纪年始于汉武帝建元元年（公元前 140 年），其后，汉的太始、建安等，唐的开元、天宝等，宋的建隆、建炎等，明代的洪武、永乐等，清代的康熙、雍正、乾隆等，都是纪年年号，一直到 1949 年，停止使用年号纪年，改用公元纪年，今年是公元 2020 年。西方人所用的公元纪年，是以什么作为公元的开始呢？西方人信奉基督教，基督教认为最伟大的人物是耶稣，所以就把耶稣诞生的那一年叫作公元元年。所以回去告诉你的儿子、你的孙子，就说西方人最崇拜的人物耶稣，你知道诞生在哪里吗？诞生在我们中华民族西汉的尾巴上。记住公元元年这个历史坐标。

东汉，从公元 25 年到公元 220 年，因为建都于东京洛阳，所以称为“东汉”。两汉四百多年，是最长命的封建王朝。唐朝近 290 年（618—907），加上五代（907—960）一共大约 350 年。宋朝首尾加起来，正好 320 年（960—1127—1279）。明朝 276 年，清朝 267 年，其他王朝就不用说了，都没有汉朝长。

特别值得一提的是，汉朝与当时欧洲的古罗马帝国东西并立，各自创建了无与伦比的物质文明和精神文明。汉朝大大扩大了以往的地域版图，并通过丝绸之路，打开了与欧洲和印度文明交流的新局面。思想上崇尚儒道又兼容并包，充满了一种博大宏阔、进取自信的时代风貌。绵延四百多年的汉朝，与相隔四百年后拉开了壮丽帷幕、持续了近三百年的唐朝，在波澜壮阔的中华民族历史上，成为前后辉映的两个最伟大的鼎盛王朝。

汉代从文学方面说来，第一是汉赋，第二有汉代散文。汉赋的代表作家有司马相如、扬雄等，汉代散文的代表作家有司马迁、班固等。司马迁是中国古代最伟大的人物之一，是杰出的史学家、文学家；他的《史记》是我国第一部纪传体通史，被称赞为“史家之绝唱，无韵之离骚”（鲁迅《汉文学史纲要》)。班固的《汉书》，是我国第一部纪传体断代史。左宗棠曾作有题卧龙岗诸葛草庐诗，其中两句曰：“文章西汉两司马，经济南阳一卧龙。”“两司马”即：司马相如、司马迁。因为我们只讲诗歌，所以文和赋就不讲了。

诗歌方面，有汉代民歌汉乐府诗。另有汉代文人创作的《古诗十九首》，在诗歌发展史上的地位十分重要。我们先讲一下汉乐府。

反映现实的乐府诗

“乐府”原指采集和管理音乐的机构。《汉书·艺文志》：“自孝武立乐府而采歌谣，于是有代、赵之讴，秦、楚之风，皆感于哀乐，缘事而发，亦可以观风俗，知厚薄云。”后由官署的名称演变为所采集整理的诗歌的名称，同时还是记录和收集的诗歌总集的名称。汉乐府古辞大约有四十多首，继承了《诗经》“饥者歌其食，劳者歌其事”的优良传统，就是“感于哀乐，缘事而发”。

汉乐府内容上也跟《诗经》相同，大致可分为两类：反映社会现实的诗歌和歌咏男女爱情的诗歌。我们先讲一下反映社会现实方面的乐府诗歌。

汉乐府中有一首《东门行》，诗曰：

出东门，不顾归。来入门，怅欲悲。
盎中无斗米储，还视架上无悬衣。
拔剑东门去，舍中儿母牵衣啼：
"他家但愿富贵，贱妾与君共餔糜。
上用仓浪天故，下当用此黄口儿。今非！"
"咄！行！吾去为迟！白发时下难久居。"

这首诗不是从一件事情的缘起写起，而是截取主人公已经"出东门"铤而走险的举动，突然发端。因为割舍不下家里的妻儿，便又回来了。回来看到家徒四壁，盎中无斗米，架上无悬衣，这样的日子没法过，于是又要"拔剑东门去"。经过与妻子一个回合的矛盾冲突，妻子说："人家富贵就让他们富贵吧，我愿意跟你过苦日子；你现在的行为是不对的。"最后丈夫还是毅然决然出走，说了一句"白发时下难久居"，全诗便戛然而止，以后事情的进展和结局，都留给读者自己去想象和补充。篇幅虽然十分短小，但反抗压迫的精神和果敢决断的所作所为，却光芒四射，给人一种如同强烈的电焊弧光不敢逼视之感。

这首诗，主要通过人物的对话来推动情节发展，展示人物丰富的内心活动，深化主题，意义重大。形式上长短句参差错落，灵活多变。从一字句到两字句、三字句、四字句、五字句、六字句，再到七字句，徐疾相继，顿挫分明。既增强了所叙故事的节奏，深化了主题，又切合人物的内心活动，字里行间激荡着诗中主人公，也是作者自己的一股愤慨激切之情。此情绪也强烈地感染了读者，使人阅读的节奏也加快起来，感受到一颗反抗压迫的心在怦怦地跳动。

反映现实的汉乐府诗歌中，也有与边塞征战相关联的诗歌，如《战城南》。这首诗的开头，描写一位战争幸存者看到士兵战死沙场、露尸野外、任乌鸦啄食的悲惨情景："战城南，死郭北，野死不葬乌可食。"最后表示对阵亡者的悼念："愿为忠臣安可得？思子良臣，良臣诚可思：朝行出攻，暮不夜归。"良臣，指忠心耿耿为国奉献的人。

另外，汉古诗《十五从军征》则描写了一位士兵十五岁从军、八十岁才死里逃生回到家乡的痛苦经历。诗曰：

十五从军征，八十始得归。
道逢乡里人："家中有阿谁？"
"遥看是君家，松柏冢累累。"

兔从狗窦入，雉从梁上飞。

中庭生旅谷，井上生旅葵。

舂谷持作饭，采葵持作羹。

羹饭一时熟，不知贻阿谁！

出门东向看，泪落沾我衣。

清人张玉穀《古诗赏析》卷四评曰："此伤久从征役，归家无人之诗。首四，从幼役老归叙起，问'有阿谁'，已极凄惨。'遥望'二句，乡人答辞，但云多冢，已答无人，用笔灵动。'兔从'四句，接写到家后空室无人之景，两就动物说，两就植物说。后六句，即借谷葵作饭作羹，逗出贫苦，随以熟无所贻（做熟了饭却无人可送），望冢泪落，收足无人之痛。音节亦近乐府。"这一分析，颇中肯綮。

歌咏爱情的乐府诗

到了汉代，描写爱情的诗歌，相比《诗经》而言在艺术上有了明显的进展，表情达意更加明朗直率，艺术表现手法也有了很大的提高。如汉乐府中有一首民歌《上邪》，诗曰：

上邪！我欲与君相知，长命无绝衰。

山无陵，江水为竭，

冬雷震震，夏雨雪，

天地合，乃敢与君绝。

这是一首爱情盟誓诗，写的是一个少女对着苍天，抒发自己对爱情像火一般的热情和磐石一般的坚贞。“上”就是天，“邪”就是语尾词“啊”。苍天啊，“我”要和他相知相爱，“长命无绝衰”。这里的“长命”不是寿命很长，而是时间很长，永远永远的意思。“我”对他的爱永远永远不会衰败，不会断绝。开头三句，一声呼天，将心中的意愿一下子全部倾倒出来。这一喷薄而出的倾吐，充分显露了少女用全部生命来获取爱情的真心。本来这几句，已经把少女对于爱情的忠贞和激情表现得一泻无余；但如果诗就写到这里为止，便不可能成为千古绝唱。因为这仅仅是内心情感的直接呼喊，如同今天的标语口号似的：“我爱你，我永远爱你！”这虽然也激动人心，但没有深沉永久的艺术感染力。

本来“长命无绝衰”五字，文意已足，既像似开篇，又如同结句，表达的情感已经十分决绝；但少女在强烈的情感推动下，又从反面层层深入下去，一口气说出了宇宙自然中绝对不可能发生的五种自然现象——只有全部发生了，“乃敢与君绝”！这五种自然现象就是：“山无陵”，山没有山峰，陵就是山峰；“江水为竭”，江水都干涸了；“冬雷震震”，冬天打雷震震地响；“夏雨雪”，这里的“雨”，名词作动词讲，就是夏天下雪；“天地合”，天和地合到一起。除非这五种自然现象全部发生了，“我”才敢跟你断绝关系。而这五种自然现象，都是绝对不可能发生的，所以我绝对不会跟你断绝关系。最后的“乃敢与君绝”，与开始的“长命无绝衰”，看似相反，实则一致，表达了一样的情感，一样地强烈。情感巧妙地来了一个大迂回，真是精彩绝伦，深情奇想，妙不可言。古人评品绘画有“三品说”：能品，妙品，神品。画什么就像什么，这是能品；画得惟妙惟肖，可达妙品；只有遗其形而得其神，方为最上乘的神品。这首诗被后世誉为“短章中的神品”。

我曾经跟我的学生们讲过这样一种看法，这首诗之所以被称为“短章中的神品”，除了上面分析的艺术上精湛、独特外，还在于它具有深邃的思想内涵和深刻的社会内容。任何优秀的作品，都是一定的社会生活和情感的反映；越是抓住生活本质、反映得越深刻的作品，成就则越高。生活中我们都有这样一种体会：越是想得到的东西越是怕失去，越是怕失去的越是赌咒发誓地要保留住。这是一层意思。回过头来从相反的方面讲就是：越是赌咒发誓要保留住的东西，就越是存在着失去的可能性；如果不存在失去的可能性，也就不用赌咒发誓要保留住了。从这首诗所表达的内容中可以看到，在男权主义的封建社会中，女子最是存在着失去爱情的可能性，而男子却不存在这种风险。所以，在中国古代诗歌中，我们很少看到男子在那里为爱情而赌咒发誓，说："我欲与君相知，长命无绝衰！"都是女子在赌咒发誓，因为封建社会存在着女子失去爱情的社会土壤。这就是这首小诗中所蕴含的丰富深刻的社会内容，也是它被人们誉为"神品"的实质之所在。只有反映社会本质的诗歌，才会有强烈的艺术感染力、深远的影响力和恒久的生命力。

《上邪》这首诗的表现手法，对后世的诗歌，特别是民歌的创作，产生了极大的影响。唐人敦煌曲子词中有一首《菩萨蛮》，词曰：

> 枕前发尽千般愿，要休且待青山烂。水面上秤锤浮，直待黄河彻底枯。　　白日参辰现，北斗回南面。休即未能休，且待三更见日头。

《上邪》诗中的主人公是一个少女，而这首词中说的是“枕前”发愿，枕席上发愿，那就不是少女而是少妇了。下面一连列举了六种不可能发生的自然现象：“要休且待青山烂”，要想情感完了，除非青山溃烂。“水面上秤锤浮”，秤砣浮在水面上。“直待黄河彻底枯”，黄河彻底干枯。“白日参辰现”，白天参星和辰星出现在天空中；本来参星居西方，辰星居东方，此出彼没，永远不会同时出现，白天就更不可能同时出现了。“北斗回南面”，北斗星从北面回到了南面。“休即未能休”，即便如此，也不能算完，再追加上一个“且待三更见日头”，还要等到半夜三更太阳出来，“我”才能跟“你”完了。见，通“现”。虽然从五种增加到六种根本不可能发生的事情，但俞平伯先生评曰：“这篇叠用许多人世断不可能的事作为比喻，和汉乐府《上邪》相似。但那诗山盟海誓是直说，这里反说，虽发尽千般愿，毕竟负了心，却是不曾说破。”（《唐宋词选释》）所谓“直说”，就是上一首《上邪》直接说相知相爱“长命无绝衰”；所谓“反说”，就是这首《菩萨蛮》中的“要休且待”——如果要休、要完了的话，就要等到如何如何。虽然也是发尽千般愿，但蕴含其中、没有说破的却是：毕竟已经负心了，已经出了问题了，现在只是想赌咒发誓挽救而已。俞先生真是独具只眼，此诚乃极有见地的评说。

唐代这首《菩萨蛮》的内容和表现手法，受汉乐府《上邪》的影响十分明显。到了明代，有一首民歌叫《挂枝儿·分离》也这样写道：“要分离除非是天做了地，要分离除非是东做了西，要分离除非是官做了吏。你要分时分不得我，我要离时离不得你，就死在黄泉也做不得分离鬼。”很明显，这首民歌的表现手法，也是受到了汉乐府《上邪》的影响。

汉乐府中还有一首描写女子失恋的诗歌，题目叫《有所思》。诗曰：

> 有所思，乃在大海南。
> 何用问遗君，双珠玳瑁簪，用玉绍缭之。
> 闻君有他心，拉杂摧烧之。
> 摧烧之，当风扬其灰。
> 从今以往，勿复相思，相思与君绝。
> 鸡鸣狗吠，兄嫂当知之。妃呼狶！
> 秋风肃肃晨风飔，东方须臾高知之。

这首诗字面上的意思是：“我”所思念的人啊，远在大海之南。送给他什么东西好呢？问遗（wèi），犹赠予。“我”用那美玉缠绕装饰成的双珠玳瑁发簪。忽然听闻他变心又爱上别人了，气得“我”将这爱情的信物拉扯断并摧毁砸碎。不解恨，再扔到火里烧成灰；还不解恨，再把那灰烬当着风全部抛扬掉。从今以后，再也不思念他了，彻底断绝一切往来。一阵愤激之后，冷静下来一想，以前交往中他来找“我”时，鸡鸣狗叫，哥哥嫂子都已经知道了“我们”之间的事情；现在却变成这个样子，真不知道该怎么向他们交代。窗外飕飕的秋风传来了鸟儿求偶的鸣叫声，令人心烦意乱。算了吧，不去想了，一会儿天亮就该知道怎么做了。晨风，据闻一多先生考证，是雄雉鸟，常在早晨鸣叫求偶。

诗分三层，开头五句是第一层，写女主人公对远方的情郎真挚热烈的爱恋，精心选择和制作了一个信物——玳瑁簪——准备寄过去。这是大起，写甜蜜的热恋。第二层从“闻君有他心”到“相思与君绝”，写听闻自己爱恋的人有了他心，女主人公愤怒地将信物砸碎、烧成灰，并抛洒掉，表示一刀两断，态度十分决绝。正所谓爱之愈深恨之愈切。这是大落，写突然失恋。第三层是最后六句，写女主人公由激怒而渐趋平静、欲断不能的矛盾而彷徨的复杂心态。这是余波渺渺，写无法割舍的眷恋。层次清晰，爱情遭到波折前后情绪跌宕，细腻真实。因为真实不虚假，所以更加具有感动人心的艺术魅力。

五言诗《古诗十九首》

中国古代诗歌，在形式上有一个演进和发展的过程。原始歌谣的句式以二言为主，如《弹歌》：“断竹，续竹；飞土，逐宍（肉）。”到西周和春秋前期的《诗经》，发展到基本上以整齐的四言为主，如《关雎》：“关关雎鸠，在河之洲。窈窕淑女，君子好逑。”但战国时的《楚辞》，诗句则突破了基本整齐的四言，发展到以五七言为主的杂言体诗，其中仅《橘颂》是四言，“后皇嘉树，橘徕服兮”；而《湘夫人》是五七言，“袅袅兮秋风，洞庭波兮木叶下”；《离骚》则杂用五言、六言、七言、八言的句式，可以说是参差错落、长短不齐的杂言体。

到了汉乐府，则以五言句式为主，如《陌上桑》：“日出城南隅，照我秦氏楼。”还有叙事诗杰作《孔雀东南飞》，357 句都是五言句式。当然，也有长短不整齐的诗歌，如《上邪》《有所思》等。到了东汉文人的《古诗十九首》，则全部是整整齐齐的五言句式，五言的艺术表现力得到了充分的发挥。这样一种成熟的五言诗，奠定了中国古代五言诗的基础，并且成为后世诗歌句式的主流样式。其后，经过曹植、陶渊明的天才创作，五言诗繁荣起来。

可见，《古诗十九首》在中国古代诗歌发展中的地位是十分突出的。在思想内容上，比较复杂。由于受东汉后期动乱频仍、社会矛盾尖锐的影响，所以除了传统的游子思妇相思离别外，有的诗歌充满了惶恐不安的忧虑和人生苦短的感伤，以及及时行乐的消极心理。然而在艺术上，却取得了突出的成就。主要是长于抒情，善用比兴，语言自然而含义丰富、形式上多采用整齐的五言句式。

内容上，在《古诗十九首》中，有的诗歌流露出对动乱社会的焦虑和对人生无常的感伤。如：

青青陵上柏，磊磊涧中石。
人生天地间，忽如远行客。
斗酒相娱乐，聊厚不为薄。

生年不满百，常怀千岁忧。

昼短苦夜长，何不秉烛游！

为乐当及时，何能待来兹？

这其中无疑有人生如梦、及时行乐的消极因素，应该加以分析和扬弃。但即便如此，这些诗歌中也有那么一点点值得肯定的积极因素，那就是人生应该珍爱生命，并且努力提高生命的质量。生命质量，包括物质质量和精神质量。生命的物质质量上，至少要能温饱度日，如果在衣食住行上能够提升质量，更有尊严的生活，也未必不是好事；生命的精神质量，主要表现在能够从心所欲不逾矩。所以说这里面也有值得肯定的东西。我个人有一个很不成熟的看法，我以为，一个人 50 岁以前，特别是年轻的时候，应该以奋斗为主，每一天都要努力奋斗，都要有成绩、有进步、有收获。50 到 70 岁时，应该一边奋斗人生、一边享受人生。而到了“人生七十古来稀”之后，则主要是享受人生！或者稍微奋斗一下，写写回忆录、整理整理文集，也就可以了。读者诸君，不知以为然否？！

汉代文人创作的《古诗十九首》，在艺术上更臻成熟，长于抒情，并且在抒情中带有叙事成分；善于运用比兴手法，含蓄蕴藉。

如，十九首的开头第一首，以女主人公的身份，抒写游子思妇相思离别，语言自然清新，情感回味无穷。诗曰：

行行重行行，与君生别离。
相去万余里，各在天一涯。
道路阻且长，会面安可知？
胡马依北风，越鸟巢南枝。
相去日已远，衣带日已缓。
浮云蔽白日，游子不顾返。
思君令人老，岁月忽已晚。
弃捐勿复道，努力加餐饭。

开头“行行重行行”，谓远行之人，行而不已。写心爱的人为了外出谋生，不得不“生别离”。离别的日子一天天增多，两个人天各一方，相去千万里，迢迢隔天涯。道路阻断而又遥远，哪里知道何时才能会面？“胡马依北风，越鸟巢南枝。”北方的胡马走到哪里都依恋从北方吹来的风，因为家在北方；北方吹来的风，带着家乡的气息，那气息是它从小最熟悉、最难忘、最亲切的气息。南方的鸟儿不管飞到哪里，尤其是飞到北方，总是选择在向南伸展的树枝上筑巢；因为它的家乡在南方，向南的树枝离它的家乡更近一点、更近一点。鸟者，禽也；马者，兽也；禽兽尚且有故土之恋，何况人乎？！意思是说你走到哪里都要想着家乡和家乡的我啊。“衣带日已缓”，缓，宽松。离别的日子日复一日，因为相思使得形体日渐消瘦，导致衣带日渐宽松。下面写这个女子的忧虑，“浮云蔽白日”，比喻游子在外也许为人所惑，如同浮云遮蔽了明亮的太阳似的，在他乡另有所欢而不想返回家园。思念使“我”一天天衰老，光阴倏忽，很快又到一年的尽头。结句：“弃捐勿复道，努力加餐饭。”算了吧，不提了，抛弃掉这些令人感伤的事儿，还是多吃饭保重身体要紧。这是思妇无可奈何、自我宽慰的话。诗以百转千回的笔触，写尽了女主人公对爱的渴望、忧愁、疑虑，爱愈深，忧愈重，怨愈长，把所有的恩恩怨怨，表现得真真切切。全诗写出了那个时代女子命运的忧患和心灵的美好，是一首委婉细腻、真挚动人的情歌。

又如，最后的一首，第十九首诗曰：

明月何皎皎，照我罗床帏。
忧愁不能寐，揽衣起徘徊。
客行虽云乐，不如早旋归。

出户独彷徨，愁思当告谁！

引领还入房，泪下沾裳衣。

此乃思妇望夫之辞。开头写月夜难眠。次写徘徊思念，“客行虽云乐，不如早旋归”，是女子内心对游子说的话。最后写忧思无告而泪下沾衣。清人张玉穀《古诗赏析》曰：“此亦思妇之诗。首四（句），即夜景引起空闺之愁。中二（句），申己之望乡也，却反从彼处揣度，客行虽乐，不如早归，便觉笔曲意圆。末四（句），只就出户入房彷徨泪下，写出相思之苦，收得尽而不尽。”

汉代乐府诗和汉代古诗中，另外有两首以叙事见长的名篇，即：《陌上桑》和《焦仲卿妻》。《陌上桑》一共53句，265字；描写了一个聪明美丽的女子秦氏罗敷，智斗府君的故事。《焦仲卿妻》，又名《孔雀东南飞》，共357句，1 785字。诗前有53个字的小序，交代了悲剧故事的基本情节：“汉末建安中，庐江府小吏焦仲卿妻刘氏，为仲卿母所遣，自誓不嫁。其家逼之，乃投水而死。仲卿闻之，亦自缢于庭树。时人伤之，为诗云尔。”焦仲卿和刘兰芝的悲剧，具有揭露封建礼教罪恶的巨大社会意义和抨击封建社会制度的深刻思想意义，千百年来，震撼人心的力量一直不减。

中国诗歌历来是抒情一条腿很粗，而叙事这条腿很细。这首诗不仅是汉乐府叙事诗发展的高峰，而且也是整个中国诗歌史上叙事诗方面最有成就的杰作，被人们推许为“以它的篇幅之长、叙事之精和高度的思想性与艺术性，俯瞰千古诗坛”。这里就不展开分析了。

第四讲

建安诗坛，慨当以慷：第一个文人诗歌创作的高潮

对酒当歌，人生几何！譬如朝露，去日苦多。

慨当以慷，忧思难忘。何以解忧？唯有杜康。

青青子衿，悠悠我心。但为君故，沉吟至今。

呦呦鹿鸣，食野之苹。我有嘉宾，鼓瑟吹笙。

明明如月，何时可掇？忧从中来，不可断绝。

越陌度阡，枉用相存。契阔谈讌，心念旧恩。

月明星稀，乌鹊南飞。绕树三匝，何枝可依？

山不厌高，海不厌深。周公吐哺，天下归心。

前面已经讲过，中国诗歌史上第一个留下姓名的伟大诗人是公元前 300 年的屈原。屈原之后，一直到建安时期（196—220）出现“三曹”之前，这五百年间，文人创作没有繁荣，没有出现杰出的诗人，也没有产生多少诗歌。但建安时期的二十多年中，一下子涌现出一大批杰出的诗人。像曹操跟他的儿子曹丕、曹植，被称为“三曹”；还有“建安七子”，包括孔融、陈琳、王粲、徐干、阮瑀、应玚、刘祯七人。这些杰出诗人的作品，“咸以自骋骥騄于千里，仰齐足而并驰”（曹丕《典论・论文》），各具特色，精彩纷呈，形成了中国诗歌史上第一个文人诗歌创作的高潮。

建安，是汉献帝最后一个重要年号（最后的“延康”年号只有短短几个月，可以忽略）。从 196 年到 220 年，首尾共 25 年，讲历史的时候，把它当作汉代最后一个阶段；但讲文学史的时候，我们通常把建安时期作为一个新的文学时代的开始，这一时期的文学作品被称为“建安文学”。我主要讲“三曹”：父曹操（155—220），子曹丕（187—226）、曹植（192—232）。中国文学史上父子并称的文学家十分罕见，汉代有“三班”：父班彪（3—54）和子班固（32—92）、班超（32—102），还有女班昭（45？—117？）。宋代有“三苏”：父苏洵（1009—1066），子苏轼（1036—1101）、苏辙（1039—1112）。

曹操在世时，人们传言曹操想篡夺汉位，其实曹操只是“挟天子以令诸侯”。等到公元220年，曹操一去世，曹操的儿子曹丕马上把汉献帝踢到一边，代汉而立，建立了魏王朝，自称魏文帝，把他父亲追封为魏武帝。所以，曹操活着的时候他不知道自己叫魏武帝。由此我们不妨假设一下，假如曹操活到了公元225年，那样的话，我们中国的历史也许就要这样改写了，东汉从25年到225年。曹操活着一天，汉朝也许就会延续一天。当然，历史是不可假设的。

襟怀壮阔的曹操

曹操，字孟德，沛县谯（今安徽亳州）人。在汉末军阀混战中壮大了力量，建安元年（196）迎汉献帝建都许昌，遂“挟天子以令诸侯”，成了朝廷实际统治者。历史上的曹操是一个了不起的英雄，有文才，又有武略；有思想，又有襟怀。他统一北方，抑制豪强，大兴屯田，实行军垦；政治上唯才是举，不拘一格；是一个杰出的政治家、军事家，但我以为他也是一个了不起的文学家。虽然只有近 20 首诗歌传世，但每一首诗歌都可以称得上精金美玉！

历史上的曹操，是相当了不起的。可是到了元末明初，有一个人叫罗贯中，写了一本历史演义小说叫《三国演义》。他的思想倾向是“拥刘反曹”，拥护刘备，反对曹操，所以他把好事全部写给刘备，坏事全部写给曹操。为什么要“拥刘反曹”呢？这跟当时的历史背景有关。当时汉人认为蒙古元民族不是正统，只有汉民族才是正统。这就是当时深刻的历史背景。罗贯中的《三国演义》成就非常突出，而曹操又是《三国演义》中刻画得最为成功的一个艺术形象。我们读《三国演义》，怕曹操、恨曹操，不见曹操想曹操；如果没有曹操的话，小说的精彩将减色不少。我曾经研究过中国古代小说，参加过中文系《中国古代小说史》的修撰工作，我认为，从古到今，中国战争题材的小说，没有一部艺术成就超过《三国演义》的。

所以我们应该把历史上的曹操和《三国演义》中的曹操

区别开来。当然历史上的曹操也不是十全十美的人。据《世说新语·容止第十四》载:

魏武将见匈奴使,自以形陋,不足雄远国,使崔季珪代,帝自捉刀立床头。既毕,令间谍问曰:"魏王何如?"匈奴使答曰:"魏王雅望非常,然床头捉刀人,此乃英雄也!"魏武闻之,追杀此使。

这里的记载是说,匈奴派一个使者到汉朝来,汉献帝说:"曹操,你是丞相啊,你得去接待外宾吧。"曹操觉得自己长得不够高大,心想:"就我这副相貌的去接待外宾,对少数民族使者不足以造成威慑,人家一看怎么大汉朝的丞相就这样啊,不足以雄震远国。"《魏氏春秋》中亦记载:"武王姿貌短小,而神明英发。"曹操有位谋士,姓崔,名琰,字季珪。《三国志·魏志》谓崔琰"声姿高畅,眉目疏朗,须长四尺,甚有威重"。于是便让崔琰假装曹操去接待外宾。当时没有电视,信息十分闭塞,谁也不知道曹操长什么样子。曹操自己则扮演一个武士,提着一把大刀站在崔琰的座椅旁,保卫这个假曹操。接待结束以后,曹操悄悄派人去问这个使者:"你对我们'曹丞相'的印象怎么样啊?"这个使者说：“你们曹丞相身姿俊朗，雅望不同寻常，很好啊。但是，旁边提着大刀的那个人，才是真正的英雄。”（捉刀，就是握刀，提刀。由这件事，后来便把代别人做文章叫捉刀。）所以说，一个人的英雄之气，会洋溢在眉宇之间，是无法掩饰的。曹操一看，这个人能识破英雄，智慧真是了得，如此聪明智慧的人，不能留给敌人，立马派人追上去将其杀掉了。

曹操诗歌中，有代表作《短歌行》。诗曰：

对酒当歌，人生几何！譬如朝露，去日苦多。
慨当以慷，忧思难忘。何以解忧？唯有杜康。
青青子衿，悠悠我心。但为君故，沉吟至今。
呦呦鹿鸣，食野之苹。我有嘉宾，鼓瑟吹笙。
明明如月，何时可掇？忧从中来，不可断绝。
越陌度阡，枉用相存。契阔谈讌，心念旧恩。
月明星稀，乌鹊南飞。绕树三匝，何枝可依？
山不厌高，海不厌深。周公吐哺，天下归心。

开头的“对酒当歌”的“当”，是对着的意思，对着美酒、对着美丽的歌女。杜康，相传是古代最早造酒的人，这里作酒的代称。全诗从满腹忧愁写起，抒发岁月流逝而功业无成的激愤之情。接下来“青青”两句，用《诗经·郑风·子衿》中成句，表示对贤才的思慕。青衿，周代学子的服装。“呦呦”四句，用《诗经·小雅·鹿鸣》首章前四句成句，表示自己渴望招纳贤才。“山不厌高，海不厌深”，用典。《管子·形势解》：“海不辞水，故能成其大；山不辞土石，故能成其高；明主不厌人，故能成其众；士不厌学，故能成其圣。”“周公吐哺”，《韩诗外传》说周公礼贤下士，“一沐三握发，一饭三吐哺，犹恐失天下之士”。这里以求贤若渴的周公自喻，表达了希望广揽贤才来帮助自己建功立业的渴望和最终实现统一天下的宏愿。

另外，《步出夏门行》有四首，我们先讲一下第四首——《龟虽寿》。诗曰：

> 神龟虽寿，犹有竟时；腾蛇乘雾，终为土灰。
> 老骥伏枥，志在千里；烈士暮年，壮心不已。
> 盈缩之期，不但在天；养怡之福，可得永年。
> 幸甚至哉，歌以咏志。

诗歌先以两个反面作喻：极有生命力的神龟和腾蛇，也有完了的时候，最终都会化为土灰。竟，完毕。接着以一个正面作喻，千里马即便老了，伏在喂马的槽枥之间，但其志依然在千里关山之外。从正反两个方面逼出本首诗的主旨："烈士暮年，壮心不已。"烈士，胸怀雄心壮志之士，这里是作者自指。高潮之后，以一个充满哲理的思考收结，表达了突破天命的思想：人寿命的长短，不仅仅是由天命来决定的；人主观上乐观修养的积极努力，也可以延年益寿。最后的"幸甚至哉，歌以咏志"两句，非曹操所作，乃乐工合乐时所加，原本与正文的内容无关。

下面我们重点讲一下《步出夏门行》的第一首——《观沧海》。诗曰：

东临碣石，以观沧海。水何澹澹，山岛竦峙。
树木丛生，百草丰茂。秋风萧瑟，洪波涌起。
日月之行，若出其中。星汉灿烂，若出其里。
幸甚至哉，歌以咏志。

《观沧海》乃千古咏海名篇。毛主席的《浪淘沙·北戴河》词曰："大雨落幽燕，白浪滔天，秦皇岛外打鱼船。一片汪洋都不见，知向谁边？　往事越千年，魏武挥鞭，东临碣石有遗篇。萧瑟秋风今又是，换了人间。”这里所说的“遗篇”，就是这一篇。

这首诗是建安十二年（207）秋天，年过半百的曹操，北征乌桓经过碣石山时所作。碣石山，有人认为位置大约在今河北乐亭西南。这首诗是古代诗歌史上保留下来的第一首完整的山水诗。以前也有写山水的诗，但基本上都是把山水作为背景来描写的，而把山水作为描写对象——山怎么样、水怎么样，和作为审美对象——山怎么好、水怎么好，这是第一首。曹操不但政治、军事上了不起，而且在文学上也很了不起！

读者诸君，你看人家曹操既要治国安邦，又要领兵打仗，日理万机，还在文学创作上做出了一个“第一”。所以您不妨扪心自问：我这一生搞出一个“第一”没有？当然要是好的“第一”。如果还没搞出来，那得努力啊！眼看都差不多到了壮年、中年了，再不抓紧努力就来不及了。如果觉得自己再怎么努力这辈子可能也搞不出一个好的“第一”了，那么，您得赶紧培养儿子啊；如果儿子学习成绩也不怎么样，那得赶紧培养孙子啊。只有一代又一代的人不断地创造出一个又一个好的“第一”，来丰富我们中华民族的宝库，我们的民族才能蓬勃兴旺。如果您这一代没有创造出一个“第一”，下一代也没有创造出一个“第一”，那么，我们中华民族的文化宝库就要干瘪了。因此，我们每一个人都要立志努力奋斗，为我们中华民族留下一个好的“第一”！

这首诗的开头八句，都是实写大海，实写山水景物。诗人北征乌桓途中，登临上高高的碣石山，得以纵观苍茫的大海，海水是何等的浩瀚无垠。“水何澹澹”中的“何”字，是何等、多么的意思，准确地传达出诗人第一眼看到大海时的惊喜神情。接着诗人的目光回收山岛，竦峙的山岛上生长着一丛丛的树木——因为海上经常刮风，而且风很大，所以海岛上的树木都长不高，只能一丛一丛地生长。深秋时节百草依然丰茂，给人以生命顽强之感。随着一阵萧瑟的秋风吹过，大海里涌起了滔天洪波，掀起了万丈狂澜。此时，诗人头脑里联想的大门被打开，通过想象虚写，写下了千古咏海名句：“日月之行，若出其中。星汉灿烂，若出其里。”太阳和月亮的运行，出在大海之中，又落在大海之中，仿佛一天也没有离开过大海的怀抱。汉，就是银河。那灿烂的星星和银河，浮沉和倒映在大海里。写出了大海那样一种“包孕宇宙、吞吐日月”的壮阔气势！

这真是千古咏海名句！我们都知道，太阳是宇宙中最灿烂辉煌、最伟大充实的形象，就是这个最灿烂辉煌、最伟大充实的形象，它出在大海之里，又落入大海之中，仿佛一天都没有离开过大海的怀抱。生动地写出了大海那样一种包容和孕育宇宙、吞吐日月的宏大气势，表现了曹操经纬天地、统一四海的壮阔襟怀。

我希望学完这一首诗后，如果没有去过大海的朋友，一定要找机会去看一看大海。在大海面前一站，你的心胸会顿时开阔，灵魂会得到净化，境界也会为之提升。你对人生的看法，对物质的看法，对人与人之间关系的看法，都会有新的感悟。人生短暂，从“宇”这个方面来说，“宇”是指空间，四方上下谓之宇；四方就是东、南、西、北，加上上和下，就是六维空间。从宇这个空间上看，天高地广，人海茫茫，我们每一个人都不过是沧海之一粟，十分渺小。从“宙”这个方面来说，“宙”是时间，往古来今谓之宙。从宙这个时间上来看，岁月悠悠，而人生匆匆，也不知道多少代过去了，我们每个人的一生都只不过是短暂一瞬。宇宙是时间和空间组合在一起的概念。记住，宇是空间，是横向的，无边无际；不知何处是起，也不知何处是终。宙，是时间，是纵向的，没头没尾；不知何日是开始，也不知何日是终结。所以，人们在大海和宇宙面前，显得多么渺小短暂，多么微不足道。

因此，在如此茫茫的人海和如此匆匆的人生中，人与人能够相识，在一起学习或者工作，那都是缘分啊！物质算什么，都是身外之物，生不能带来，死不能带走。所以看过大海后，你的人生观、物质观、宇宙观都会发生变化。从大海回来，再回到北大宿舍，我的什么肥皂啊、牙膏啊、洗衣粉啊，大家都来一起用吧，没关系。

所以，要培养自己和我们的孩子大气的襟怀——大气方能成大器，从小就小气的孩子长大后很难大气，不大气的人很难造就成大器。我曾经撰写过一副对联："大气方能成大器，有德不必求有得。"但凡有德的人、德行高尚的人，都不追求自己的得失，而是尽可能为他人着想。

试举一例，假如你孩子所用的一支价值 60 元的好笔，被同桌不小心踩坏了，你让孩子不必索赔，你说：父亲再给你买一支。你让孩子打听一下，如果同桌家境贫寒，就主动给他也买一支。多买一支笔，不过多花了 60 元钱，但是这个平平常常的举动，却可能在孩子幼小的心灵深处，种下一颗"金种子"！这颗金种子的本质，就是凡事要想着他人。这颗金种子种到心灵深处，有一天会发大芽、开大花的。

培养我们的孩子，不但要有这种"大气襟怀"，而且要有“向善之心”。有个人曾经回忆自己小时候难忘的一件事情，爷爷带他坐火车去城里看望父母前，给他买了一双很好的小皮鞋，说好先不要穿，等下火车后再穿。以前火车的车窗是可以随便升降打开的，他不小心把一只鞋子掉到正在奔驰的火车的窗外，不知所措之时，爷爷赶紧拿起另一只鞋子从车窗扔出去，一车人都很惊讶，面面相觑。爷爷平静地对孙子说道：一只鞋子掉了，另一只鞋子就没有用了，爷爷把它扔下去，如果铁道边有一个人捡到了一只鞋子，往前走一会儿又捡到了另一只，这样对他就有用了。我们都知道，在飞奔的火车上先后掉下的两只鞋子，都能被同一个人捡到，那概率是很小很小的，可能只有千分之一或者万分之一，但这样一种为他人着想的向善之心，却是千分之九百九十九、万分之九千九百九十九的好。所以，我们今天一提到要提高孩子的素质，可能马上想到的就是如何学小提琴、学英语、学奥数等，其实提高这些方面的素质，固然无可厚非。但我认为，在人所有的素质中，善良，乃是一个人最基本的素质。如果把我们的人生比作一幅图画，那么，善良则是人生这幅图画中最靓丽的底色！我们得给孩子的人生图画抹上一层靓丽的底色，不要抹灰的，更不能抹黑的。

人生本是单行道，生命是一条不可倒流的河！关于“人生”，我有几句话，说出来与诸君共勉：“人生要有提前量，做事不可马拉松；人生不可半途废，登山要上最高峰；人生不必太聪明，遇事要能吃得亏（我们的孩子如果从小能‘吃’两样东西，长大就能成大器：一是在人与人的交往中要学会吃亏，二是不管干什么事情都要学会吃苦）；人生之路不平坦，坎坷胜过太行山；人生难得真性情，相逢一诺胜千金；人生本是单行道，生命之河不倒流。”让我们一起回味，共同勉励。

这里再多讲一点，因为这么好的诗歌，您得深刻理解内涵，并且把它背下来。下次您到大海边去，如果也能写出一首咏海名篇来，您就赶紧寄给我，咱们“奇文共欣赏，疑义相与析。”（陶渊明《移居二首》其一）如果写不出咏海名篇，你也得给我脱口而出：啊！日月之行，若出其中；星汉灿烂，若出其里。——借古人之酒杯，浇自己之块垒；借他人之诗句，抒自己之情怀。什么叫“块垒”，块垒就是喻指胸中郁积的愁闷或愤慨不平之气。亦作垒块。明李贽《杂说》曰：“夺他人之酒杯，浇自己之垒块；诉心中之不平，感数奇于千载。”如果你写不出咏海名篇也就罢了，如果你也“啊”不出来，那老师不就白讲了吗？你对孩子说：孩子孩子，快来看啊，好大的一片水啊！孩子会失望地说：爸爸，这也太没有诗意了。

不虚此生的曹丕

曹丕，字子桓，曹操32岁时所得之子。曹丕的文治武功不如其父，胸襟气度亦不如其父，文学才华更不如其父，但他也有两个“第一”传世，此生亦不虚矣！

1. 《燕歌行》：中国诗歌史上流传下来的最早的一首成熟的七言诗

曹丕作有《燕歌行二首》，其一曰：

> 秋风萧瑟天气凉，草木摇落露为霜，群燕辞归鹄南翔。念君客游思断肠，慊慊思归恋故乡，君何淹留寄他方。贱妾茕茕守空房，忧来思君不敢忘，不觉泪下沾衣裳。援琴鸣弦发清商，短歌微吟不能长。明月皎皎照我床，星汉西流夜未央。牵牛织女遥相望，尔独何辜限河梁。

《燕歌行》乃乐府旧题，大多抒写男女相思离别之情。

这首诗一共十五句，我以为前半部分可以三句为一节来解读。诗的开头三句，以写景起兴。描写的秋景与前人咏秋诗歌的基调相同，选取的意象也都是秋风萧瑟，草木摇落，露结为霜，北雁南翔等。接下来写思妇因秋景而引发对远方游子的断肠之思：“念君客游思断肠，慊慊思归恋故乡，君何淹留寄他方。”责备对方为什么长久地滞留远方不思归来，抒发了“茕茕守空房”，整日以泪洗面的孤独和悲伤。

最后，以牛郎织女隔银河空相望的神话故事，进一步深化了独守空闺的深痛巨哀。这首诗，虽然逐句押韵，颇似相传为汉武帝时所作的柏梁台联句，音节不免有点单调；但全诗将思妇的愁怨置于秋夜萧瑟的背景下来抒写，情感缠绵悱恻而又饱满细腻，抒情委婉流畅，语言清丽浅近，还是极具艺术感染力的。体式上完整的、整齐的七言句式，对中国七言诗的形成和发展，具有突出的贡献，影响甚远。清人吴淇评此诗曰：“风调极其苍凉。百十二字（其实是百零五字），首尾一笔不断，中间却具千曲百折，真杰构也。”（《六朝选诗定论》）

曹丕的《燕歌行二首》，其一历来为人垂青，列入各种诗歌选本；其实，其二也写得不错。诗曰：

别日何易会日难，山川悠远路漫漫。

郁陶思君未敢言，寄声浮云往不还。

涕零雨面毁形颜，谁能怀忧独不叹。

展诗清歌聊自宽，乐往哀来摧肺肝。

耿耿伏枕不能眠，披衣出户步东西，仰看星月观云间。

飞鸧晨鸣声可怜，留连顾怀不能存。

全诗十三句，比其一少两句。但相思离别的主题相同，抒发的情思亦同；惟其一感物起兴，情以物迁；而其二则不假外物，直抒胸臆；两篇对读，自会意味倍增。

2.《典论·论文》：中国文学批评史上第一篇文学理论专门论文

典论，就是论典；典，就是常道，准则；论典，就是论述事物的准则、法则。《典论》是曹丕在建安后期为魏世子时，所撰的一部政治、社会、道德、文化论集。全书由二十篇专文组成，是曹丕关于国家大事一系列问题的论文总集。但很可惜，这二十篇文章到现在大多已经失散，只剩下《自叙》与《论文》两篇。《自叙》善于叙事，《论文》则善于议论。《论文》一篇，由于被南朝的萧统选入了《昭明文选》，所以得以完整保留下来，实乃中国文学批评史上的一大幸事。

《典论·论文》中有两个论点很突出：

一是反对文人相轻。“文人相轻，自古而然。”“夫人善于自见，而文非一体，鲜能备善。是以各以所长，相轻所短。里语曰：‘家有敝帚，享之千金。’斯不自见之患也。”此陋习古已有之，至今未绝，实可叹也。如果能将“文人相轻”改变为“文人相亲”，则善莫大焉。

二是极大地抬高文章的社会地位。我以为，《典论·论文》中最好的、对人们最有教益的，就是以下这一段：

> 盖文章，经国之大业，不朽之盛事。年寿有时而尽，荣乐止乎其身，二者必至之常期，未若文章之无穷。是以古之作者，寄身于翰墨，见意于篇籍，不假良史之辞，不托飞驰之势，而声名自传于后。故西伯幽而演《易》，周旦显而制礼，不以隐约而弗务，不以康乐而加思。夫然，则古人贱尺璧而重寸阴，惧乎时之过已。而人多不强力；贫贱则慑于饥寒，富贵则流于逸乐，遂营目前之务，而遗千载之功。日月逝于上，体貌衰于下，忽然与万物迁化，斯志

士之大痛也！

曹丕认为，文章是治理国家的盛大的、不朽的事业。将文章的作用抬到如此高的地位，可以说是前所未有的。从来没有人把撰写文章的作用、价值和意义，抬到治国理政不朽盛事的高度。因为人的年寿总有完尽之时，荣华富贵和快乐也只能停止在此身；这两者必定到一定的期限就会终止，不如文章可以超越时间和空间而无穷无尽地传承下去。一层意思是从正面肯定和称颂通过著书立说“而声名自传于后”的“古之作者”，特别举出了西伯、周旦等作为榜样。另一层意思是从反面批评那些“不强力”的人（即不能自强不息的人），“贫贱则慑于饥寒，富贵则流于逸乐”，只知道经营眼前的琐屑事务，而遗落了“千载之功”。就这样时光一天天流逝，体貌一天天衰老，生命很快就消逝，身体“与万物迁化”，这实在是“志士之大痛也！”——这对于古往今来不思进取、浑浑噩噩、虚掷光阴的人，真可谓是当头棒喝！

这一棒喝，至今仍然具有强烈的现实意义。在今天我们的生活中，仍有不少人正如同曹丕所批评和抨击的那样，贫贱时不思进取，富贵时花天酒地，整天无所事事，手机不离手，饭来张张口，衣来伸伸手，无所作为，蹉跎岁月，一事无成，斯亦人生之大痛也！

才高八斗的曹植

曹植，字子建，曹丕之弟。他是建安时期最负盛名的作家，被钟嵘《诗品》称为“建安之杰”，存诗八十多首，是建安诗坛上保存诗歌最多的诗人。他是曹操38岁时所得之子，自幼聪明，深得曹操钟爱。公元220年，父亲去世时，曹植28岁。以其兄曹丕同年称帝为界，曹植一生分为前后两个时期。曹丕做皇帝的第七年（226）便驾崩了，六年后（232），曹植也去世了。

曹操在世时，很喜欢这个才华横溢的小儿子，所以曹植一直过着无忧无虑的生活。前期颇有事业心和积极进取的精神。在《与杨祖德书》中，表白自己一生所热烈追求的是：“戮力上国，流惠下民，建永世之业，流金石之功，岂徒以翰墨为勋绩，辞赋为君子哉！”在《赠白马王彪》中说：“丈夫志四海，万里犹比邻。”此句后被初唐王勃化为“海内存知己，天涯若比邻”的诗句，脍炙人口。

此外，曹植在《杂诗》其五曰：“愿欲一轻济，惜哉无方舟。闲居非吾志，甘心赴国忧。”在《白马篇》中说：“弃身锋刃端，性命安可怀。父母且不顾，何言子与妻。名编壮士籍，不得中顾私。捐躯赴国难，视死忽如归。”都充满了建功立业的豪情壮志。

曹丕称帝后，曹植备受迫害和压抑，境遇每况愈下。据《世说新语·文学》载：

> 文帝尝令东阿王七步中作诗，不成者行大法；应声便为诗曰：“煮豆持作羹，漉（lù，过滤）菽以为汁；萁在釜下然，豆在釜中泣：本自同根生，相煎何太急！”帝深有惭色。

后来，这首原本六句的七步诗，大约在北宋时期，被精简为四句：

> 煮豆燃豆萁，豆在釜中泣。本是同根生，相煎何太急！

与原来六句的意思不变，却更加简练，更为精彩，也更为贴切。这四句诗遂广为流传，经常被人引用。

这种忧谗畏讥的心情，在《野田黄雀行》中，表露得更为明显、更为充分。诗曰：

高树多悲风，海水扬其波。
利剑不在掌，结友何须多？
不见篱间雀，见鹞自投罗。
罗家得雀喜，少年见雀悲。
拔剑捎罗网，黄雀得飞飞。
飞飞摩苍天，来下谢少年。

起句突兀有气势。“利剑不在掌，结友何须多”，是诗的主旨。如果不能握有实权，就不必结交很多朋友；因为当朋友有难时，自己也无力拯救。下面以罗家比喻迫害者，以黄雀比喻受害者，塑造了一个“拔剑捎罗网”的侠义少年形象，寄托了诗人的理想情怀，抒发了内心抑郁不平的抗争情绪。

诗歌之外，曹植还有一篇名赋——《洛神赋》。赋中描写洛水神女姿容神韵的一段，十分精彩。曰：

其形也，翩若惊鸿，婉若游龙。荣曜秋菊，华茂春松。仿佛兮若轻云之蔽月，飘飖兮若流风之回雪。远而望之，皎若太阳升朝霞；迫而察之，灼若芙蕖出渌波。秾纤得衷，修短合度。肩若削成，腰如约素。延颈秀项，皓质呈露。芳泽无加，铅华弗御。云髻峨峨，修眉联娟。丹唇外朗，皓齿内鲜，明眸善睐，靥辅承权。瑰姿艳逸，仪静体闲。柔情绰态，媚于语言。

曹植在建安诗坛上，诗歌成就最为突出。在三曹七子中，他存诗数量最多，有80多首；另有辞赋、散文等40余篇。《蒙求集注》中载，谢灵运尝云："天下才有一石（十斗），曹子建独占八斗，我得一斗，天下共分一斗。"说曹子建才高八斗，那是当之无愧的。清人成倬曰："魏诗至子建始盛。武帝雄才而失之粗，子桓雅秀而伤之弱；风雅当家，诗人本色，断推此君。"（《多学堂古诗存》）可惜的是，曹植41岁就在忌恨压抑中熄灭了生命的火焰，诚可谓"千古文章未尽才"也。

曹植在古代诗歌史上的地位在于：

一、曹植是第一个大力写作五言诗的人。留传下来的五言诗有50多首，占其全部诗歌的比例超过三分之二。不仅如此，五言诗的题材在他手里得到了开拓，几乎达到了无所不写的地步。可以说，曹植给五言诗的发展奠定了基础。二百年后，到了陶渊明的笔下，五言诗大放异彩。

二、曹植使乐府诗文人化。曹植的诗脱胎于汉乐府，但由乐府诗的叙事性发展到抒情性，内容上由乐府诗的富有社会性、普遍性，发展到具有诗人鲜明的个性。由此开始，历代优秀的诗人无不具有鲜明的个性化特征。

三、曹植的诗歌具有很高的艺术技巧，善于运用比兴抒发感情，注重炼字、对偶和意境，提升和丰富了中国诗歌的艺术表现力。

所以钟嵘在《诗品》中将曹植的诗列为“上品”，称赞其:“骨气奇高，词采华茂；情兼雅怨，体被文质。粲溢古今，卓尔不群。”

第五讲

性本爱丘山，心远地自偏：田园派诗人陶渊明

结庐在人境，而无车马喧。
问君何能尔？心远地自偏。
采菊东篱下，悠然见南山。
山气日夕佳，飞鸟相与还。
此中有真意，欲辩已忘言。

汉之后，是魏、蜀、吴三国（220—265），吴建都建康（今江苏南京）。三国归晋，晋分为两晋：西晋约五十年（265—316），建都洛阳；东晋约一百年（317—420），建都建康。然后是南北朝，南朝宋、齐、梁、陈（420—589），都是建都建康。北朝有北魏、东魏、北齐、西魏、北周等，就不说了。相继在建康（金陵）建都的一共有六个朝代，所以这段历史时期称为“六朝”。南京是六朝古都。

南北朝之后是隋朝。隋朝581年，就在北方夺取政权了，此时在南方的陈朝，还苟延残喘了八年，到589年，隋朝统一了天下。隋朝很短暂，618年灭亡。然后是唐朝，618年开始。中华民族第一个鼎盛的封建王朝是汉朝，汉朝于公元220年随着曹操的去世，落下了壮丽的帷幕。之后一个鼎盛的封建王朝是唐朝，公元618年拉开了灿烂的帷幕。这之间相隔约四百年，这四百年是非常重要的四百年，在我们中国古代思想文化史上，可以称作第二个灿烂辉煌的时期；哲学、宗教、思想、文学、艺术、书法、绘画等等，都取得了灿烂的成果。

在魏晋南北朝这“六朝”时期，除了前面讲过的建安诗坛上“三曹七子”外，还有正始文坛上的阮籍、嵇康等“竹林七贤”，西晋文坛上的陆机、潘岳、左思等诗人。这些我们都不细讲了，下面主要讲一下东晋诗人陶渊明。

一人入三史

陶渊明（365—427），一名潜，字元亮，浔阳柴桑（今江西九江）人。东晋于公元420年已经灭亡了，陶渊明之后的七年活在哪里呢？活在宋王朝。宋王朝皇帝姓刘，所以我们习惯上称这个王朝为刘宋王朝。我们只要说刘宋王朝，你就知道这个宋，不是宋元明清那个宋，那个宋的皇帝姓赵，那是赵宋王朝。我们中国一共有正史24部，称为“二十四史”。二十四史中有一部叫《晋书》，在第九十四卷中有陶渊明本传；有一部史叫《南史》，在第七十五卷中有陶渊明本传；有一部史叫《宋书》，在第九十三卷中有陶渊明本传。陶渊明一人入三史，多么了不起啊。读者朋友们，让我们互相共勉，从今天起，咱们每一个人都努力努力再努力，争取一人入一史——入不了中华人民共和国国史，就争取入某省省史、某市市史、或某县县史；实在不行，就只能入家史了。让我们的孩子从小立志：为中华民族复兴的伟大事业而努力奋斗，争取：留下一个“第一”，载入一部“史册”！

陶渊明29岁之前，主要是读书。他在《五柳先生传》中写道：

> 先生不知何许人也，亦不详其姓字，宅边有五柳树，因以为号焉。闲静少言，不慕荣利。好读书，不求甚解；每有会意，便欣然忘食。性嗜酒，家贫不能常得。亲旧知其如此，或置酒而招之；造饮辄尽，期在必醉。既醉而退，曾不吝情去留。环堵萧然，不蔽风日；短褐穿结，箪瓢屡空，晏如也。常著文章自娱，颇示己志。忘怀得失，以此自终。
>
> 赞曰：黔娄之妻有言：“不戚戚于贫贱，不汲汲于富贵。”极其言，兹若人之俦乎？酣觞赋诗，以乐其志，无怀氏之民欤？葛天氏之民欤？

这是他写的自传，也是研究陶渊明最重要的第一手资料。陶渊明表明自己“不慕荣利”，本“性嗜酒”。家境贫寒，“环堵萧然，不蔽风日”；安贫乐道，喜“好读书”。读书用“不求甚解法”，不钻到字句训诂等牛角尖里，而是抓住大意，“每有会意，便欣然忘食”。宋代苏东坡读书法是“八面受敌法”。什么意思呢？比如说读《红楼梦》，第一遍读，主要关心它的主题思想是什么；读完了一遍以后，从头再来读，主要关心人物形象怎么样；第三遍读，主要关心其情节、结构怎么样；第四遍再读，主要关心它的语言风格怎么样；等等。每读一遍，只是集中关注某一个方面，这是精读，叫作“八面受敌法”。陶渊明的读书方法是抓住大意、不注重字句细节的“不求甚解法”。

陶渊明一生大体分为三个时期。29 岁之前是陶渊明人生的第一个时期，以读书为主。第一个时期他写过一篇著名的散文，就是上面这篇《五柳先生传》。从 29 岁到 41 岁可以看作陶渊明人生的第二个时期，即仕隐反复的时期。第二个时期也写过一篇著名的散文，叫《归去来兮辞》。诗人以十分欢欣的笔调，描写了回归田园的愉快心情与田园生活的美好，堪称农耕社会里描写田园生活的绝妙好辞！从 41 岁到 63 岁去世，是他人生的第三个时期，即归隐田园的时期。第三个时期写过一篇著名的散文，叫《桃花源记》。虚构和描绘了一个政治上没有君权压迫、经济上没有剥削，人人平等、自给自足的封闭独立的“乌托邦式”理想社会，给动乱苦难中的人们以希望之光，影响很大。这三篇散文写得很美，很好，体现了陶渊明不同时期的思想风貌，也都是研究陶渊明十分重要的史料。

陶渊明的性格有两个方面，即：“采菊东篱下，悠然见南山”与“刑天舞干戚，猛志固常在”。鲁迅先生在《且介亭杂文二集·题未定草》中评说道：“‘猛志固常在’和‘悠然见南山’的是一个人，倘有取舍，即非全人；再加抑扬，更离真实。”

表现陶渊明性格“悠然见南山”一面的，如《饮酒》其五：

> 结庐在人境，而无车马喧。
> 问君何能尔？心远地自偏。
> 采菊东篱下，悠然见南山。
> 山气日夕佳，飞鸟相与还。
> 此中有真意，欲辩已忘言。

结草为庐生活在人世间，但是门前却没有车马的喧嚣。

问君是怎么能够做到这样的呢？自答道：“心远地自偏。”此乃一篇之神髓。只要心志远离了世俗红尘，那么你居住的地方自然而然就变得偏僻起来。“采菊东篱下”是一俯，“悠然见南山”是一仰，俯仰之间，人与自然融为一体。最后用庄子的得意忘言之典故。诗人“取山气自然生成之佳景，飞鸟结伴相还之象，寓人生自得之意”。表明诗人与社会自然达到了和谐圆融的最高境界，这种得之内心的人生体味，实在是无法用言语表达出来的。

表现陶渊明性格“猛志固常在”一面的，如《读山海经》其十：

> 精卫衔微木，将以填沧海。
> 刑天舞干戚，猛志固常在。
> 同物既无虑，化去不复悔。
> 徒设在昔心，良辰讵可待。

起笔两句，概括了精卫的神话故事，《山海经·北山经》云：炎帝小女儿女娃溺于东海，化为精卫鸟。每天从西山衔木石，投到东海，发誓欲填平大海。之后二句，概括了刑天的神话故事，《山海经·海外西经》云：刑天与天帝争斗，被天帝砍去头颅，葬在常羊之山，“乃以乳为目，以脐为口，操干戚以舞”。干，盾牌；戚，大斧。另外，在《咏荆轲》中，写荆轲易水送别时，“雄发指危冠，猛气冲长缨”。诗人盛赞荆轲“士为知己者死”的高义，是“心知去不归，且有后世名”。最后刺杀未遂，“惜哉剑术疏，奇功遂不成”。但依然盛赞其壮举，断言：“其人虽已没，千载有余情。”虽然奇功不成，壮志未酬，但千载之下，人们依然怀念他。

陶渊明诗歌的艺术成就很高。他笔下的人与自然和谐一体，一片化境。如《癸卯岁始春怀古田舍》诗中曰：“平畴交远风，良苗亦怀新。”“亦”字将自然人格化。小苗是充满生机、富有生命力的自然物象，在春风里生机勃勃，显得十分欢欣；也饱含了诗人自己“善万物之得时”的喜悦怀新之情。

《读山海经》其一：“众鸟欣有托，吾亦爱吾庐。”鸟儿因为有绕“我”茅庐四周的扶疏树木可以欣欣然托身栖息，“我”也更加爱“我”的茅庐了。这个“亦”字，将诗人自然化。诗人的身心与良苗、众鸟等大自然中的万物融为一体，达到了情景融合、物我两忘的化境。明人王圻评曰：“情之所蓄，无不可吐出；景之所触，无不可写入；晋唯渊明，唐

唯少陵。”“陶诗淡，不是无绳削，但绳削到自然处，固见其淡之妙，不见绳削之迹。”（《稗史》）

不肯为五斗米折腰

陶渊明年轻时有济世安邦的理想。所作《杂诗十二首》的其五有句曰：“忆我少壮时，无乐自欣豫。猛志逸四海，骞翮思远翥。”29 岁到 41 岁首尾十三年，仕隐反复了三四次。他为什么反反复复还是要出来做官呢？据萧统《陶渊明传》记载：陶渊明出任彭泽令后，有公田；划拨给他的“公田，悉令吏种秫，曰：‘吾得常醉于酒，足矣！’妻子固请种粳，乃使二顷五十亩种秫，五十亩种粳”。他自己说，因为他喜欢喝酒，做官有公田，公田可以种秫，秫就是高粱，高粱是酿酒的最好原料。能有酒可喝，所以出来做官。他妻子坚持让他一定要拿出一些公田来种粳稻，以供日常食用之需。他没有办法，但也仅仅勉强拿出六分之一的公田来种粳稻，其余都种秫。可见他多么喜欢喝酒。

陶渊明说自己“少无适俗韵，性本爱丘山”。喜爱自然，第一是指物质上的自然，即大自然。第二是指精神上的自然，精神自然是什么？即自然而然，不受束缚，自由自在。所以，因为有酒喝就出来做官；可是做官又不自由，还要戴上官帽，还要穿着官服，升堂、坐堂，实在受不了束缚，他就走了。可是到家里一两个月没酒喝，更受不了啊，所以只好又出来做官。反复了三四次，到了41岁那一年，他做彭泽县令，所以被后人称为陶彭泽。做了81天，有一天，上级领导督邮来视察工作，手下人让他赶紧穿好官服、戴好官帽，前往迎接。陶渊明喟然长叹曰："我岂能为五斗米折腰向乡里小儿！""即日解印绶去职，赋《归去来》。"便挂冠而去。这句话是梁昭明太子萧统（501—531）《陶渊明传》中记载的。萧统与陶渊明相去仅仅百年左右，应该是最可信的史料。

至于五斗米，有人理解为俸禄，自然太少了；有人说是饭量，又显得太多了。其实，不必泥解，"五斗米"者，犹生计也；如同说：为了那一口饭。"我"哪能为了物质上的生计，而低下自己高贵的头！这种"不肯为五斗米折腰"的精神，就是中国知识分子的傲骨！人是需要有点傲骨的，所以我特别喜欢著名国画大师徐悲鸿的一句名言：人不可有傲气，但不可无傲骨！一个人如果没有一点傲骨，那么他就是精神上的软体动物，一辈子只能匍匐在别人的脚下，爬着走。这种"傲骨"，是陶渊明对中国历代知识分子的人格和精神影响最为深刻的一个方面。这种影响，历久弥新。

我们的孩子，从小就要培养他有点傲骨。如果他今天放学回来说这个老师很伟大，明天回来说那个校长很伟大，后天又说教育局局长很伟大，您就要警醒了：为什么孩子看到一个人，就觉得他很伟大呢？就是因为自己跪在地上，你跪着看别人，可不是谁都高大吗！你得站起来，挺直腰杆，你也很高大。所以我认为我们的孩子一方面要敢于自以为是，这就是自信，如果有一天孩子知道自己的不足，也要敢于自以为非，这就是自省。如果能既自信，又能自省，他就渐渐地成熟起来了！时移世易，可惜这种不肯为五斗米折腰的精神，今天变得越来越难能可贵了。

田园诗派的鼻祖

“不肯为五斗米折腰”的傲骨，是陶渊明对后世影响的第一个重要方面。陶渊明对中国文学与文化重要影响的第二个方面，在诗歌方面，他开创了田园诗派，成为中国田园诗的开山鼻祖。

41 岁这一次挂冠而去后，陶渊明就再也没有出来做官，在田园中生活了二十多年，直到终老。他以满腔的热情来描绘和歌颂田园的美好，在中国诗歌上开创了一个崭新的天地——用诗歌描写田园。

田园是什么？田园就是农村中最普通的劳动者生活的田野，他们走的乡间小路，他们住的茅屋，他们家养的鸡、养的狗，这是田园。从古到陶渊明，从来没有人看得起我们下层劳动人民的生活，从来没有人把最下层人的生活作为主要描绘和歌颂的对象。陶渊明第一次以满腔的热情来描绘和歌颂田园的美好。请看田园诗的代表作《归园田居》，其一曰：

少无适俗韵，性本爱丘山。
误落尘网中，一去三十年。
羁鸟恋旧林，池鱼思故渊。
开荒南野际，守拙归园田。
方宅十余亩，草屋八九间。
榆柳荫后檐，桃李罗堂前。
暧暧远人村，依依墟里烟。
狗吠深巷中，鸡鸣桑树巅。
户庭无尘杂，虚室有余闲。
久在樊笼里，复得返自然。

诗人回到大自然中，心情愉快，直吐畅怀。说自己从小就没有适应世俗的气韵意愿，本性是喜爱大自然。误入尘世的罗网投身官场，一去就是三十年。犹如那羁囚在笼里的鸟儿，怀恋以前自由自在的旧林；又如那被捕捉养在池中的鱼儿，思念原有的那畅游的河川。接下来写田园的生活，诸如开荒南野，方宅草屋；榆树柳树的浓荫遮蔽着后檐，桃树李树一排排罗列在堂前；狗在深巷之中吠叫，鸡在桑树之巅啼鸣；庭户里没有尘世琐务，静室中充满了闲情逸致。在官场樊笼里待久了，现在终于返回到自然而然、非人为之的自在自得的状态之中。

这首诗首尾照应，结构井然，内容丰富，取景典型，是陶渊明田园诗的代表作，影响了后代田园诗的创作。清人方东树《昭昧詹言》卷四评曰："此诗纵横浩荡，汪茫溢满，而元气磅礴，大含细入，精气入而粗秽除，奄有汉、魏，包孕众胜……'少无适俗韵'八句，当一篇大序文，而气势浩迈，跌宕飞动，顿挫沉郁。'羁鸟'二句，于大气驰纵之中，回鞭弹鞚，顾盼回旋，所谓顿挫也。'方宅'十句，不过写田园耳，而笔势骞举，情景即目，得一幅画意；而音节铿锵，措词秀韵，均非尘世吃烟火食人语。'久在'二句，接起处，换笔另收。"诚为的评！

你看陶渊明笔下的田园是多么的美好！特别是“榆柳荫后檐，桃李罗堂前”“狗吠深巷中，鸡鸣桑树巅”等描写，一千多年过去了，我们每一个有农村生活经历的人，读这样的诗歌，都会唤起对纯朴田园的向往和怀念之情。今天的新农村建设，小城镇建设，实在是令人一则以喜、一则以忧。喜，老百姓都住到好的房子里去，一排排、一栋栋的楼房，生活条件有了很大的改善。忧，忧什么？传统的田园正在我们中华大地上逐步消失，令人堪忧。以前的田园是“狗吠深巷中，鸡鸣桑树巅”。我曾经到北京郊区密云、平谷去，看到的则是“狗吠阳台上，鸡鸣笼子里”，实在是五味杂陈，不知该说什么好。

陶渊明是第一位以满腔热情来描绘和歌颂田园美好的诗人，在中国诗歌史上展开了一个广阔的天地，就是描写田园生活。把最下层劳动人民的生活写到文人的诗中，热情地讴歌。陶渊明在中国诗歌史上开此先河，功德无量。之后唐代诗圣杜甫更进了一步，不满足于对劳动人民生活的描绘，而是开始同情和关心劳动人民的命运，忧国忧民，无疑更上了一个新的境界。

在《归园田居》其三中，陶渊明还写到了自己躬耕田园、亲自参加体力劳动的情景，这一点尤为难能可贵。

诗曰：

种豆南山下，草盛豆苗稀。
晨兴理荒秽，带月荷锄归。
道狭草木长，夕露沾我衣。
衣沾不足惜，但使愿无违。

南山，就是庐山；诗人家在浔阳柴桑（今九江），南面就是巍峨的庐山。刚回归田园，对农作劳务不怎么上心。种豆在南山之下，却常常在家饮酒，致使田里的草儿长得比豆苗还要高，再不治理就真的要荒了。于是不得已“晨兴理荒秽”，早晨起床去田里锄杂草；一直干到天晚，才“带月荷锄归”，在月光下扛着锄头回来。从其后面的两句描写中，我以为陶渊明确实在田里干过活，走过田间小路。他说：“道狭草木长，夕露沾我衣。”我们知道，农民总是珍惜土地，充分利用每一寸农田来种庄稼，所以田间的小路都是很窄的。小路两边的草“欺负”路，向路的一方长过来；傍晚的草上有露水，人收工之后从田间小路上走过，会怎么样呢？衣服自然免不了被打湿。如果没有田园劳作的经历，一直在王府井大街那样的大道上走的话，那是肯定写不出这样的诗句的。

最后两句："衣沾不足惜，但使愿无违。"我以为陶渊明在田园生活中，已经逐步有了与劳动人民相通的真情实感。他说衣服打湿了没有什么可惜的，只要自己的愿望能够不违背、能实现就好了。这个"愿"，一般都理解为从官场回归田园之愿，我以为这种理解是没有问题的。但我们也还可以把这个"愿"理解为庄稼丰收，也就是说只要庄稼能够丰收，衣服打湿了没有什么可惜的。这种理解，相比前一种理解而言显得有点狭窄、有点具体、有点现实，但我以为这种理解更接近于一个普通劳动者的心态。我们的父母干了一天活，衣服脏了、湿了，他们能想什么？没想什么，只要庄稼长得好就行了。

宋人苏东坡盛赞陶渊明的诗："质而实绮，癯而实腴。"（《与苏辙书》）金人元好问在《论诗三十首·其四》中也曾经放声高歌陶渊明的诗是：

一语天然万古新，豪华落尽见真淳。
南窗白日羲皇上，未害渊明是晋人。

陶渊明的诗歌语言平淡，自然天成，不事雕琢，毫无粉饰，具有质朴淳厚的美质，万古常新。

陶渊明的田园诗，奠定了中国古代田园诗的基础。多年来，在对中国古典诗歌学习和研究的过程中，笔者逐步形成了这样一个观点，中国很多题材的诗歌，比如山水诗、友情送别诗、咏史怀古诗、哲理诗、咏物诗、闺怨宫怨诗、爱情诗等，都是到了唐朝，唐朝诗人用他们的聪明和智慧，将其写到顶峰。可唯独田园诗，陶渊明开创了田园诗派，一下子把田园诗写上了顶峰。陶渊明的田园诗，可以说是前无古人，当时亦无人匹敌，后世也很难超步。唐宋元明清所有的田园诗，没有超过陶渊明的，可以说都是在陶渊明田园诗的浓荫笼盖之下。

此翁未死，凛然生气

萧统在《陶渊明文集序》中盛赞陶渊明："不以躬耕为耻，不以无财为病。"称赞陶渊明的诗文："其文章不群，辞采精拔，跌宕昭彰，独超众类，抑扬爽朗，莫之于京。横素波而旁流，干云霄而直上。"这些绝非溢美之词。

陶渊明在中国诗歌史上的地位是十分突出的，可以说陶渊明之后，中国伟大的诗人，没有一个不喜欢陶渊明，没有个不受陶渊明的影响。李白在《梦游天姥吟留别》的最后高唱道："安能摧眉折腰事权贵，使我不得开心颜？"杜甫喜欢，陆游喜欢，辛弃疾喜欢。辛弃疾600多首词，二三十首写到陶渊明，如《水龙吟》这样写道：

老来曾识渊明，梦中一见参差是。觉来幽恨，停觞不御，欲歌还止。白发西风，折腰五斗，不应堪此。问北窗高卧，东篱自醉，应别有、归来意。　　须信此翁未死，到如今、凛然生气。吾侪心事，古今长在，高山流水。富贵他年，直饶未免，也应无味。甚东山何事，当时也道，为苍生起。

参差，就是好像、仿佛。"此翁未死"，陶渊明的精神，一直充满着生命的活力，"到如今，凛然生气"。加拿大皇家学会院士、南开大学中华古典文化研究所所长叶嘉莹先生，在讲陶渊明时说过："不是我的讲演使他复活了，而是他的精神本来就没有死，千百年来都具有一种感动人心的力量。"

又如，辛弃疾的《鹧鸪天·读渊明诗不能去手，戏作小词以送之》词曰：

晚岁躬耕不怨贫，只鸡斗酒聚比邻。都无晋宋之间事，自是羲皇以上人。　　千载后，百篇存，更无一字不清真。若教王谢诸郎在，未抵柴桑陌上尘。

辛弃疾说自己读陶渊明的诗，一拿起来就放不下手。陶渊明一百多首诗歌，没有一个字不清淳纯真。晋代王谢豪门大族的子孙们，连陶渊明柴桑陌上的尘土都比不上。何等地推崇备至。

最喜欢陶渊明的是我们最崇拜、最有才华的诗人苏东坡（1036—1101）。苏东坡一生把陶渊明当成良师益友，晚年则更加喜欢陶渊明，把陶渊明的120多首诗差不多和了一遍，有“和陶诗”109首之多。他最喜欢陶渊明真率自然的性情。在《东坡题跋・书李简夫诗集后》，苏东坡曾这样评价陶渊明：“欲仕则仕，不以求之为嫌；欲隐则隐，不以去之为高。饥则叩门而乞食；饱则鸡黍以延客。古今贤之，贵其真也。”

《宋书・陶潜传》中载：“贵贱造之者，有酒辄设。潜若先醉，便语客：‘我醉欲眠，卿可去。’其真率如此。”不管贵贱，只要有人到他家来，只要家里有酒，就一定拿出来招待客人。时常是自己先喝高了，便对客人说：“我醉欲眠，卿可去。”去，就是离去；“你们”都走吧。如此真率，使得后世浪漫主义诗人都喜欢他这个性情中人，都喜欢他这种率真的性情。

中国古代有三个伟大的浪漫主义诗人，一个是屈原，一个是李白，一个是苏东坡。李白也十分喜欢真率自然的性情。他有一首绝句《山中与幽人对酌》，写道：

> 两人对酌山花开，一杯一杯复一杯。
> 我醉欲眠卿且去，明朝有意抱琴来。

幽人，就是幽隐之人，或幽居之人。李白在山中与幽隐的朋友对酌欢酒，周围山花盛开，两个人推杯换盏，一杯一杯又一杯。第三句，李白把陶渊明说的话拿过来，就小改一个字，把“可”改为“且”，写入自己诗中。说“我醉欲眠卿且去”，“我”喝醉了，“我”要睡觉了，“你”就暂且离去吧；以陶渊明说的话入自己的诗，可见李白是多么地喜欢陶渊明的率真性情。结句曰：“明朝有意抱琴来”，明天如果有意的话，“你”就抱着琴再来欢聚吧。多么率真！

说到“琴”，陶渊明不会弹琴。《晋书·隐逸传·陶潜传》中载：“性不解音，而蓄素琴一张，弦徽不具。”说他不懂得弹琴，但家里经常蓄一把不加装饰、没有琴弦和琴徽的无弦琴。今后在诗词笔记中，只要看到“无弦琴”这三个字，百分之九十五是说陶渊明，无弦琴已经成了陶渊明的代名词，成了中国文化中一个固定的意象了。“每有酒适，辄抚弄以寄其意。”（《宋书·陶潜传》）陶渊明每当酒喝得微醺的时候，就把无弦琴拿起来拨弄一下，没有琴弦，自然就不会有声音；他不用有声音，只要自己获得弹琴的快乐就行了。所以，快乐是一种主观感觉，快乐跟物价没有关系；快乐是无尽的宝藏，快乐是最好的礼物！

读者诸君，如果你们的父母还健在，我十分羡慕你们，衷心祝福他们健康长寿！请大家记住三条：1. 如果你的父母不跟你住在一个城市，那么每年至少去看你父母一次，最好春夏秋冬各看望一次。2. 如果你的父母跟你住在同一个城市，但不住在一起，比如你父母住在东城，你住在西城，那么以后出差一个星期、两个星期，出国三个星期，回来一下飞机，先去看望你的父母，然后再回家——今天你一下飞机、一下高铁就去看望你的父母，明天你的孩子会一下飞机、一下高铁就来看望你的，你是孩子最好的老师。3. 如果你的父母跟你住在一起，已经八九十岁了，腿脚不灵活，你们周一到周五去上班很忙，你父母亲只好窝在家里不出去，好不容易等到双休日，你得开车带父母亲出去散散心，到处游玩游玩，买点老人家喜欢吃的东西，不一定是山珍海味，也许老人家更喜欢白薯、香椿。你说：我家没有车子。没有车子，就打车去呗。记住：如果钱能换来快乐，这个钱就有了十倍的价值；如果钱能换来父母的快乐，这个钱就有了一百倍的价值！

第六讲

文质兼备，风骚两挟：唐诗的概况与总体特色

遗荣期入道，辞老竟抽簪。

岂不惜贤达，其如高尚心。

寰中得秘要，方外散幽襟。

独有青门饯，群僚怅别深。

唐代（618—907），一般分为初唐、盛唐、中唐、晚唐四个阶段。接下来是五代（907—960），指后梁、后唐、后晋、后汉、后周，同时并存的还有中原之外的十国（902—979），即前蜀、后蜀、南吴、南唐、吴越、闽、楚、南汉、南平、北汉等十余个割据政权，欧阳修《新五代史》将其合称为五代十国。唐五代一共将近350年，在文学方面，散文、辞赋、传奇小说、词等方面都取得了突出成就，但其中最具代表性、成就最辉煌、对后世影响最大的文学样式，毫无疑问是诗歌。以至于人们在谈论某一朝代文学代表时，会不约而同地说先秦散文、两汉辞赋、唐诗、宋词、元曲、明清小说。甚至有人从某种意义上极而言之：唐以后，则天下无诗矣。

数量空前，不同凡响

唐诗数量空前。清康熙四十四年（1705）三月，彭定求、沈三曾、杨中讷等十人，奉敕开始编纂《全唐诗》，于次年十月即编纂完成奏上。《全唐诗》共“得诗 48 900 余首，凡 2 200 余人”，总计 900 卷。从康熙年间编成至今的三百余年中，人们又陆续补遗集佚，由中华书局合编成《全唐诗外编》出版；复旦大学陈尚君先生加上《全唐诗外编》成果，编成《全唐诗补编》，共收诗 6 327 首，句 1 505 条，诗人 1 600 多位。至此，唐诗作品存世者正式已知诗共 55 730 余首，另有诗句计 3 060 余条；所涉唐代的诗人总计 3 780 余位。

我们说这个数量是“空前”的，那是没有问题的，但不是“绝后”的。我们北大中文系古典文献专业二十几位老师，从 1986 年开始启动《全宋诗》的编纂工作，到 1998 年告竣，首尾用了十三年时间，完成了这一浩大的文化工程。北京大学出版社 2006 年最后出齐，精装本煌煌 72 大册，3 785 卷，共收入宋代 9 000 多诗人、25.4 万多首诗歌，诗歌的数量是唐诗的 5 倍左右。

但宋人自己也知道本朝的诗歌，虽然有自己的特色，但从总体上看成就超不过唐诗；唐诗就像一座巍峨的高峰，耸立在宋人和后代人的面前，那是不可逾越的、难以超步的。宋朝人很聪明，用自己的才华和智慧，绕了个道，1 330 多位词人，创作了 19 900 多首宋词，把词体文学创作推上了一个高峰。从此以后，在中国韵文诗歌的高天广地里，唐诗、宋词，像双峰并峙、两水分流——各极中国韵文之鼎盛。

康熙年间所编纂的《全唐诗》中，作者数量有 2 200 多人，后来又增补至 3 700 多人。这个数量如此之多，当然是说明唐代诗歌兴盛的一个方面；但更能说明问题的是这些写诗人的身份，遍布当时社会的各个阶层。上到皇帝、王妃、大臣、将军、文人、学士等人都会写诗；下到农夫、樵夫、渔父、和尚、妓女等人，也会写诗。从庙堂之高，到江湖之远，到处都可以听到吟咏诗歌的声音，这最能说明唐代诗歌的繁荣兴盛。

唐代的皇帝，多能写诗。《全唐诗》中录有唐太宗李世民（598—649）的诗 90 多首，如《帝京篇十首》其一的起句就很有气势："秦川雄帝宅，函谷壮皇居。"结句也颇为风云流宕："云日隐层阙，风烟出绮疏。"

唐玄宗李隆基（685—762）存诗 60 多首。当朝老臣贺知章于天宝二年（743）十二月，以80多岁高龄上疏请度为道士，归隐故里镜湖。翌年（744）正月初五，玄宗率群臣祖饯于长安西门，玄宗带头，作了一首《送贺知章归四明》。诗曰：

遗荣期入道，辞老竟抽簪。
岂不惜贤达，其如高尚心。
寰中得秘要，方外散幽襟。
独有青门饯，群僚怅别深。

即兴所作，也能切合时景，颈联对仗工整，颇见功力。

还有，唐代的皇后、妃子也会写诗。武则天（624—705）写过七绝《如意娘》，诗曰：

看朱成碧思纷纷，憔悴支离为忆君。
不信比来长下泪，开箱验取石榴裙。

看朱成碧，形容因为苦苦相思而视觉模糊，神情恍惚。梁王僧孺《夜愁示诸宾》："谁知心眼乱，看朱忽成碧。"离别之后，因为思念而面容憔悴，神色支离。支离，身体衰弱，比来，就是近来；如果“你”不相信“我”近来常常流眼泪的话，那么，请打开“我”的衣箱看看“我”的石榴裙上，那可是新泪痕压旧泪痕啊！可谓是情辞俱佳，叙写清明畅达，不亚诗客佳作。

贵妃杨玉环（719—756）也写有七绝《赠张云容舞》。《全唐诗》题下注：“云容，妃侍儿，善为《霓裳舞》。妃从幸绣岭宫时，赠此诗。”诗曰：

罗袖动香香不已，红蕖袅袅秋烟里。
轻云岭上乍摇风，嫩柳池边初拂水。

描写舞者张云容罗袖轻扬，香风拂拂，沁人心脾；舞动起来像一朵红色的荷花，在秋烟里袅袅婷婷。又如同乍起的轻风吹动岭头的云彩，还似透嫩的柳条拂动池中碧水。诗歌将舞姿描绘得多么美好，实际上是在赞颂舞者美妙的丰神韵致。杨贵妃自己也十分擅舞，能为《霓裳羽衣舞》，诗中透出的是自身对舞蹈的真切体验，不同凡响。

这些诗都还是写得很不错的。至于下层的落魄文人、落榜秀才、贫困民众写的诗歌，更是不胜枚举。女道士鱼玄机、妓女薛涛等，也都有大量优秀诗作流传。整个社会从上到下各个阶层的人们，都喜欢诗歌，都能够创作诗歌，并且能创作出相当成熟甚至很优秀的作品，这正是一个时代某一种文学样式真正繁荣的最有力的标志。

就像唐代人都能够写诗一样，宋代人则都能够填词。《词林纪事》中记载《大宋宣和遗事》载：宋徽宗宣和年间（一说六年，1124），适逢元宵佳节，首都汴梁（开封）到处张灯结彩，热闹非常。皇帝特准京师官宦之家的女子进宫观灯，并各赐御酒一杯。不料其中一个女子饮酒之后，暗将一御制金杯装入怀中，被宫中卫士发现，抓住押到皇帝面前听候发落。皇帝问她为什么窃取金杯，这女子也不辩白，只索笔墨，挥笔填写了一首《鹧鸪天》。徽宗读罢此词，大喜，遂将金杯赏赐给她，并派卫士送她回家，跟家里人道个明白。这首《鹧鸪天》词是这样写的：

月满蓬壶灿烂灯，与郎携手至端门。贪看鹤阵笙歌举，不觉鸳鸯失却群。　　天渐晓，感皇恩。传宣赐酒脸生春（一作“饮杯巡”）。归家恐被翁姑责，乞赐（取）金杯作照凭。

一个普普通通的女子，可以根据当时的情景，当场填词，能十分贴切，非但没有获罪，反而还得了一个金杯，可见宋代的词是多么普及，填词的社会土壤是多么丰腴。

唐朝的诗歌创作十分普及，宋朝的填词同样十分普及。这种十分普及的社会现实，犹如宽阔庞大的根基，这根基就像连绵起伏的喜马拉雅山，只有在如此连绵无尽的山山岭岭上，才能堆积和簇拥起巍峨入云的珠穆朗玛峰！唐诗，就是中国古典诗歌的连绵群山中簇拥起来的诗的“珠穆朗玛峰”；而宋词，则是中国古典词的连绵群山中簇拥起来的词的“珠穆朗玛峰”！

唐诗之美在情辞

钱钟书先生在《谈艺录》中曰：“唐诗多以丰神情韵擅长，宋诗多以筋骨思理见胜。”缪钺先生在《论宋诗》中亦曰：“唐诗以韵胜，故浑雅，而贵蕴藉空灵；宋诗以意胜，故精能，而贵深析透辟。唐诗之美在情辞，故丰腴；宋诗之美在气骨，故瘦劲。”

这些都是就总体特色而言的：唐诗重情趣，宋诗重理趣。唐诗，特别是盛唐诗歌，充盈着一种青春活力和激情想象，即便是享乐、颓丧、忧愁、悲伤，也仍然弥漫和律动着一种青春的气息。林庚先生将这种青春气息称为“少年精神，盛唐气象”。唐代诗人大都喜欢用热烈的情感来感受生活，把热烈的情感写到诗中，传达给当世和后来历代的读者。诸如：

杨炯的《从军行》有句曰：“宁为百夫长，胜作一书生。”

王昌龄的《从军行》有句曰：“黄沙百战穿金甲，不破楼兰终不还。”《少年行二首》有句曰：“气高轻赴难，谁顾燕山铭。”

王维的《少年行》有句曰：“孰知不向边庭苦，纵死犹闻侠骨香。”《少年行四首》有句曰：“相逢意气为君饮，系马高楼垂柳边。”

李白的《将进酒》有句曰：“人生得意须尽欢，莫使金樽空对月。天生我材必有用，千金散尽还复来。”《行路难》有句曰：“长风破浪会有时，直挂云帆济沧海。”

杜甫的《画鹰》有句曰：“何当击凡鸟，毛血洒平芜。”《房兵曹胡马诗》有句曰：“所向无空阔，真堪托死生。”

岑参的《凉州馆中与诸判官夜集》有句曰：“花门楼前见秋草，岂能贫贱相看老。一生大笑能几回，斗酒相逢须醉倒。”

李颀的《送陈章甫》中间六句曰：“陈侯立身何坦荡，虬须虎眉仍大颡。腹中贮书一万卷，不肯低头在草莽。东门酤酒饮我曹，心轻万事如鸿毛。”

如此等等，不一而足。

相对于唐诗的总体特色是重情趣而言，宋诗的总体特色则是重理趣。宋朝人的诗歌主要不是以情趣感动人，而是常常将自己对社会、人生的哲理性思索写到诗中，充满理趣，给人以理性的启迪和良好教益。这方面的例子很多，这里仅举苏轼的两首七绝为例。一首是苏轼的《题西林壁》，诗曰：“横看成岭侧成峰，远近高低各不同。不识庐山真面目，只缘身在此山中。”细细玩味，令人思而得之的哲理是：当局者迷，旁观者清。

另一首是苏轼的《琴》，诗曰：“若言琴上有琴声，放在匣中何不鸣？若言声在指头上，何不于君指上听？”细细玩味，令人思而得之的哲理是：人们无论成就一件什么事情，都离不开主观条件和客观条件，这两个方面，缺一不可。

为了更加清楚地说明两者总体风格上的差异，下面我们试对唐人贺知章与宋人曾巩的两首题目相同、形式相同、描写的对象相同，而表达的情趣却迥然不同的七言绝句，进行一下比较分析。

唐人贺知章的七绝《咏柳》诗曰：

碧玉妆成一树高，万条垂下绿丝绦。
不知细叶谁裁出，二月春风似剪刀。

春天来了，诗人以欣喜的目光看着新柳的主干如碧玉妆成。丝绦，就是旗帜上的垂缕。这首诗很有特色。第一，很美。碧和绿是生命的本色，大自然中有生命的植物的基本色。第二，层次分明。诗人从柳的主干写到柳条，再写到柳叶，层次非常清楚。第三，这首诗题为咏柳，实则颂风。后两句是诗人心口相商，自问：那一排排整齐、鲜亮、透嫩的绿叶，是谁剪裁出来的呢？自答：是大自然这位能工巧匠，挥动二月春风的剪刀精心剪裁出来的。诗人越是把春柳写得美好，越是在烘托春风惠物之功，因为这一切美好都是春风带来的。风无形无色，看不见，摸不着，抓不住，只能借助绿柳来彰显，通过咏柳来赞颂；可谓是泼墨在柳而归趣在风。全诗字里行间充满着对自然的爱、对生活的爱、对美的爱，此乃咏春咏柳诗中的名篇。

“唐宋散文八大家”中，唐代有两家——韩愈、柳宗元，宋代有六家——苏轼、苏洵、苏辙、欧阳修、王安石和习惯上排在最后一家的曾巩。曾巩（1019—1083）的散文文风朴实，章法严谨；诗歌中七绝也颇有佳作。他写过一首七绝《咏柳》。诗是这样写的：

乱条犹未变初黄，倚得东风势便狂。
解把飞花蒙日月，不知天地有清霜。

题目同为《咏柳》，形式同为七言绝句，描写的对象同为春天刚刚到来时的柳树，但诗人借咏柳所表达的情感，却有天壤之别。

首句就说那乱七八糟的柳条，还没有改变最初的鹅黄色。我们知道，在长江以北的区域，春天刚刚到来时柳条不是绿色的，开始时未放开的柳芽是鹅黄色的。我曾经到深圳讲课，深圳的朋友跟我说："我们深圳的柳树一年四季都是郁郁葱葱的。"我对他们说："你们容易审美疲劳啊，老是那样子。哪像我们北京，春天来了，人们都十分兴奋；而到了秋风一起，黄叶飘零，人们都很感伤，悲秋之萧瑟，伤时之凄凉。"

第二句说那乱七八糟的柳条，春风一起，便倚仗着春风，情不自禁地疯狂地飘舞起来。狂到什么程度呢？第三句回答：狂得自以为能够用自己的飞花——就是柳絮——把太阳和月亮都遮蔽起来。解，就是能够，会。第四句当头断喝一声："不知天地有清霜？"这里的"不知"，不是"不知道"的意思，而是"知不知"的意思，是反诘句。你知不知道天地之间大自然的运行规律，春天后面接着的一定是夏天，夏天后面紧跟着的一定是秋天，等到秋风一起，清霜一降，你就会黄叶飘零，你就完了。

请看，唐人笔下的柳是多么美啊，而宋人笔下的柳则是多么丑啊；唐人笔下的柳是多么可爱啊，而宋人笔下的柳则是多么可恶啊。宋人笔下的柳，就像是《红楼梦》中所描写的"子系中山狼，得志便猖狂"的小人形象。

当然，这些都是就总体特色而言的，其实宋人也有不少很有情趣的诗，如王安石的《梅花》，诗曰：

墙角数枝梅，凌寒独自开。
遥知不是雪，为有暗香来。

院墙角落的几枝白梅，在寒风里独自盛开；远远望去就知道那压在枝头的白色不是雪，因为有缕缕幽香轻轻地飘来。遗貌取神，得梅之神韵。这样的诗歌，放在唐诗中也不减唐人高处。

又如苏东坡的《惠崇春江晚景》，诗曰：

竹外桃花三两枝，春江水暖鸭先知。
蒌蒿满地芦芽短，正是河豚欲上时。

清新自然，一片生机。结句中的“欲上时”，有人曾望文生义解释为“上市”，应时的鲜货开始在市场上销售，非也；其实是指河豚从大海回游到江河，由长江下游“溯流而上”的意思。

到了清代，此诗还引起了文坛一段笑谈。毛奇龄在《西河诗话》里记载了他与汪蛟门论宋诗，汪蛟门举东坡这一句“春江水暖鸭先知”诗，说：“不远胜唐人乎？”毛奇龄说：“此正效唐人而未能者。‘花间觅路鸟先知’，唐人句也。觅路在人，先知在鸟，以鸟习花间故也。此‘先’，先人也。若鸭，则先谁乎？水中之物，必先及鸭，妄矣！”毛奇龄认为，汪蛟门所称赞的“春江水暖鸭先知”，其实是效法唐诗而达不到唐诗的韵味。水里的动物那么多，都知道冷暖。如果一定要说鸭先知道，岂不是“妄矣”。这不是评析诗歌，成了“抬杠子”了。

同样，唐人诗中也有充满理趣的诗歌。如，王之涣的《登鹳雀楼》诗曰：“欲穷千里目，更上一层楼。”意思是，只有站得高，才能望得远。给人以警醒。又如，刘禹锡有名句曰：“沉舟侧畔千帆过，病树前头万木春。”“芳林新叶催陈叶，流水前波让后波。”都表明新陈代谢是不可抗拒的规律，新生战胜腐朽，一代胜过一代。白居易有名句曰：“野火烧不尽，春风吹又生。”“试玉要烧三日满，辨材须待七年期。”都充满了启迪人心的理趣。

总而言之，唐诗，特别是盛唐诗歌，充满了激情，充满了感发人心的力量，读了让人振奋，躁动，心神荡漾，激情涌动，不能自已。所以我们说读唐诗如饮美酒，美酒中蕴藏着催发人情绪高昂的积极因素。而宋诗给人的不是激动，而是思索，是体味。所以我们说读宋诗如品名茗，名茗就是名茶，名茶得慢慢地品，越品越觉得余香满口，越品越觉得回味无穷；因为宋诗中蕴藏着丰富的理趣，让人细细体味，味之愈长；慢慢沉思，思得愈多。

第七讲

海内存知己，天涯若比邻：重视友情与送别诗

城阙辅三秦，风烟望五津。

与君离别意，同是宦游人。

海内存知己，天涯若比邻。

无为在歧路，儿女共沾巾。

朋友是我们人生最宝贵的财富之一，友谊是人的精神世界里最灿烂的阳光，也是人的心灵旷野里最和煦温暖的春风。

孔子的弟子子夏有名言曰：“四海之内皆兄弟也。”（《论语·颜渊篇》）唐朝诗人白居易《琵琶行》中有诗句曰：“同是天涯沦落人，相逢何必曾相识。”如果我们将“四海之内皆兄弟”与“相逢何必曾相识”放在一起，虽不是对联——对联必须对仗工整，词性相当，平仄相反，特别是最后一个字必须是仄起平收——但可以作为一句有益的格言，叫作：“四海之内皆兄弟，相逢何必曾相识。”

宋代江西临川诗人晏殊与朋友分别十五年后，又在故乡梶园相逢，十分高兴，写了一首题为《金梶园》的诗。诗曰：

临川楼上梶园中，十五年前此会同。
一曲清歌满樽酒，人生何处不相逢。

如果我们将“人生何处不相逢”与白居易的“相逢何必曾相识”放在一起，那就是：“人生何处不相逢，相逢何必曾相识。”这也不是对联，但也是一句有益的格言。而且在修辞手法上还是难得的“顶真（针）格”，即上一句的最后一个字、两个字（最多三个字），是下一句开头的一个字、两个字（最多三个字），亦称联珠、蝉联，可起到环环紧扣、蝉联而下、引人入胜的艺术效果。

人生相逢相识都是缘！我们知道，宇宙的“宇”指空间，是横向的，四方上下谓之宇；从“宇”上讲，天高地广，人海茫茫。宇宙的“宙”指时间，是纵向的，往古来今谓之宙；从“宙”上讲，岁月悠悠，人生匆匆。在如此茫茫的人海和如此匆匆的人生中，人与人能够交叉，能够相识成为朋友，甚至走到一起，在一个单位做共同的工作，在一个学校读书或者教书，那都是缘分——我们应该十分珍惜这个缘分！

有朋自远方来，不亦乐乎

中华民族是一个礼仪之邦，历来就有崇尚友道、珍惜友谊的优良传统。春秋时期伟大的思想家、教育家孔子，在

《论语》第一篇《学而篇》开宗明义的第一条就是：

学而时习之，不亦说(悦)乎；有朋自远方来，不亦乐乎；人不知而不愠，不亦君子乎。

学新的知识而又经常复习、温习已经学过的知识，这岂不是非常愉悦的事情吗？说，通“悦”。有朋友从很远的地方来，这岂不也是非常快乐的事情？别人不了解自己，自己也不恼怒、不怨恨，这正是有修养的君子应取的态度。愠，生气，恼怒。这就是我们古代知识分子渴望和向往的人生“三不亦”。其中第二个“不亦”——“有朋自远方来，不亦乐乎”，是中国古代友道中最早的、最有名的、影响最为深远的一句名言。

战国时期，伟大的诗人屈原在《少司命》一诗中，写过名句：“悲莫悲兮生别离，乐莫乐兮新相知。”悲伤中最大的悲伤啊，莫过于活活的离别；快乐中最大的快乐啊，莫过于新结识一个好朋友。把新结识一个好朋友看作人生最大的快乐，这正集中体现了儒家的友道观，表达了古人对结交朋友的渴望、热情和重视。

中国人非常重视朋友，重视朋友之间应该真诚相处的友道。在《周易·系辞》中，有这样的一句名言：

二人同心，其利断金；同心之言，其臭如兰。

说两个人只要同心协力，其力量、其锐利，足以截断金。这里的金，不是今天所指的黄金，古时制器多用铜，故通称铜为金。臭（xiù），就是气味。同心人之间所说的话，味儿就像兰花一样芬芳。中国古代的武侠小说中，把结拜兄弟称作“义结金兰”。所谓金兰之交，金兰之契，金兰者，好兄弟也。

中国古代在友道方面最脍炙人口的故事，就是伯牙和钟子期的故事。据《吕氏春秋》记载：“伯牙善鼓琴，钟子期善听。伯牙鼓琴，志在高山，钟子期曰：‘善哉，峨峨兮若泰山！’志在流水，钟子期曰：‘善哉，洋洋兮若江河！’伯牙所念，钟子期必得之。子期死，伯牙谓世再无知音，乃破琴绝弦，终身不复鼓。”《列子·汤问》中也有基本相同的记载。

楚国人伯牙非常擅长弹琴，钟子期则非常善于听琴。伯牙弹琴弹得高亢激越，钟子期一听，说：“善哉乎鼓琴，峨峨兮若泰山。”一会儿伯牙又弹得非常的舒缓，非常的轻柔。钟子期一听，说：“善哉乎鼓琴，汤汤兮若流水。”钟子期去世后，伯牙在钟子期的墓前弹奏一曲之后，便将琴弦给扯断了，把琴给摔坏了，终身不再鼓琴。人问何故，伯牙回答说："世无足复为鼓琴者也。"——人世间再也没有一个值得我为他弹琴的人了。留下了一个著名的词叫"知音"，还有一个著名的成语叫作"高山流水"。"相逢有酒且教斟，高山流水遇知音。"（张孝祥《丑奴儿》）

当然，朋友不可能总是欢聚一起，正如苏东坡所言："人有悲欢离合，月有阴晴圆缺，此事古难全。"（《水调歌头》）人总是要分离的。而在生产力落后、交通十分不便的古代，人们一旦分别，可能几年、十几年，也可能几十年难得重逢，甚至分别便成为永别。因而，"相见时难别亦难"（李商隐《无题》）也，"自古多情伤离别"（柳永《雨霖铃》）也，"黯然销魂者，惟别而已矣"（江淹《别赋》）。所以，古人对离别十分郑重，朋友远行，常常置酒长亭，饯行相送，吟诗作赋，往来酬唱，形成了诗歌中一个情趣独特的体裁——送别诗。

送别诗中常见的意象

诗歌创作离不开意象。关于"意象"，袁行霈先生认为："古人所谓意象，尽管有种种不同的用法，但有一点是共同的，就是必须呈现为象。那种纯概念的说理，直抒胸臆的抒情，都不能构成意象。因此可以说，意象赖以存在的要素是象，是物象。物象是客观的，它不依赖人的存在而存在，也不因人的喜怒哀乐而发生变化。但是物象一旦进入诗人的构思，就带上了诗人主观的色彩。这时它要受到两方面的加工：一方面，经过诗人审美经验的淘洗与筛选，以符合诗人的美学理想和美学趣味；另一方面，又经过诗人思想感情的化合与点染，渗入诗人的人格和情趣。经过这两方面加工的物象进入诗中就是意象。诗人的审美经验和人格情趣，即是意象中那个意的内容。因此可以说，意象是融入了主观情意的客观物象，或者是借助客观物象表现出来的主观情意。”（《中国诗歌艺术研究》）

比如“梅花”这个词，表示自然界中的一种客观事物，它有形状，有颜色，有香味，还具有冲寒怒放等种种具体的物象。但当诗人将梅花写入作品之中，便不可避免地融入自己的人格情趣、美学理想。此时诗中的梅花就成了一种诗歌意象。由于古代诗人在诗歌中反复地运用，“梅花”这一意象，便固定地带上了一种清高芳洁、傲雪凌霜的意蕴情趣。如陆游的《卜算子·咏梅》：“驿外断桥边，寂寞开无主。已是黄昏独自愁，更著风和雨。　　无意苦争春，一任群芳妒。零落成泥碾作尘，只有香如故。”作者以梅花自喻，表现了格调孤高、不随流俗、坚贞自守的傲骨。结句谓梅花即便是凋落了，被践踏成泥土了，土块又被碾成微尘了，但是“只有香如故”。结句五字，振起全篇，力能扛鼎！

一个诗人有没有形成自己独特的风格，在一定程度上取决于自己的笔下是否建立起了一个特有的意象群。而一个作家笔下所形成的特有的意象群，显示出这个作家的审美情趣和风格特征。屈原的诗歌风格，与他诗中的香草、美人以及众多取自神话的意象有很大关系。李清照笔下的意象群——“绿肥红瘦”“三杯两盏淡酒”“暗香盈袖”“帘卷西风，人比黄花瘦”“只恐双溪舴艋舟，载不动许多愁”，以及“梧桐更兼细雨，到黄昏，点点滴滴”“香冷金猊，被泛红浪，起来慵自梳头。任宝奁尘满，日上帘钩”等，一起汇聚而形成了李清照特有的艺术风格：婉约清丽，自然流转，不假雕饰，朴素淳美。

李白笔下的意象群——大鹏、雄鹰、长江、黄河、明月、剑、侠、高山、飞瀑、苍松、古柏等，加上想象、夸张的描写，这些意象就更加恢宏瑰丽，气势磅礴，动人心魄。如：“连峰去天不盈尺，枯松倒挂倚绝壁。飞湍瀑流争喧豗，砯崖转石万壑雷。”“君不见，黄河之水天上来，奔流到海不复回。君不见，高堂明镜悲白发，朝如青丝暮成雪。”“欲渡黄河冰塞川，将登太行雪满山。”“大鹏一日同风起，抟摇直上九万里。”凸显了李白的诗歌风格既豪放飘逸，跌宕激越，大气磅礴；同时又清新自然，明快流转。

古代送别诗中的意象，十分丰富。首先，因为地域不同，自然环境不同，体现在送别诗中的意象，自然也就有所不同。大致可归纳为以下几种：

1. 长亭、短亭、阳关、古道

我国的地理环境自古以来就是西高东低，北干南湿。北方的地势高爽，而且干旱少雨，交通主要在陆路，人们出行的交通工具主要是车马。在车马所行经的古道旁，早在秦汉时便开始置亭。倪璠注《白孔六帖》“馆驿”条中有：“十里一长亭，五里一短亭。”因此，在北方的送别诗中，意象主要是：长亭、短亭、阳关、古道。

如北周时庾信在《哀江南赋》中写道：“水毒秦泾，山高赵陉；十里五里，长亭短亭。”李白的《菩萨蛮》词下片曰：“玉阶空伫立，宿鸟归飞急。何处是归程？长亭连短亭。”近人弘一法师（李叔同）的《送别》诗曰：“长亭外，古道边，芳草碧连天。晚风拂柳笛声残，夕阳山外山。天之涯，地之角，知交半零落。一壶浊酒尽余欢，今宵别梦寒。”

2. 舟船、南浦

我国的南方，多水乡泽国，河道纵横，江河湖泊，星罗棋布；交通主要靠水路，交通工具主要是舟船。因此，我们今天在“楚辞”中几乎看不到北方送别诗中“长亭、短亭”的意象，能看到的意象，主要是舟船、云帆、南浦等。

浦，本指水边，小水汇入大水处。送别诗中写到的南浦意象，则既是水边登船送别之地的实写，又是由大小河之分合，暗含人之分手意。如屈原在《九歌·河伯》中写道：“子交手兮东行，送美人兮南浦。”古代诗词中的“美人”，固然多指女子，但不全指美女，往往也指心仪的男性好友。又如江淹著名的《别赋》中有句曰：“春草碧色，春水渌波。送君南浦，伤如之何。”白居易有《南浦别》诗曰：“南浦凄凄别，西风袅袅秋。一看肠一断，好去莫回头。”

3. 美酒、明月、杨柳

此外，在南方、北方的送别诗中，共有的意象就是：美酒、明月、杨柳。

古代送别诗中总是泛着粼粼酒光，飘着浓浓酒香，回荡着“对酒当歌”的低吟高唱！为朋友饯行的宴席上不能无酒；以酒祝福，举酒劝慰，一切深情厚谊，尽在酒杯之中。

王维的《送元二使安西》曰：“渭城朝雨浥轻尘，客舍青青柳色新。劝君更尽一杯酒，西出阳关无故人。”

李白的《金陵酒肆留别》曰：“风吹柳花满店香，吴姬压酒唤客尝。金陵子弟来相送，欲行不行各尽觞。”

李白另有《江夏送张丞》诗曰：“欲别心不忍，临行情更亲。酒倾无限月，客醉几重春。”

岑参的《送杨子》诗曰：“惜别添壶酒，临歧赠马鞭。看君颍上去，新月到家圆。”

诸如此类，举不胜举。

我们知道，月亮有一个特点，即光照两地。普天下只有一轮明月，人们不管分隔在天涯还是海角，都同时对着一轮明月。南朝谢庄《月赋》写道：“美人迈兮音尘阙，隔千里兮共明月。”美人远在天边，音讯隔绝；虽有千里之隔，却共享一轮明月。南朝民歌《子夜秋歌》曰：“仰头看明月，寄情千里光。”李白《闻王昌龄左迁龙标遥有此寄》诗曰：“我寄愁心与明月，随君直到夜郎西。”南唐张泌《寄人》诗中有句曰：“多情只有春庭月，犹为离人照落花。”可以说古代送别诗中，洒满了一片皎洁的月光。

送别诗中最常见的另一个意象就是杨柳。古人送行时，常常折柳送别。

隋末无名氏《送别诗》诗曰："杨柳青青著地垂，杨花漫漫搅天飞。柳条折尽花飞尽，借问行人归不归。"

唐王之涣《送别》曰："杨柳东风树，青青夹御河。近来攀折苦，应为别离多。"

白居易的《青门柳》诗曰："为近都门多送别，长条折尽减春风。"

鱼玄机的《折杨柳》诗曰："朝朝送别泣花钿，折尽春风杨柳烟。"

唐无名氏的《折柳》诗曰："跋山涉水轻别离，天涯芳草亦萋迷。只因登程常折柳，桥畔岸边皆秃枝。"

关于为什么要折柳之意，有三种说法：

一是表示依依惜别。

《诗经·小雅·采薇》："昔我往矣，杨柳依依。今我来思，雨雪霏霏。"昔日"我"离家出征，但见杨柳依依，有不舍之意。

二是表示殷勤挽留。

汉字中“柳”与“留”谐音，折柳赠别，有殷勤挽留之意。古代长安城东的灞桥两岸，十里长堤，一步一柳，送人从长安东去，多到此地惜别，分别时折柳相赠，故灞桥又称“销魂桥”。唐李白的《忆秦娥》词上片曰：“箫声咽，秦娥梦断秦楼月。秦楼月，年年柳色，灞陵伤别。”

三是表示祝福期盼。

清褚人获在《坚瓠广集》中曰：“送行之人岂无他枝可折而必于柳者，非谓津亭所便，亦以人之去乡正如木之离土，望其随处皆安，一如柳之随地可活，为之祝愿耳。”柳树的特点是“随地可活”，折柳相赠，有祝愿远别的人到了异地后，能够随遇而安，一切顺遂的意思。这显然是后人增出的一种看法，且聊作一解吧。

送别诗选析

下面我们从唐人送别诗中，选择几首形式短小、内容丰富、艺术精湛的诗，以绝句为主，简要赏析一下。

1. 王勃《送杜少府之任蜀川》

“初唐四杰”之一的王勃，写过一首有名的送别诗——

《送杜少府之任蜀川》。诗曰：

城阙辅三秦，风烟望五津。
与君离别意，同是宦游人。
海内存知己，天涯若比邻。
无为在歧路，儿女共沾巾。

这是王勃供职长安时，送朋友杜少府去蜀中任职时所作的一首送别诗。诗题中的杜少府，姓杜，名字不详；“少府”是县尉的通称，职位较为卑微。蜀川，指今四川西部一带。“川”一作“州”；蜀州，据《旧唐书·地理志》，直到武则天垂拱二年（686）始置，可见王勃在世时（650—676）尚无蜀州，所以应作“蜀川”。

唐代重内任轻外任，朋友从都城长安被远贬到遥远的蜀中，而且只是任一个小官，远宦职卑，心情可想而知。临岐分手，自然难免伤感，那么如何来安慰自己的朋友呢？年轻的诗人王勃写下了这首昂扬振奋的送别诗。

首联的第一句写的是送别的地点长安，三秦之地簇拥和护卫着长安城。第二句写的是朋友将要去的地方，在一片风烟迷茫的蜀中。五津，津，渡口。蜀中的岷江有五个渡口，分别是白华津、万里津、江首津、涉头津、江南津。首联虽然是写景，但在两地回望中，已经隐隐然透出了诗人和朋友依依不舍的深情。

朋友远宦去到偏僻的蜀中，意味着人生失意、仕途坎坷，那么如何宽慰朋友呢？颔联写道：“与君离别意，同是宦游人。”就是将对方的境遇拉到与自己相同的地步，说我的境遇跟你也一样，也是背井离乡，宦游在外。就像跟朋友说知心话，娓娓道来，有己有彼，推心置腹，诚恳亲切，十分体贴。

接下来笔锋一转，颈联以乐观的笔调写出了千古名句：“海内存知己，天涯若比邻。”四海之内只要有真正的志同道合的挚友在，那么哪怕是远在天涯海角，也可以互相劝勉鼓励，在悲喜忧乐之时一想起对方，就像比邻而居一样温暖踏实。这两句以朴素的语言直抒胸臆，既表达了两人的深情厚谊，又展示了诗人旷达的胸襟，洋溢着积极乐观的进取精神。这两句诗，是化用曹植《赠白马王彪》中“丈夫志四海，万里犹比邻”诗句，但曹植的诗句主要是言志，王勃化用后则重在抒情，格外脍炙人口。

最后尾联又回归眼前：“无为在歧路，儿女共沾巾。”既然心心相印，友情常在，“天涯若比邻”，那么，就不必在临别的岔路口像小儿女一样哭哭啼啼。这也是化用曹植《赠白马王彪》中“忧思成疾疢，无乃儿女仁”诗句，义亦相同。疢，忧伤；痛苦。

本来“客中送客”，离别会加倍感伤；但王勃却变哀怨为开朗，化忧情愁怀为豪情壮怀，使人感受到知心朋友的温暖、真诚友谊的力量，从而精神振奋地踏上人生的新征途。明人胡应麟《诗薮》内编卷四评曰：“唐初五言律，惟王勃‘城阙辅三秦’等作，终篇不着景物，而兴象婉然，气骨苍然，实首启盛（唐）、中（唐）妙境。”

2. 王维《送沈子福归江东》

杨柳渡头行客稀，罟师荡桨向临圻。
惟有相思似春色，江南江北送君归。

前两句写景加叙事，平淡无奇：在杨柳青青的渡口，行客稀少；摆渡老人划着小船驶向弯弯曲曲的江对岸。罟师，本指渔父；这里指摆渡的老人。摆渡船夫将朋友送往江东那弯弯曲曲的对岸。后两句却精警动人，诗人将自己对朋友的情感明喻为春色：春天来了，春色无边，则“我”对“你”的相思之情无边；春色无处不在，则相思之情无处不在；无论“你”走到哪里，江南也好，江北也好，都置身于浓浓的春色之中，那包围着“你”的浓浓的春色，就是“我”的相思之情在时时刻刻地陪伴着“你”。何等温馨，何等热烈！

清人宋乐的《送别》诗中，也有“人心似春色，千里逐君船”诗句。古人诗词中经常写到的“相思”，就是指人们之间相互思念，包括男性朋友之间的相互思念；而今人则将“相思”，用来专指男女之间的思念之情，显然将其内涵大大缩小了。

3. 王维《送元二使安西》

渭城朝雨浥轻尘，客舍青青柳色新。

劝君更尽一杯酒，西出阳关无故人。

唐人送别诗中最有名的要数王维的这首诗，题目一作《渭城曲》。诗题中“元二”是诗人的朋友，姓元，排行老二。前面已经说过，唐人重排行，称排行是关系亲密的表现。排行分两种，自己父母生的兄弟排行称为“小排行”，如果与叔叔、伯伯生的堂兄弟一起排行，称为“大排行”。如李颀有一首赠诗人高适的诗，题为《赠别高三十五》，高适排行第三十五，显然是大排行。

这首诗的前两句写景："渭城朝雨浥轻尘，客舍青青柳色新。"春天的长安城早上一场小雨，打湿了路上的浮尘。浥，打湿。客舍，就是旅馆。旅馆周围的杨柳被小雨洗涤，更加青翠欲滴，焕然一新。在如此美好的春色中，本来是应该与好朋友欢聚，一起携手踏青的，但此时此刻朋友却要远去，而且要到遥远荒凉的西域阳关之外，心情之惆怅可想而知，所以才频频举杯劝酒。注意，这里"更尽一杯"的"尽"，不是"进"，"进"字表示可以喝一点点，而"尽"则是真的喝尽，真的干杯，全部喝干。喝干了一杯，再干一杯，仿佛只有再干的这一杯，才能充分表达内心的全部深情厚谊。因为这一去啊，漫漫阳关千万里，再也没有好朋友陪"你"开怀畅饮了。

王维的《渭城曲》十分有名，后来被谱写成古琴名曲《阳关三叠》，更是深情绵邈，荡气回肠，广为流传。

4. 高适《别董大》

千里黄云白日曛，北风吹雁雪纷纷。
莫愁前路无知己，天下谁人不识君。

我们试将上一首王维的《送元二使安西》，与高适的这一首《别董大》对比分析。王维是在都城长安送朋友去西域边疆安西的，而高适的诗正好相反，是从遥远的边塞送朋友远去的。不但送别的地点、背景不同，而且送别的时令也不同。王维诗是在春天，高适诗则是在冬天。前两句:“千里黄云白日曛，北风吹雁雪纷纷。”这是写景，千里黄云滚滚，遮天蔽日，连明亮的太阳也变得昏暗起来。曛，昏黑的样子。北风呼啸，大雪纷飞，北雁南归。诗人在如此昏暗、寒冷的背景下送朋友。后两句出人意外地抒发出了热烈、昂扬、爽朗、豪放的强音，高亢地唱出了诗人积极乐观的心声:“莫愁前路无知己，天下谁人不识君。”

这两句诗，一是对朋友的热情称赞。请不要发愁在未来的人生道路上再也没有知心朋友，因为像“你”这样的人品、这样的才华、这样的修养，天下谁人不识?！天下谁人不乐意与“你”结交呢?！二是对朋友真诚的宽慰。不要因为离别“我”而难过，今后“你”还会得到新的、像“我”一样的朋友。三是诗人的自我安慰。因为离别总是双方的，一个人是无法离别的；离情也是双方的，如果离别的时候一个人依依不舍，一个人则巴不得早一点走，这种离别的质量就不高；只有你离不开我，我也离不开你，这样的离别才显得感情深厚。“我”劝朋友不要难过，那么“我”自己也不要难过啊，因为“我”的朋友这样杰出，未来的人生路上还会有新的知音，他是不会孤独无侣的。

在送别诗中，这两句与“海内存知己，天涯若比邻”一样，都是最能温暖人心的名句。试想，在人生离别的感伤时刻，如果你得到了朋友这样的赠诗，该是多么欣慰、多么感动，从而满怀激情、精神振奋地走向人生的未来！

前一首王维的七绝《送元二使安西》与高适的这一首七绝《别董大》，都是送别诗，都是前两句写景、后两句抒情，不同的是王维的诗写的景是美好的、温暖的、热烈的，而抒发的情感却是感伤的、凄婉的；而高适的诗写的景是寒冷的、暗淡的、衰寂的，而抒发的感情却是昂扬的、爽朗的、乐观的。情景交融是一种美，情景相反相成的艺术感染力，有时候也许会更加强烈。这就如同清人王夫之所言：“以乐景写哀，以哀景写乐，一倍增其哀乐。”（《姜斋诗话》）

5. 李白《送孟浩然之广陵》

故人西辞黄鹤楼，烟花三月下扬州。

孤帆远影碧空尽，唯见长江天际流。

这是一首脍炙人口的送别诗。孟浩然是李白的好朋友，生于公元689年，比李白（701）正好大一轮。李白曾经写过一首《赠孟浩然》，开头直呼其爱："吾爱孟夫子，风流天下闻。"结尾则曰："高山安可仰，徒此揖清芬。"你就像一座高山，令人起"安可仰"之叹，在此向你纯洁芳馨的人格拜揖了。

这样一位令李白十分景仰的好朋友，辞别黄鹤楼，乘船顺长江东下扬州，诗人自然依依难舍，深情相送。"烟花三月下扬州"，这是千古名句，这七个字使扬州永远名扬天下；"论功若准平吴例"，扬州人应该用黄金铸造一个李白的金身，永远供奉在瘦西湖畔。接下来说："孤帆远影碧空尽，唯见长江天际流。"载着好朋友的小船由近向远顺江而下，越去越远，一直消逝在诗人送别的目光的尽头。这是李白惯用的夸张手法。试想如果从黄鹤楼下小船，一直到小船消逝在天尽头，以那时候的船行走的速度，恐怕至少得两三个小时。这是夸张了。但这种夸张，是以深厚的情感作为基础的。我们知道伫立楼头目送友人的时间越长，越依依不舍，说明感情越深厚。我们现在有的人送朋友时，离去的朋友还没有进电梯，转身想跟送行的朋友道一声谢，可是转头一看，送行的那个朋友已经进屋关上门了——这多么令人尴尬和失望啊!

这里，我们将李白的这首诗，与岑参的《白雪歌送武判官归京》中的最后四句诗，对比着分析一下。李白是在阳春三月的江边，送朋友乘船而去的；而岑参则是在隆冬风雪弥漫的边塞，送朋友骑马而去的。岑参诗的最后四句这样写道：

轮台东门送君去，去时雪满天山路。
山回路转不见君，雪上空留马行处。

前两句叙事，在天山轮台的漫天大雪中朋友骑马远去，诗人伫立雪地，眼看着山回路转，友人和所骑的马都被大山遮挡住了，所能见到的只是雪地上留下的那一行马蹄印迹，由近到远，最后也消逝在山那边了。诗人的情感正是沿着这行马蹄的印迹，陪伴着朋友，一起远去，一直追随到遥远的远方。与李白送孟浩然的诗歌一样，情深意长，依依不舍；余情袅袅，不绝如缕。

6. 李白《赠汪伦》

李白乘舟将欲行，忽闻岸上踏歌声。

桃花潭水深千尺，不及汪伦送我情。

先讲解一下一个关于“万家酒店，十里桃花”的传说。据传李白晚年在安徽马鞍山本家叔叔家里住的时候，皖南泾县有一位素不相识的人叫汪伦，很崇拜李白，很想邀李白到泾县一游。他知道李白一是喜欢美酒，二是喜欢大自然的美景，便写信给李白说：“先生好游乎？此地有‘十里桃花’；先生好饮乎？此地有‘万家酒店’。”李白一看既有美景可赏，又有美酒可饮，便欣然前往。相见后见汪伦乃泾川豪士，为人热情好客，倜傥不羁；可是村庄的规模很小。遂问“十里桃花、万家酒家”何在？汪伦笑道：“桃花者，潭水名也，并无桃花；万家者，店主人姓‘万’也，并无万家酒店。”引得李白开怀大笑，十分开心，逗留数日后离去。临行时，写下上面这首赠别诗。

李白的这首诗明白如话，仿佛是脱口而出的整齐话语；但却历久弥新，醇香浓郁。前两句叙事，平平常常；后两句却十分精彩。一是“不及”这个词用得好，如果改为“犹如”“好似”“就像”，那么感情就有限了，只是像桃花潭一样千尺深；而“不及”一词，使得感情无限化，你想象有多深就有多深。二是“桃花潭”这个意象选取得好。你可能会说：因为那里正好有一个桃花潭。是的，但我以为一个诗人的聪明、智慧和不平凡之处，就在于他能把身边的、生活中的精彩的东西，及时地捕捉住，并很好地运用到诗歌里。桃花潭水清澈、温暖、纯净、美好，用来比喻友情，可谓是珠联璧合，相得益彰。如果不用“桃花潭”，而用“黑龙潭”，从认知的意义上讲是完全一样的，但在感情色彩上却判若云泥。如果用“黑龙潭水深千尺”，那么下一句应该是“不及某人罪恶深”，才吻合无间。由此可知，写诗歌选取的意象和所要表达的情感，一定要一致起来，才能相映生辉。

7. 李白《送友人》

青山横北郭，白水绕东城。
此地一为别，孤蓬万里征。
浮云游子意，落日故人情。
挥手自兹去，萧萧班马鸣。

这首诗是写诗人送朋友时，与朋友并辔策马、依依惜别的情景。律诗的首联，本来在格律要求上是可以不对仗的，但诗人却一开始就十分工整地对仗：“青山横北郭，白水绕东城。”这是送别的地点：青葱的山峦静静地横躺在北郭之外——此句使人自然地联想到孟浩然《过故人庄》中的名句“青山郭外斜”。白波粼粼的流水，深情地环绕着东城。“青山”对“白水”，色彩鲜明；“北郭”对“东城”，十分工整、清丽。

接下来的颔联，在格律要求上本来是应该对仗工整的，但这里却有点宽泛、不太工整地写道：“此地一为别，孤蓬万里征。”孤蓬就是飞蓬，枯后容易断根，随风飘旋，借以比喻对远去朋友前程漂泊的担忧。说此地一别，“你”就将像离根的蓬草一样飘转万里之外，行踪难定。这两句在内涵上饱含了对朋友的深切关怀，但在形式上却不拘泥于工稳对仗，文脉上流畅自然。这就是李白诗歌的风格，以意为主，不受形式束缚，追求行云流水，舒卷自如。

颈联又十分工整：“浮云游子意，落日故人情。”“浮云”对“落日”，“游子意”对“故人情”，形式上堪称“绝对”，内容意思上更加精彩。起句谓：天边的一片白云任意飘荡，没有固定的线路，象征友人别后行踪不定，没有固定的住所，游子漂泊，任意西东。对句谓：落日徐徐西沉，缓缓下落，那么多情地不忍心遽然落山，犹如故人之情，依依难舍。这两句有情有景，情景交融，情景难分，令人沉醉，真“不知今夕何夕”矣。

尾联收结，余韵袅袅：“挥手自兹去，萧萧班马鸣。”送君千里，终有一别。最后的“挥手”，是写分离时候的一个动作，挥手别过，友人从这里离别而去。结句出人意料，没有直接抒情，而描写了一个动人的场景：“萧萧班马鸣”。典出《诗经·小雅·车攻》：“萧萧马鸣，悠悠旆旌。”萧萧，马鸣声。班马，离群之马。班，别也。清人王琦对此诗注曰：“主客之马将分道，而萧萧长鸣，亦若有离群之感。”诗人和友人即将惜别的不舍之情，似乎感染了各自所骑的马儿，它们仿佛也理会主人的心情，临别时也举头萧萧长鸣，似乎也有不忍分离的无限深情。真是：马尚如此，人何以堪！结句以马写人，天人合一，意象如此，诚非大手笔不能为也！

8. 王昌龄《芙蓉楼送辛渐》

寒雨连江夜入吴，平明送客楚山孤。
洛阳亲友如相问，一片冰心在玉壶。

盛唐诗坛上，七言绝句可与李白“争胜毫厘，具是神品”的，只有被誉为“七绝圣手”的王昌龄。他这首送别绝句，与一般的送别诗有很大的不同。一般说来，送别诗主要是抒情，抒发离别之时双方的情感。而这首诗主要不是抒发情感，而是借送别诗以自矢清白，言志抒怀。作者当时是被贬谪到江宁的，故又被称为“诗家天（一作‘夫’）子王江宁”。当朋友从江宁的芙蓉楼去东都洛阳时，诗人关照朋友：如果洛阳的亲戚友人们向“你”问起“我”的近况的话，“你”就告诉他们，“我”王昌龄初心不改，依然故“我”，“一片冰心在玉壶”，玉洁冰清。六朝刘宋时期鲍照的《代悲白头吟》中用“清如玉壶冰”来比喻高洁清白的品格。

9. 王昌龄《送柴侍御》

流水通波接武冈，送君不觉有离伤。
青山一道同云雨，明月何曾是两乡。

眼前的流水啊波连着波直达武冈，带着“我”的友情陪伴“你”前行到遥远的地方。送朋友离去，却不觉得有离别的感伤。为什么呢？因为虽然离别了，但眼前的那一道青山，紧紧地连着“我们”风雨与共；天边那一轮皎洁的明月，同时照着“你”、照着“我”，把“我们”紧紧地联系在一起，又何曾分为两乡呢？！

2020年春节前后，武汉爆发了新冠肺炎疫情。日本朋友在支援武汉抗疫物资的包装箱上，就题写了王昌龄的这两句名句：“青山一道同云雨，明月何曾是两乡。”表达了一衣带水两岸民众命运与共的深厚情感，令人感动！从中亦可见中国文化，特别是唐代诗歌，在日本的深远影响。下面我们要分析的诗歌，正好是唐代诗人送别日本朋友的一首送别诗。

10. 韦庄《送日本国僧敬龙归》

扶桑已在渺茫中，家在扶桑东更东。

此去与师谁共到？一船明月一帆风。

唐代时，日本有很多人到唐朝留学，叫留学生；留学的人中也有僧人，叫留学僧。这是晚唐诗人韦庄，送别一位法名叫敬龙的日本国僧回国时所作的一首送别诗。前面三句都是叙事，比较平常：扶桑已经在十分渺茫的大海中，你的家还在更加遥远的东方。扶桑，东方古国名。《梁书·诸夷传·扶桑国》：“扶桑在大汉国东二万余里，地在中国之东，其土多扶桑木，故以为名。”后亦以“扶桑”代指日本。元人王冕的《送颐上人归日本》诗中有句曰：“上人住近扶桑国，我家亦在蓬莱丘。”韦庄自问：“国僧这次是谁陪你一起回去呢？”诗人自答：“时刻陪伴你的那一船皎洁的明月、那一帆温煦的暖风，就是我们中国朋友的深情厚谊。”“一船明月一帆风”，何等飘逸，何等空灵，形象鲜明，余情深长！

11. 牛希济《生查子》

春山烟欲收，天淡星稀小。残月脸边明，别泪临清晓。　　语已多，情未了，回首犹重道：记得绿罗裙，处处怜芳草。

前面所选析的唐人送别诗，所写的基本上都是男性朋友之间送别。到了词中，则更多地描写青年男女之间离愁别恨的送别情景，情感上更加缠绵悱恻，柔肠寸断。我们就选析一首唐五代词人牛希济描写男女离愁别恨的词《生查子》。

词的上片叙事。男子明天早晨就要远行了，今天晚上两个人深情款款，依依难舍，彻夜长谈，一直缠绵到春山里夜雾将要收起、天色渐渐发白、星星越来越稀疏微弱。偏斜到天边的残月，从低低的窗口照到女子的脸边，照见她脸上那临别的泪水，一直流到了天亮。

下片说，女子叮咛嘱托的话儿已经说了一遍又一遍，但内心的情感还没有表达完，于是回过头来又重新交代。交代什么呢？交代远行的人要：“记得绿罗裙，处处怜芳草。”——这里有五层意思：一是请记住今天离别时的夜晚，“我”穿的是绿色的罗裙；二是明天早晨“你”远行了，“你”走到天涯海角，“天涯何处无芳草”（苏轼《蝶恋花·春景》）；三是“你”看到那个芳草的颜色，就要想起有一个人的罗裙的颜色与芳草的颜色一样，于是“你”就联想起了“我”；四是因为“你”爱“我”，所以就处处怜爱芳草；五是怜爱芳草者就是爱“我”也。请看看，这是何等细腻，何等婉约缠绵，何等千回百转！今天，人们的感情变得粗糙了、直白了、没有韵味了。请听与这首《生查子》表达的意思基本相同的、名叫《路边的野花不要采》的流行歌曲，这样写道：“送你送到小村外，有句话儿要交代：虽然已经是百花开，路边的野花你不要采。”何等直露，何等浅薄！

第八讲

愿得此身长报国，何须生入玉门关：报国情怀与边塞诗

岂曰无衣，与子同袍。

王于兴师，修我戈矛，与子同仇！

岂曰无衣，与子同泽。

王于兴师，修我矛戟，与子偕作！

岂曰无衣，与子同裳。

王于兴师，修我甲兵，与子偕行！

中华民族自古就是一个多民族的国家。任何一个多民族的国家在其形成、融合和发展的过程中，都不可避免地伴随着不同民族之间的互相征战、互相吞并和互相融合。反映在诗歌中，就是描写战争的边塞诗。

所谓边塞诗，大体指以边塞征战生活为题材的诗；也包括一些描写边塞异域风光的诗，以及一些因征夫从军戍边，或多年未归，或一去不还，而给居家妻子带来离别痛苦的思妇诗。

岂曰无衣，与子同袍

以征战为题材的诗歌，早在《诗经》中就已经出现。如《秦风·无衣》写道：

岂曰无衣，与子同袍。

王于兴师，修我戈矛，与子同仇！

岂曰无衣，与子同泽。

王于兴师，修我矛戟，与子偕作！

岂曰无衣，与子同裳。

王于兴师，修我甲兵，与子偕行！

第一章意思是：谁说没有衣服？“我”与“你”同穿一件战袍。朝廷出师去前方打仗，“我们”跟随着朝廷的军队，修整磨锐好戈与矛，拿起武器，与“你”同仇敌忾。戈和矛，皆兵器名。戈是平头戟，比较短；矛，比较长。第二章中的“泽”，假借作“襗”，犹今天说的里衣。戟，是将戈和矛合在一起的一种兵器，既能直刺，又能横击。偕作，意为同起，共同行动。第三章中的“裳”，指战裙。甲兵，指甲胄和兵器。偕行，犹同行。三章重复了一个意思，就是当“王于兴师”，国家需要的时候，坚定地、毫不犹豫地拿起武器，为了一个共同的目标，携手同行，同心协力，同仇敌忾，共同战胜来犯之敌。气势何等豪迈！

《楚辞》中，屈原写有名篇《国殇》，诗曰：

操吴戈兮被犀甲，车错毂兮短兵接。

旌蔽日兮敌若云，矢交坠兮士争先。
凌余阵兮躐余行，左骖殪兮右刃伤。
霾两轮兮絷四马，援玉枹兮击鸣鼓。
天时怼兮威灵怒，严杀尽兮弃原野。
出不入兮往不反，平原忽兮路超远。
带长剑兮挟秦弓，首身离兮心不惩。
诚既勇兮又以武，终刚强兮不可凌。
身既死兮神以灵，子魂魄兮为鬼雄！

国殇，指为国捐躯者。开头十句，描写了战斗的激烈和残酷的情景：操戈披甲，旌旗蔽日；战车交错，短兵相接；战鼓震天动地，战士们前赴后继，义无反顾。最后六句，写战士们带长剑、挟秦弓，即便是战死，身首异处，心中也没有丝毫悔恨之意。诚勇英武，刚强终不可凌；身体虽死，精神永存，英灵不灭，死了也是鬼中豪杰。充分表达了对为国牺牲的英雄们的热烈赞扬和深深尊崇！

《国殇》是《九歌》中的一首，诗人将悼念颂赞国殇之辞与祭神乐歌归在一起，可见楚人对为国牺牲者的崇敬之情。英雄为国捐躯，死了也是鬼雄。这种为了保家卫国而甘心赴死、义无反顾的精神，影响深远。宋代杰出的女词人李清照

《夏日绝句》中“生当作人杰，死亦为鬼雄”的名句，无疑是受到《国殇》中这些诗句和所体现的大无畏精神的影响。

汉乐府和汉古诗中，也有与边塞征战相关联的诗歌。如乐府《战城南》，沉痛悼念为了国家而冲锋陷阵战死沙场的士兵。诗的开头写道：“战城南，死郭北，野死不葬乌可食。”最后写道：“思子良臣，良臣诚可思。朝行出攻，暮不夜归。”意思是说：怀念“你们”这些战死的良臣，“你们”实在是值得敬佩和怀念。早晨出发去攻击敌人，直到夜晚也不见回来，都英勇地为国捐躯了。诗中表现出对死难者的深切哀悼之情，弥漫着十分悲壮的气氛。

曹植的《白马篇》中，也有豪气干云的爱国名句：

> 弃身锋刃端，性命安可怀。
> 父母且不顾，何言子与妻。
> 名编壮士籍，不得中顾私。
> 捐躯赴国难，视死忽如归。

好男儿为了国家，把性命交付给刀山锋刃，连父母都顾不了了，更何谈妻子孩子呢？既然自己的名字已经编入了壮士之列，就不能顾及儿女私情。好男儿为国捐躯，把死看得跟回家似的。“视死忽如归”，用典。《管子·小匡》：“鼓之而三军之士视死如归。”“捐躯赴国难，视死忽如归”，所体现的是一种为了国家而舍生忘死的英雄精神。这种精神，影响了一代又一代中华儿女为国为民，不怕牺牲，赴汤蹈火，在所不辞。

边塞诗选析

到了唐代，边塞诗最终得以确立。边塞诗中所体现的爱国主义精神，大放异彩。唐代边塞诗蓬勃兴盛的原因是多方面的，归纳起来大约有以下几点：

一是唐代国力强盛，希望弘扬国威，开疆拓土，这就难免导致征战频仍，烽火长燃。这种大背景，为边塞诗提供了丰厚的生存土壤和丰富的创作素材。

二是唐代政治开明，使得知识分子不甘心久事于笔砚之中，渴望到边疆去施展才干。当时的社会氛围，鼓励人们通过立边功取得封侯并出将入相，这就大大激发了读书人投笔从戎的热情。如同李贺《南园十三首》诗中所写：“男儿何不带吴钩，收取关山五十州。请君暂上凌烟阁，若个书生万户侯。”

三是受传统的儒家经时济世思想影响，传统的读书人，历来具有“位卑未敢忘忧国”（陆游《病起抒怀》）的报国情怀。“天下兴亡，匹夫有责”，成了中国知识分子精神领域里代代相传的基因。

四是受“少而学，壮而游”的社会风气影响，好男儿仗剑游遍天涯，成了当时的一个时尚。像高适、王昌龄等人，都有过猎奇游边的经历。因此，边塞诗在唐代得以大量产生，名篇亦夥。

唐人边塞诗的内容十分丰富，有的描写边塞征战生活和金戈铁马的豪情，有的描写边塞奇异风光和异域风土人情，还有的描写征夫思妇离别相思之情等。唐人边塞诗，尤其是盛唐边塞诗的最大特色，就在于诗人主要不是注重描绘和渲染战争的场景，而是着力于抒发为国立功的豪迈气概和昂扬乐观的进取精神，谱写了那个时代蓬勃向上、积极进取的英雄主义赞歌。如杨炯的“宁为百夫长，胜作一书生”（《从军行》），岑参的“功名只向马上取，真是英雄一丈夫”（《送李副使赴碛西官军》），高适的“相看白刃血纷纷，死节从来岂顾勋”（《燕歌行》），王昌龄的“气高轻赴难，谁顾燕山铭”（《少年行》）等。

还有如王维的《少年行四首》其三曰：

出身仕汉羽林郎，初随骠骑战渔阳。
孰知不向边庭苦，纵死犹闻侠骨香。

少年英豪，投笔从戎；雨雪风霜，寒来暑往；转战渔阳，艰辛备尝。谁不知道到边疆打仗的艰苦呢，但好男儿为了国家，纵然是战死沙场，化成白骨，那白骨也是香的。这是何等视死如归的豪情。

再如戴叔伦的《塞上曲二首》其二曰：

汉家旌帜满阴山，不遣胡儿匹马还。
愿得此身长报国，何须生入玉门关。

我们知道唐诗中经常以汉喻唐，这里的汉家，就是指唐朝。开头极有气势，描写唐军的战旗遍布阴山山脉，威武雄壮，严阵以待；北方的敌人如果胆敢来犯，一定把他们打得片甲不留，匹马难还。“愿得此身长报国”，为了报效国家，哪怕战死沙场也心甘情愿，何必一定要活着返回玉门关呢？！报国英雄即便马革裹尸还，也含笑九泉，“纵死犹闻侠骨香”！戴叔伦另作有五古《从军行》一首，开头也慷慨明志：“丈夫四方志，结发事远游。远游历燕蓟，独戍边城陬。”大丈夫志在四方，远游关塞，为国戍边，最后的誓言也是：“报国期努力，功名良见收。”

盛唐边塞诗人中，成就突出的诗人有高适、岑参、王昌龄等，下面逐一简要地分析一下。

1. 高适的边塞诗

高适（700—765），字达夫，郡望渤海（今河北景县），早年随父旅居岭南。比李白早出生一年、晚去世三年，两个人友善，唱和过诗歌。高适曾经于30岁到33岁之间，北上蓟门，漫游燕赵，有过一段游历边塞的经历。“安史之乱”后，高适官运亨通，唐代宗朝甚至官至左散骑常侍，进封渤海县侯。盛唐诗人中，不乏自比王侯或者啸傲王侯的诗人，但真正封侯的大概只有高适等极少数诗人。

高适年轻的时候就有立功边塞的渴望和不畏艰险的豪情。他在《送李侍御赴安西》诗中写道：

行子对飞蓬，金鞭指铁骢。
功名万里外，心事一杯中。

虏障燕支北，秦城太白东。

离魂莫惆怅，看取宝刀雄。

表示不愿寻章摘句，老死于笔砚之间，而立志万里戍边，求取功名。“看取宝刀雄”，雄心勃发，壮志豪情。

高适边塞诗的代表作是《燕歌行》。诗曰：

汉家烟尘在东北，汉将辞家破残贼。
男儿本自重横行，天子非常赐颜色。
摐金伐鼓下榆关，旌旗逶迤碣石间。
校尉羽书飞瀚海，单于猎火照狼山。
山川萧条极边土，胡骑凭陵杂风雨。
战士军前半死生，美人帐下犹歌舞。
大漠穷秋塞草腓，孤城落日斗兵稀。
身当恩遇常轻敌，力尽关山未解围。
铁衣远戍辛勤久，玉箸应啼别离后。
少妇城南欲断肠，征人蓟北空回首。
边风飘飘那可度，绝域苍茫更何有。
杀气三时作阵云，寒声一夜传刁斗。
相看白刃血纷纷，死节从来岂顾勋。

君不见沙场征战苦，至今犹忆李将军。

诗人热情地赞扬战士们勇往直前、舍生忘死、为国捐躯的大无畏精神：“孤城落日斗兵稀”“相看白刃血纷纷，死节从来岂顾勋。”有力地揭露和批判了军中将帅骄奢享乐、官兵苦乐不均的事实：“战士军前半死生，美人帐下犹歌舞。”以及征夫思妇、生离死别、人生惨淡的境况：“少妇城南欲断肠，征人蓟北空回首。”蕴含了诗人对当时边防问题的观察、思考与正面主张，那就是要任用像李广那样的统帅，方能平定边患：“至今犹忆李将军。”这首诗思想之深邃，艺术之精湛，情感之饱满，格局之宏大，在唐代全部的边塞诗中，堪称出类拔萃的杰作。清人王夫之评曰：“词浅意深，铺排中即为诽刺。此道自《三百篇》来，至唐而微，至宋而绝。”（《唐诗评选》）

2. 岑参的边塞诗

岑参（约 715—770），祖籍南阳（今属河南），出生江陵。天宝八年（749）三十多岁时，首次出塞赴龟兹（今新疆库车），入节度使高仙芝幕府。两年多后返回长安，与高适、杜甫等人有交往，并有诗唱和。永泰元年（765）于半百之年再度出塞，赴庭州（今新疆吉木萨尔），入北庭都护使封常青幕中任职约三年。岑参两次出塞，深入西北边陲，时间长达五六年之久，在唐代诗人中，是一位亲历边塞生活最丰富、体验最深刻的诗人，创作的边塞诗数量最多，成就也最为突出。

岑参的边塞诗的最大特色，就是以慷慨豪迈的语调和不同寻常的艺术手法，描绘出西北荒漠的奇异风光与新鲜独特的风土人情，别具一种神奇壮丽之美，体现了诗人积极进取的精神，有力地烘托了将士们克服困难的勇气和一往无前的英雄气概。

如《走马川行奉送封大夫出师西征》：

> 君不见走马川行雪海边，平沙莽莽黄入天。轮台九月风夜吼，一川碎石大如斗，随风满地石乱走。匈奴草黄马正肥，金山西见烟尘飞，汉家大将西出师。将军金甲夜不脱，半夜军行戈相拨，风头如刀面如割。马毛带雪汗气蒸，五花连钱旋作冰，幕中草檄砚水凝。虏骑闻之应胆慑，料知短兵不敢接，车师西门伫献捷。

这首诗的谋篇布局，与另一名篇《白雪歌送武判官归京》异曲同工；而句句用韵，三句一转，却别具一格。这样描写军队的生活：“将军金甲夜不脱，半夜军行戈相拨，风头如刀面如割。马毛带雪汗气蒸，五花连钱旋作冰。”将军的铠甲夜里都不离身，半夜行军兵器碰撞，寒风如刀一样地割人面颊。雪落在猛烈奔跑的马的身上，立即被蒸气融化，但很快融化的水气又结成了冰。隆冬的边塞奇寒，军旅生活奇苦，没有亲身经历过边塞生活的人，是绝对写不出这样生动真切的诗句的。

又如，以咏雪兼表达送别之情的《白雪歌送武判官归京》，气象开阔，奇境中展示出豪迈的襟怀。诗曰：

北风卷地白草折，胡天八月即飞雪。
忽如一夜春风来，千树万树梨花开。
散入珠帘湿罗幕，狐裘不暖锦衾薄。
将军角弓不得控，都护铁衣冷难着。
瀚海阑干百丈冰，愁云惨淡万里凝。
中军置酒饮归客，胡琴琵琶与羌笛。
纷纷暮雪下辕门，风掣红旗冻不翻。
轮台东门送君去，去时雪满天山路。
山回路转不见君，雪上空留马行处。

胡天八月就已经北风劲吹、大雪纷飞了。那怒号的北风卷地，将干枯的白草都刮折了。本来草是柔软的，应该是风吹草偃，现在却是风过草折。何因？一是表明奇寒，连枯草都被冻僵了；二是表明风之猛烈，把僵硬的草都给刮折了。下面两句“忽如一夜春风来，千树万树梨花开”，成了千古咏雪名句。清人方东树称赞道：“‘忽如’六句，奇才奇气，奇情逸发，令人心神一快。须日诵一过，心摹而力追之。”（《昭昧詹言》）下面十句或者明写雪，或者暗写雪。最后写送别武判官归京。结句“山回路转不见君，雪上空留马行处”，余情袅袅，不绝如缕。

岑参另外有一首边塞诗《凉州馆中与诸判官夜集》，描写异域风情之奇异、边塞生活的孤寂苍凉：“弯弯月出挂城头，城头月出照凉州。”在“风萧萧兮夜漫漫”的边城秋夜，诗人与一起守边几年未见的老朋友重逢，于是开怀痛饮，最后唱出了旷达豪迈的心声，表达了渴望建功立业的积极态度。诗曰：

河西幕中多故人，故人别来三五春。

花门楼前见秋草，岂能贫贱相看老。

一生大笑能几回，斗酒相逢须醉倒。

此外，岑参还有一首七绝《山房春事》，诗曰：

梁园日暮乱飞鸦，极目萧条三两家。
庭树不知人去尽，春来还发旧时花。

本来美好的梁园，经历战乱后一片荒凉。清冷的暮色中，群鸦乱飞；极目望去，只有萧条衰飒的三两户人家。庭院中的树儿不知道原来的主人们已经逃亡殆尽，春光里又开出像往年一样的红花。自然界中应时节还发旧时的花儿，而社会生活中的人却已经去尽了、没有了。两相映衬，有力地控诉了战争给人民生活带来的苦难。小诗中充满了伟大的悲悯情怀，催人泪下。

3. 王昌龄的边塞诗

王昌龄（约 698？—757？），字少伯，长安（今陕西西安）人。曾任江宁丞，又因曾被贬为龙标尉，世称王江宁、王龙标。以七绝见长，被称为“七绝圣手”。题材方面比较丰富，咏怀、怀古、闺怨、宫怨等，但成就最突出的还是边塞诗。如《出塞二首》其一：

秦时明月汉时关，万里长征人未还。

但使龙城飞将在，不教胡马度阴山。

首句“秦时明月汉时关”，是互文见义，即秦时明月秦时关、汉时明月汉时关，这是在悠久的时间长河里从秦写到汉，实际上一直延续到唐。第二句则从空间上写，千万里的长征路上，没有几个人能够生还。后两句“但使龙城飞将在，不教胡马度阴山”，则提出了平定边患的重要措施，跟高适《燕歌行》中的观点一致，就是要任用飞将军李广那样的优秀将领。这实际上既对朝廷的用人不当委婉地提出了批评，又对边塞将帅的无能进行了有力的抨击。短短四句二十八个字，却内容丰富，蕴涵深厚。

王昌龄以《出塞》为题的另一首诗写道：

骝马新跨白玉鞍，战罢沙场月色寒。

城头铁鼓声犹振，匣里金刀血未干。

第一句是以物写人。宝马新跨上白玉宝鞍，没有写人，但可以想象骑在马上的将军，该是多么威武强悍。第二句是以冷写热。月色冷冷地照在战斗刚刚结束的沙场上，反衬着刚才白热化的战斗十分激烈。第三句是以动写静。城头的铁鼓此时余振犹在，一者可见刚才战斗之激烈，擂动战鼓力量之猛烈；二者反衬出激烈的战斗中双方死亡殆尽，此时空寂的沙场上死一般地沉寂。结句说匣中的金刀上殷红的鲜血还没有干。前句有声，此句有色，有声有色。诗人避开对战争的正面描写，将笔墨集中在对战争刚刚结束的一刹那间情景的描写上，通过结果，来显示过程，给人留下了联想、想象和补充的空间。

王昌龄另有《从军行七首》。其四曰：

> 青海长云暗雪山，孤城遥望玉门关。
> 黄沙百战穿金甲，不破楼兰终不还。

青海雪山，孤城荒凉，苦斗百战，哪怕是黄沙磨穿了铁甲，但只要敌人一天不消灭就一天不回还——不畏艰苦，不怕牺牲，直到胜利。这后两句有人认为“作豪语看亦可，然作归期无日看，倍有意味”（清人沈德潜《唐诗别裁集》）。这种解释也有一定道理。另外，清人黄叔灿《唐诗笺注》中还认为：“玉关在望，生入无由；青海雪山，黄沙百战；悲从军之多苦，冀克敌以何年。‘不破楼兰终不还’，愤激之词也。”

亦是一解。

又如，《从军行七首》其五曰：

大漠风尘日色昏，红旗半卷出辕门。
前军夜战洮河北，已报生擒吐谷浑。

四句诗写了两支队伍。前联写大漠之中，风尘滚滚，日色昏暗；一支增援的部队，在暮色中半卷红旗，开出辕门，奔赴战斗的前线。下一联写还没等后军到达，前军昨夜已经在洮河北一举歼灭了敌人，传来了生擒敌酋吐谷浑的捷报。后军写其出发而不写其结果，前军写其结果不写其出发。在短短四句二十八字中，精心取舍，剪裁得当。

除高适、岑参、王昌龄外，盛唐边塞诗中，描写边塞生活既豪迈昂扬又旷达苍凉的诗歌，最典型的要数王翰的《凉州词》。诗曰：

葡萄美酒夜光杯，欲饮琵琶马上催。
醉卧沙场君莫笑，古来征战几人回？

在激烈的战斗间隙，征人们举起斟满葡萄美酒的夜光杯，正欲痛饮，战斗的号令又响起，催人立即上马出征，令人情何以堪！即便是醉卧沙场，狼藉酣态，又有何妨？请君不必讪笑，因为自古以来赴边的征人有几个能活着回来呢？“古来征战几人回？”这既豪迈又沉痛的一问，一千多年来回荡在历史的大漠风尘中，久久不绝，无人知晓，无人能答！

盛唐的边塞诗总的特色就在于：不是正面描绘战争，不是对战争中血肉横飞场景的刻画；而是着力烘托一往无前的气概，抒发积极进取、乐观豪迈的精神，展现“愿得此身长报国，何须生入玉门关”的爱国情怀。因此，盛唐的边塞诗，具有为强大的国力所激发起来的民族自豪感和自信心，富于昂扬奋发浪漫主义色彩，是那个国力鼎盛时代的英雄主义赞歌。

第九讲

土乃华夏热，月是故乡明：热爱故土与怀乡诗

入春才七日，离家已二年。

人归落雁后，思发在花前。

故乡，是一个多么朴素、多么迷人的词汇！每个人都有自己的故乡，每个人都爱自己的故乡。我们说水是故乡甜，山是故乡青，月是故乡明，人是故乡亲！我们在故乡的怀抱里，吮吸着母亲的乳汁长大，之后为了学习、工作、事业和生活，或背井离乡，或萍踪天涯。然而，不管走到哪里，不管什么时候，不管走了多久，也不管境况如何，总是忘不了自己的故乡。并把热爱故乡的淳朴感情，升华到热爱祖国的理性高度，为百姓的幸福、祖国的富强和民族的兴旺，一辈子坚守岗位，忠于职守，鞠躬尽瘁，死而后已。热爱故乡的情感，是多么值得珍惜的美好情感。我以为：一个对生我养我的那一方热土，如果没有真诚热爱的人，是不会成为一个伟大的爱国主义者的！

鸟飞返故乡兮，狐死必首丘

依恋故土，原本是世间万物的本性。前面已经说过，战国时伟大爱国诗人屈原在《哀郢》诗中写道："鸟飞返故乡兮，狐死必首丘。"说鸟儿飞得再远，也要返回故乡。相传狐狸临死的时候，如果不能回到自己出生的山丘，总是要努力把头朝着自己出生和生活过的小山丘。《礼记·檀公上》："礼，不忘其本。古人有言曰：狐死正丘首，仁也。"到了汉末曹操的笔下，变成了诗句："狐死归首丘，故乡安可忘。"（《却东西门行》）

又，汉代《古诗十九首》"行行重行行"一首中写道："胡马依北风，越鸟巢南枝。"意谓北方的马儿不管跑到哪里，总是依恋从北方吹来的风。因为北方吹来的风，带着它家乡的气息；那个气息是它从小最熟悉、最难忘、最亲切的气息。南方的鸟儿，不管飞到什么地方、特别是飞到北方，总是选择在向南伸展的树枝上筑巢，因为向南的树枝，离它的家乡更近一点、更近一点。鸟者，禽也；马者，兽也；禽兽尚且有故土之恋，何况人乎？！

由北朝入隋的诗人薛道衡（539—609），字玄卿，河东汾阴（今山西万荣）人。初仕北齐，再仕北周，入隋后官至司隶大夫。写过一首小诗《人日思归》。所谓“人日”，即农历新正月的初七日。相传古代以农历的正月初一到初七分别为：鸡日、狗日、猪日、羊日、牛日、马日、人日。诗曰：

入春才七日，离家已二年。

人归落雁后，思发在花前。

据《隋唐嘉话》记载：“薛道衡聘陈，为《人日》云：‘入春才七日，离家已二年。’南人嗤之曰：‘是底言？谁谓此虏解作诗！’及云：‘人归落雁后，思发在花前。’乃喜曰：‘名下固无虚士。’”

诗的前两句很平常，仿佛诗人在屈指计算时日。时令上人日是入春刚刚七日，可是诗人离家由北方到南方仕宦，已经经过旧年和新年两个年。似不经意，但在平淡的诗句中，思乡之情已经弥漫其中。后两句先说大雁已经由南往北回归，而人却没有能够回归，人归落在雁归之后。人不如雁，情何以堪！接着说春花还没有开放，而思念故乡之情却已经在花开之前勃然生发。人情比花早发，情何等充沛！小诗自然平实，委婉含蓄，思乡之情却表达得细腻真诚，充实饱满。

怀乡诗选析

古往今来，不知有多少诗人写了多少怀念故乡的诗歌，我们首先来欣赏一下唐代诗人李白流传最广的一首小诗《静夜思》。诗曰：

床前明月光，疑是地上霜。
举头望明月，低头思故乡。

全诗似脱口而出，明白晓畅；意蕴丰厚，历久弥新。床，历来有多种解释，或曰像今天沙发一样的胡床，或曰天井里的井栏等。我的看法是，作为研究，完全可以不厌其烦详加考证；但作为一般的理解，似乎不必强作某一解，即便按常理理解为今天的卧具床，也未尝不可。有人说如果解释成今天的床，那么躺在床上，下面就无法说“举头望明月”了。其实，一者，“床前”不一定就是躺在床上，站在床前也可以。二者，即便原来躺着，现在又站起来望明月，也未尝不可，也讲得通。照在床前的皎洁明亮的月光，让人以为是铺在地上的白霜。白霜，给人一种寒冷的感觉，这与客中旅人凄清的心境是一致的。

最后一句“低头思故乡”，思什么不说破。清人沈德潜说，写“旅中情思，虽说明却不说尽”（《唐诗别裁集》）。惟其不说尽，才给读者留下了更加广阔的想象余地，才引起人们更加广泛的共鸣。使得历代客居异地、望月思乡的人，都可以借助于吟咏这首小诗，来抒发自己所特有的丰富情感。千百年来，千千万万个游子，有千千万万种思念家乡的内容，但都可以借助“举头望明月，低头思故乡”这十个字来抒发。换言之，这十个字中涵盖了历代人们千千万万种丰富的情感，可以被永远借用。这就是伟大的十个字。

这首诗还有一点神奇之处，就在于它能让人一读就记住，一记住就一辈子也忘不了。这种巨大的艺术感染力的取得，一方面，固然跟这首诗清新自然、诗句如同脱口而出、有到口即消之妙有关；另一方面，我以为更加主要的原因，就在于这首诗所蕴涵并表达出来的情感，跟人们普遍对故乡怀有的真情实感是十分契合的。

若干年前，我曾经与时任香港城市大学校长的张信刚教授一起参加一个论坛，他在前面的演讲中说到现在香港青年人中国传统文化很差，问他们会背什么唐诗，他们只会背“床前明月光”。后来我发言，我说：“张校长刚才说了问题的一个方面，问题的另一个方面就是：能背出‘床前明月光’的，就是中国人，是中国人代代相传的怀乡恋土情结，无形地、悄无声息地融入了他的血脉中。”张校长会后跟我说：“同意你的看法。”

李白还有一首七绝《春夜洛城闻笛》，诗曰：

谁家玉笛暗飞声，散入春风满洛城。
此夜曲中闻折柳，何人不起故园情。

春天的夜晚，客居洛阳城的诗人听到夜风中吹来悠扬的笛声。玉笛吹奏的《折杨柳》小曲，搅动起诗人的满腹乡愁。沉浸在故园之思中的诗人，推己及人，想到哪有人闻此笛声而不引起思乡之情呢？“何人不起故园情”，既表达了诗人自己思乡之情的饱满，又写出了天下所有游子思乡之情的普遍共性。

与李白同为唐代诗坛上“双璧”的杜甫，对故乡也感情深厚，也曾写过十分精彩的怀乡诗。杜甫的名篇《秋兴八首》，其一曰：

玉露凋伤枫树林，巫山巫峡气萧森。

江间波浪兼天涌，塞上风云接地阴。
从菊两开他日泪，孤舟一系故园心。
寒衣处处催刀尺，白帝城高急暮砧。

枫林里红色的枫树叶，在深秋的风露侵蚀下逐渐凋零；巫山和巫峡也笼罩在萧瑟阴森的迷雾中。江间波浪滔天，天空浓重的乌云压得地面一片阴沉。菊花开了又谢，谢了又开，已经过了两载。自己还孤舟四处漂泊，虽身不能东归故里，然心却长系故园。人们已经开始动用刀尺赶制冬天的寒衣了，白帝城上传来一阵紧过一阵捣制寒衣的砧声。眼看着一年又要过去了，我对故园的思念却越发浓烈。诗风沉郁顿挫，情感深厚凝重。

“孤舟一系故园心”，诗圣无论孤舟漂泊何方，总是念念不忘故乡。在《秋兴八首》其二中，杜甫在开头便唱道：“夔府孤城落日斜，每依北斗望京华。”诗人无论走到哪里，总是遥望京华，心系故国故园。在另一首五律《月夜忆舍弟》诗中，杜甫写道：

戍鼓断人行，边秋一雁声。
露从今夜白，月是故乡明。

有弟皆分散，无家问死生。

寄书长不达，况乃未休兵。

这是诗人唐肃宗乾元二年（759）客居秦州，思念当时正处在安史之乱战乱中的河南洛阳一带生活的几个弟弟所写的一首诗。舍弟，乃谦称自己的弟弟。首联描写大的环境，戍楼上的更鼓声表明夜已经很深，行人都断绝了。深秋边塞的寒夜里，传来阵阵孤鸿的哀鸣。颔联“露从今夜白，月是故乡明”，从今夜就进入了白露节气，故乡的那一轮明月总觉得最皎洁明亮。颈联写虽有兄弟但都四处离散，各在一方，无法得知他们的近况。结尾说寄往洛阳城的家书老是不能送到，更何况战乱频仍，不知道何日能够结束。世情反复，生死茫茫，前路难以逆料。

全诗含蓄蕴藉，充满了手足深情。特别是“月是故乡明”，感人肺腑，脍炙人口。明知普天下共一轮同样的明月，却偏说故乡的月亮最明亮，这就是移情于物。此乃诗人主观上对故乡怀有特别深厚情感的心理因素所致。这种偏爱，似不合理，却很合情，一往情深。

笔者曾经撰得“土乃华夏热”一句为上联，与杜甫的“月是故乡明”句组成一副对联，意思既十分切合，格律也很工稳。后意犹未尽，又续上两句，成了一首五言绝句。曰：

土乃华夏热，月是故乡明。
万里人生路，一颗中国心。

自知诗意显豁，言语直白，且失含蓄，亦欠蕴藉，难登大雅之堂；然言由衷出，不假雕饰，其心昭昭，其情殷殷，故不揣浅陋，录此愿与读者诸君共勉。

唐代诗坛上，还有很多诗人写过很好的怀乡诗。我们先讲一下贺知章的《回乡偶书二首》。贺知章（659—744），字季真，晚年自号“四明狂客”，越州永兴（今浙江萧山）人。贺知章是唐代罕见的活了八十多岁的长寿诗人。《回乡偶书二首》的第一首历来脍炙人口，流传甚广，家喻户晓，妇孺皆知。诗曰：

少小离家老大回，乡音无改鬓毛衰。
儿童相见不相识，笑问客从何处来。

诗人写自己从小离开家乡，一直到老大才回来；虽然乡音没有改变，但却两鬓斑白。“鬓毛衰”的“衰”，读 cuī，即等衰、等差、等次的意思；这里指鬓发逐日依次减少。随着岁月的流逝，而鬓发日渐脱落，现在都快要“浑欲不胜簪”（杜甫《春望》）了。不胜，经受不住。稀稀疏疏的鬓发，连簪子都插不住了。村里的孩子们都不认识了；虽然不认识，但却十分有礼貌，笑着问我是从哪里来的、要找谁。字里行间洋溢着诗人对故乡和故乡亲人的挚爱亲情。

其实，第二首也语浅意深，耐人寻味。诗曰：

离别家乡岁月多，近来人事半消磨。
惟有门前镜湖水，春风不改旧时波。

诗人说离开家乡已经很长很长时间了，近来无情的岁月风霜，已经将村里一大半上了年纪的亲人们消磨去世了。只有门前的镜湖水，春风一起，又跟往年一样春水涣涣，碧波荡漾。镜湖就是鉴湖，贺知章是越州人，故乡毗邻鉴湖。故乡的风景依然而人事不再，这种物是人非、物在人亡的感慨，引起了异代不同时的人们的强烈共鸣。古往今来，也不知有多少漂泊归来的游子，触景生情，会脱口而出地吟诵这首小诗。故池徘徊，旧径寻踪，流连村前屋后，追念左邻右舍。再三吟诵此诗，免不了唏嘘不已，黯然神伤。

王维的绝句《九月九日忆山东兄弟》写道：

独在异乡为异客，每逢佳节倍思亲。
遥知兄弟登高处，遍插茱萸少一人。

诗题中的九月九日，就是农历的九月初九重阳节。古代以九为阳数，阳数重叠，故称重阳。忆，思念。山东，王维迁居的蒲县（今山西永济）在华山之东，故称山东；不是今天的山东省。诗人独自在他乡作客，每逢佳节便加倍思念远方亲人。今天重阳节，遥想兄弟们插戴茱萸携手登高之时，却唯独缺了“我”一个。茱萸，一种香草，古人以为重阳节插戴茱萸，可以避灾驱邪。“每逢佳节倍思亲”，成为人人意中皆有，然人人笔下皆无，而今却人人口中传诵的千古名句。

记得2000年秋天开学后，我给全校开公共选修课即通识课“中国古代诗歌选讲”。全校文、理、工、外各院系，共有二三百名学生选修此课。课程安排在北大一教201阶梯大教室，时间是每周二下午的第7、8节。9月12日星期二，正好是中秋节；“月到中秋分外明”，我利用下课前半个小时，特地给学生们讲了几首古代著名的咏月诗。讲完后灵机一动，步王维的这首七绝原韵，口占一绝曰：“求学暂为燕园客，适逢中秋倍思亲。遥知父母倚栏处，正叹圆月照离人。”北大学子求学北大，本科四年，都是燕园匆匆过客。当天适逢中秋佳节，免不了加倍地思念家乡、思念亲人。遥望远方故乡的父母亲，此刻正倚靠在家里阳台的栏杆旁思念我们，叹息圆月照离人，月圆人未圆。我讲这门课，每次都布置课后作业，那就是背诵一首诗，下一次课开始讲课前，先用五分钟逐一检查。这次我没有布置背诵诗歌，而是布置：“凡是家里有电话的（当时电话才刚刚开始普及，手机就更没有了），今晚给家里打一个电话，向父母问安。”次周二上课前我检查作业时说，请中秋节给父母打过电话的同学，举一下手。望着那一片高高举起的手臂，我不禁热泪盈眶。

除夕之夜，盛唐诗人高适独居旅馆，怀念家乡，写下了七绝《除夜作》。诗曰：

旅馆寒灯独不眠，客心何事转凄然。
故乡今夜思千里，霜鬓明朝又一年。

除夕夜晚，诗人独居旅馆，守着寒灯，难以入眠。不知道什么事情让人心情凄然，原来是想起了千里之外的故乡。尽管已经两鬓斑白，但明天一早，就又要开始奔波漂泊的新的一年。

与高适同为盛唐边塞诗人、并称“高岑”的岑参，在西部守边时，碰到了一位正赶回京城的使者，引起了诗人对故园的怀念之情，写下了《逢入京使》一诗。诗曰：

故园东望路漫漫，双袖龙钟泪不干。

马上相逢无纸笔，凭君传语报平安。

身在西域边陲，东望故园，道路漫漫，欲归无计。诗人禁不住涕泪横流，双袖怎么擦拭也擦拭不干。龙钟，涕泪淋漓的样子。军旅生涯，戎马倥偬，行军途中没有纸笔从容写一封家信，只能请你带一句口信给我的家人，给我报一个平安。

此外，还有如张籍的《秋思》。诗曰：

洛阳城里见秋风，欲作家书意万重。

复恐匆匆说不尽，行人临发又开封。

诗人旅居洛阳城，见秋风送凉便思念起家乡亲人。一思念亲人便立即动笔写一封家信。要说的话很多很多，已经写了一张又一张，刚刚装好信封、封好口交给行人，但就在行人刚刚要走的时候，又想起一些事情，于是便叫住行人，取回书信，拆开信封，再写一些加进去。对故乡和亲人的情感，何等饱满、充沛，怎么倾诉也倾诉不完。

中唐诗人贾岛《渡桑乾》诗曰：

客舍并州已十霜，归心日夜忆咸阳。
无端更渡桑乾水，却望并州是故乡。

诗人离开家乡咸阳客居并州已经十年了，日日夜夜思念家乡，企盼归去。无端，无缘无故，没有由来。可是眼下不但没有能够回咸阳故乡，反而越去越远，无缘无故地又要离开并州，渡过桑乾河，去到更加遥远的北方。那时候再回望并州，却像在并州思念咸阳一样，把并州当作故乡来思念了。这种递进衬托的写法，使得思念家乡咸阳的情感，倍深一层。这种心情，很能引起客居他乡、无奈又更远行的游子的共鸣。

因为参加中唐的改革运动而被贬岭南的诗人柳宗元，在贬所写了一首《与浩初上人同看山寄京华亲故》诗。诗曰：

海畔尖山似剑芒，秋来处处割愁肠。

若为化作身千亿，散上峰头望故乡。

被贬岭南的诗人与好朋友浩初上人，一起眺望远山，思念京城的亲戚朋友。诗人眼前那一座座尖尖的山峰，犹如锋利的剑芒，秋色中将思念家乡的愁肠割得寸断。诗人说如果能有什么办法将自身变化成千亿个自身，那该多好啊，诗人将千亿个自身，散向那千亿座峰头。在千亿个峰头上，伫立着千亿个诗人，千亿个诗人一起北望故乡。思乡之情何等饱满、深厚、殷切。

唐代怀乡诗，我们仅摘取一部分略作赏析。整个古代文学史上优秀的怀乡诗，实在是不胜枚举。炎黄子孙不管走到天之涯、海之角，都不应该，也不会忘记华夏故国这一片热土。

第十讲

谁知盘中餐，粒粒皆辛苦：关心农事与悯农诗

锄禾日当午，汗滴禾下土。

谁知盘中餐，粒粒皆辛苦。

天下无农夫，举世皆饿死

众所周知，维系人的生命的最基本的物质是粮食。粮食主要是五谷，所以五谷是人生存最基本的、最需要的物质。随着人类社会的不断发展，人们的生活水平也在不断地提高，食品不断丰富，品种不断增多。但五谷，始终是维系人的生命的最主要的食品，或者说是构成人们食用的食品中最重要、最基本的原材料。

五谷指五种谷物，具体是哪五种，有两种说法：基本说法是稻、黍、稷、麦、菽；另一种说法的区别仅在于去“稻”加上“麻”，其余四种不变。五谷是农人耕种出来的，千千万万的农人祖祖辈辈春耕，夏锄，秋收，冬藏，一年到头，寒来暑往，雨雪风霜，辛勤耕耘在野外田间，面朝黄土背朝天，洒血流汗，换来了丰硕的果实，供人们享用。他们最辛苦，最平凡；也最崇高，最伟大。

清代乾嘉时期的诗人郑板桥（1693—1765），能诗，善画，工书，时称“三绝”。他在《家书》中写过这样一段话：“我想天地间第一等人只有农夫，而士为四民之末。农夫……苦其身，勤其力，耕种收获，以养天下之人；使天下无农夫，举世皆饿死矣。吾辈读书人……一捧书本，便想中举、中进士、做官，如何攫取金钱，造大房屋，置多田产，起手便走错了路头，后来越做越坏，总没有一个好结果。”真是一声断喝，掷地有声，千古真理，不可移易！这种“万般皆下品，惟有农人高”的重农贱士的观点，虽然稍失偏颇，有矫枉过正之嫌；而且也不是自郑板桥开始的。但这种观念，不仅仅在当时的封建社会士大夫中，是难能可贵的；而且直到今天，也还仍然闪射着真理的光芒。

中唐诗人白居易（772—846）前期担任谏官时，崇奉“达则兼善天下”（《孟子·尽心上》），写了《新乐府》50首、《秦中吟》10首，抨击当时社会弊端，同情民生疾苦。他写过一首五言古风《观刈麦》，其中对农人耕作辛劳的情景，是这样描写的：

相随馌田去，丁壮在南冈。

足蒸暑土气，背灼炎天光。

力尽不知热，但惜夏日长。

农人成年累月在野外干活，特别是夏天，脚下是烫脚的“暑土气”，背上是热日曝晒，劳动强度最大，生活条件最艰苦，所求最少而奉献最多，所以最值得天下人尊重、感恩。有很多有良知的诗人，写了很多关心农事、悯农、赞农的诗歌。

如晚唐诗人来鹏（？—883）的小诗《云》写道：

千形万状竟还空，映水藏山片复重。

无限旱情枯欲尽，悠悠闲处作奇峰。

这首诗作者《全唐诗》原作来鹄，《全唐诗外编》作来鹏。来鹏又见于《新唐书·艺文志》《唐才子传》。诗题为《云》，前一联写天上的云彩千形万状，变幻莫测，重重叠叠，倒映在水面，遮藏着群山。后一联则写天下大旱，田里的禾苗都快枯死了，云彩还在那里悠闲自得地幻化异山奇峰。表面上看似写云，谴责云，实际上却是借对云的不满，表达了诗人对农事的关切和对遭受旱灾的劳动人民的同情，以及对不关心民生疾苦的统治阶级的委婉批评指责。

来鹏在这首诗里责备云，晚唐诗人罗隐（833—909）在小诗《雪》中，则是责备雪，责备下雪的苍天。诗曰：

尽道丰年瑞，丰年事若何。
长安有贫者，为瑞不宜多。

诗也很平白浅显，人们都说“瑞雪兆丰年”，可是年丰了之后又能怎么样呢？对老百姓又能有什么好处呢？丰年的粮食也都被官府搜刮尽了，老百姓还是一样贫困。长安有无数无家可归、流落街头的穷苦人，在风雪中饥寒交迫，所以“为瑞不宜多”——老天爷啊，还是少下点雪、少降点“瑞”吧。诗人真切地体会最下层贫寒者的内心痛苦，给予了无限同情；站在他们的立场上，吐露他们的心声，感人肺腑。

悯农诗选析

说到唐人的悯农诗，首先要讲的自然是中唐诗人李绅（772—846），字公垂，祖籍亳州（今安徽省亳州市），出生于湖州乌程（今浙江省湖州市）。唐穆宗时被重用，任右拾遗、翰林学士，官至中书舍人。当时，与李德裕、元稹并称为“三俊才”。李绅与白居易、元稹交往甚密。很巧的是，他与白居易生卒年完全相同，同情民生疾苦的思想倾向也基本相同，也同为中唐新乐府运动的倡导者和积极参与者。李绅写过两首有名的绝句——《悯农二首》。第一首曰：

春种一粒粟，秋收万颗子。
四海无闲田，农夫犹饿死。

农家春天种下一粒种子，除草施肥，精耕细作，秋天收获了很多粮食。所有的土地都耕作了，没有一点闲地，田里种的庄稼也获得了丰收，本应该是丰衣足食的，可是农夫还是在饥寒交迫中饿死了。因为收获的粮食再多，也都被官府的苛捐杂税搜刮去了。宋人杨万里也写过诗句曰：“荒山半寸无遗土，田父何曾一饱来。”（《发孔镇晨炊漆桥道中纪行》）说的也是虽然半寸的土地也没有浪费，都被农人辛勤耕耘了，可是老农还是连一顿饱饭也吃不上，还是免不了饥寒交迫。

《悯农二首》的第二首更负盛名。诗曰：

> 锄禾日当午，汗滴禾下土。
> 谁知盘中餐，粒粒皆辛苦。

农人在烈日下除草，大滴大滴的汗珠，滴到了禾苗下面的土中。你可知道一日三餐饭碗里的米饭，每一粒都是农人的汗水换来的。这首诗句句叙事、议论、言理，道出了人类生命生存和延续的真谛——维系生命离不开粮食。有了粮食生命才能存活下去，而粮食离不开农人的劳作。我们可以断言：只要人类存在，这二十个字就永远是千古真理，不可移易！明末清初人贺裳在《载酒园诗话》中评曰："'诗有别趣，非关理也'。然理原不足以碍诗之妙，如元次山《春陵行》、孟东野《游子吟》、韩退之《拘幽操》、李公垂《悯农诗》，真是《六经》鼓吹。""六经"，指儒家学派创始人孔子晚年整理的《诗》《书》《礼》《易》《乐》《春秋》六部经典著作。贺裳认为李绅的《悯农》、孟郊的《游子吟》等诗，宣扬提倡的是儒家经典之义，具有重大的教育意义。

元稹（779—831）与白居易是好朋友，并称"元白"。

元稹于元和十二年（817），得刘猛、李余古题乐府数十首后，和作了十九首，将他在江陵、通州一带所见所闻，一一写进这组古题乐府诗中，其中一首题为《田家词》。诗曰：

牛吒吒，田确确。
旱块敲牛蹄趵趵，种得官仓珠颗谷。
六十年来兵簇簇，月月食粮车辘辘。
一日官军收海服，驱牛驾车食牛肉。
归来收得牛两角，重铸锄犁作斤劚。
姑舂妇担去输官，输官不足归卖屋。
愿官早胜仇早覆，农死有儿牛有犊，
誓不遣官军粮不足。

全诗以农民自诉的口吻，用白描的手法叙事，在看似平静的叙述中，表达了农民痛苦的心声。久旱不雨，土地坚硬，牛在上面艰难地耕作，牛蹄在坚硬的土块上发出了“趵趵”的声音。吒吒，呵斥牛的声音。确确，土块坚硬的样子。用汗水换来的珍珠一样的粮食，都被收进了官仓。六十年来征战不息，官军收复海服之地，运粮的大车年年月月不停地把粮食运往前方。古代把京城附近方圆千里之地叫京畿，自京畿之外每五百里称作一服，把由近及远分别称之为“侯服”“甸服”等九服；这里的“海服”，泛指海边的藩镇割据之地。没有想到朝廷连人带车和牛一起征用，牛被官兵宰杀吃掉了，农民只收得两只牛角回来。农民回来只能重铸犁锄农具。斤劚，指耕种时用来砍伐的斧锄之类的农具。重新耕种一年收获的粮食，又被迫“姑舂妇担”地送给了官府，还不够，只好回来把房屋也卖掉买粮食去完成纳税。

全诗最后以怨恨的反语作结，说但愿官军早日胜利，藩镇割据之仇早日报了。“我们”不要紧啊，累死了还有儿子下一代，牛儿被杀了还有小牛犊，不会让“你们”官军缺少军粮的。诗人以旧题发新意，词极精妙而意至沉痛。

在封建社会，苛捐杂税是压在劳动人民头上尤为沉重的大山。这就是白居易在《观刈麦》中控诉的“家田输税尽”，就是元稹在《田家词》中控诉的“姑舂妇担去输官，输官不足归卖屋”，就是杜荀鹤在《山中寡妇》中控诉的“任是深山更深处，也应无计避征徭”。

唐诗人张碧，字太碧，生平不详，唐德宗贞元年间人。孟郊读其诗集，写了一首五古《读张碧集》诗，前八句曰：“天宝太白殁，六义已消歇。大哉国风本，丧而王泽竭。先生今复生，斯文信难缺。下笔证兴亡，陈词备风骨。”可谓是推崇备至。张碧写过一首《农父》，诗曰：

运锄耕劚侵星起，陇亩丰盈满家喜。
到头禾黍属他人，不知何处抛妻子。

劚，锄类农具。这里作动词，指挖掘土地。一位老农一家人起早贪黑辛勤耕耘，眼看丰收在望，全家人满心欢喜。后两句笔锋一转，一年收成都被盘剥，尽属他人，到头来还免不了抛妻撇子，家破人散。

唐代到了晚期，朝廷里党争激烈，地方上军阀割据，战祸连年，社会底层更是民不聊生。晚唐诗人聂夷中的《田家二首》其二，对这样的社会现实，描写得更加深刻。诗写道：

父耕原上田，子劚山下荒。
六月禾未秀，官家已修仓。

这首诗，一作李绅的《古风二首》其二。诗中所写的这种父耕子劚的情景，不仅仅是这一家父子所做的事情，而是概括了当时普天下农民家庭的辛劳状况。父子俩辛辛苦苦长年累月地开荒耕种，没想到刚刚到了六月，庄稼还没有扬花秀穗，官府已早就窥伺好了，紧锣密鼓地修粮仓，准备掠夺收粮。劚，挖掘；劚荒，即垦荒。秀，《正字通·禾部》："秀，禾吐华也。"华，同花，指庄稼吐花出穗。

聂夷中还写过一首《伤田家》诗，更加沉痛。诗曰：

二月卖新丝，五月粜新谷。
医得眼前疮，剜却心头肉。
我愿君王心，化作光明烛。
不照绮罗筵，只照逃亡屋。

在官府的逼迫下，实在是没有办法，刚刚二月，蚕还没有成茧，就提前去卖丝了；五月田里的谷子还没有完全成熟，就被迫收割卖新谷了。解决了眼前的苦难，医治好眼前的小疮，但是却剜却了心头的肉。"我"希望君王的心啊，化作光明烛；不去照那些豪门大族的筵席，去照一照流离失所的逃亡人的陋屋吧。表面上是略带恳请的"愿"言，实际上吐诉的是满腹"怨"言，是对君王"只照绮罗筵，不照逃亡屋"罪恶行径的义正辞严的斥责。

晚唐诗人杜荀鹤的《山中寡妇》，写的是一个寡妇的不幸命运。诗曰：

夫因兵死守蓬茅，麻苎衣衫鬓发焦。
桑柘废来犹纳税，田园荒后尚征苗。
时挑野菜和根煮，旋斫生柴带叶烧。
任是深山更深处，也应无计避征徭。

丈夫在战争中死去，寡妇穿的是麻布衣服，两鬓焦黄，孤独地守着破茅屋。家前屋后的桑柘已经荒废了，但还要交税；田园都荒芜了，颗粒无收，但还要缴纳青苗税。没有粮食吃，只能挖些野菜连着根一起煮着充饥；刚刚砍的新柴，带着绿叶一起推入灶膛烧火做饭。这些描写之后，诗人深化了一个结论：任凭你在深山的最深处，也没有办法躲避官府的征徭。既揭示出苦难的根源，又把眼前的苦难，推进到一个更广、更深、更长久的现实天地，写出了这种苦难的普遍性。尾联可以看作下层民众愤怒的呐喊。

晚唐其他诗人，如皮日休的《橡媪叹》，也是描写下层人民的不幸生活：

秋深橡子熟，散落榛芜冈。
伛伛黄发媪，拾之践晨霜。
移时始盈掬，尽日方满筐。

几曝复几蒸，用作三冬粮。
山前有熟稻，紫穗袭人香。
细获又精舂，粒粒如玉珰。
持之纳于官，私室无仓箱。
如何一石余，只作五斗量。
狡吏不畏刑，贪官不避赃。
农时作私债，农毕归官仓。
自冬及于春，橡实诳饥肠。
吾闻田成子，诈仁犹自王。
吁嗟逢橡媪，不觉泪沾裳。

官场黑暗，“狡吏不畏刑，贪官不避赃”，一石即十斗，十斗的粮食，到了官府那里，只被量成了五斗，盘剥搜刮何等厉害。所以老百姓只能“自冬及于春，橡实诳饥肠”了。

晚唐还有诗人颜仁郁写过一首《农家》，诗曰：

半夜呼儿趁晓耕，羸牛无力渐艰行。
时人不识农家苦，将谓田中谷自生。

颜仁郁，字文杰，号品俊，泉州（今属福建）人，祖籍河南温县，祖父入闽任福州侯官县令，随父入闽。诗歌描写农家半夜便叫孩子起床，一起趁早下田耕耘，瘦弱的老牛力量不济，行进艰难，累得几乎拉不动犁具了。羸牛，就是瘦牛。时人，这里主要指豪门贵族；他们不知道农家劳作的艰辛，以为粮食是从田里自然生长出来的呢！这种指责，理直气壮，说出了普天下农人的心里话。

在现代社会生活日新月异、迅猛发展的今天，人们的物质生活和生存形态都发生了天翻地覆的变化，社会分工更加丰富复杂，各行各业中此行业消失、彼行业兴起的现象，时时刻刻都在发生。城市经济急剧膨胀，农田被蚕食，农耕土地荒漠化的现象日益严重，实在是令人担忧！长此下去，如果有一天人们的吃饭都成了问题，那时就悔之晚矣。但愿此乃笔者的杞人之忧也。

第十一讲

谁言寸草心，报得三春晖：敬重长辈与孝亲诗

蓼蓼者莪，匪莪伊蒿。哀哀父母，生我劬劳。

蓼蓼者莪，匪莪伊蔚。哀哀父母，生我劳瘁。

瓶之罄矣，维罍之耻。鲜民之生，不如死之久矣。

无父何怙，无母何恃。出则衔恤，入则靡至。

父兮生我，母兮鞠我。拊我畜我，长我育我。

顾我复我，出入腹我。欲报之德，昊天罔极。

南山烈烈，飘风发发。民莫不穀，我独何害。

南山律律，飘风弗弗。民莫不穀，我独不卒。

中国有句古话，叫作："滴水之恩，涌泉相报。"就是说对于别人的一点点恩惠，要千百倍地报答。在人生短暂而宝贵的旅程中，应该千百倍、百万倍来报答的恩情，我以为第一就是父母的养育之恩，特别是母亲的大恩大德！

南宋时形成的儒家十三部经典经书，人称"十三经"；其中有一部《孝经》。《孝经·三才章》中有句曰："夫孝，天之经也，地之义也，民之行也。"认为孝敬父母是天经地义的事，是人的首要品行。孝是人世间最为美好的一种感情，必须珍惜；孝道观念是中华民族优秀传统文化的核心价值之一，必须代代弘扬。

孝悌也者，其为仁之本欤

在《论语·学而篇》中，孔子曰："弟子，入则孝，出则悌，谨而信，泛爱众，而亲仁。”意思是说：为人弟、为人子的人，进家要孝顺父母，出外要顺从兄长，言行要谨慎而有信用，博爱众人，而亲近有仁德者。

《论语·学而篇》中记载孔子的学生有子曰：“孝悌也者，其为仁之本欤！”意思是说：孝顺父母、顺从兄长，这就是“仁”的根本啊！所谓“仁”，就是指以人为本，富有爱心。孔子把“仁”作为最高的道德原则、道德标准和道德境界，而行仁则当“入则孝”。在以“仁”为核心的伦理思想结构中，孝悌可谓是仁德的基础和根本。

孝悌中的孝，指孝敬父母双亲；悌，指顺从兄长。中国传统的儒家文化中，历来提倡“百善孝为先”。《本草纲目·禽部》：“慈乌。此鸟初生，母哺六十日，长则反哺六十日。”李密《陈情表》：“乌鸟私情，愿乞终养。”后有成语“乌鸦反哺”，人们常常将其与“羊羔跪乳”并用。用“乌鸦反哺，羊羔跪乳”，来比喻子女奉养孝顺父母、敬重长辈的孝心。

孝敬双亲的诗歌，最早可追溯到《诗经》中。《诗经·小雅·蓼莪》诗曰：

蓼蓼者莪，匪莪伊蒿。哀哀父母，生我劬劳。

蓼蓼者莪，匪莪伊蔚。哀哀父母，生我劳瘁。

瓶之罄矣，维罍之耻。鲜民之生，不如死之久矣。

无父何怙，无母何恃。出则衔恤，入则靡至。

父兮生我，母兮鞠我。拊我畜我，长我育我。

顾我复我，出入腹我。欲报之德，昊天罔极。

南山烈烈，飘风发发。民莫不穀，我独何害。

南山律律，飘风弗弗。民莫不穀，我独不卒。

第一、二章各四句，意思基本相近，句式也相同，仅仅改了两个字（“蒿”“蔚”）和两个词（“劬劳”“劳瘁”），这是《诗经》中常用的复沓法。所谓复沓，就是章与章、段与段之间，只更换极少数的字或词语，其他基本不变。这是诗歌中常用的一种艺术表现手法，可以起到突出思想、深化主题、加重情感、层层递进的作用。

诗以莪蒿兴起，“蓼蓼者莪，匪莪伊蒿”。蓼蓼，高大的样子；莪，蒿的一种，莪是抱根丛生，俗称抱娘蒿。所以笔者以为这里的“兴”中又有“比”，乃兴兼比，以抱娘蒿比喻父母养育众多子女。“哀哀父母，生我劬劳。”可怜我的父母亲啊，为了生我养我受尽了劳苦，令我伤悲。哀哀，悲伤不已的样子。郑玄笺此诗曰：“哀哀者，恨不得终养父母，报其生长己之苦。”蓼是环根丛生蒿，而蒿和蔚则是散生蒿。匪，同“非”。伊，是。劬劳，劳累的意思。劳瘁，也是劳累辛苦的意思。

第三章八句以瓶喻父母，罍喻子女，瓶从罍中汲水，而今瓶空而罍无储水可汲，比喻子女没有尽孝（没有储好水供瓶汲取）而抱愧。紧接着诉说失去父母后，自己孤身生活的困苦和情感的悲凉。

第四章八句中的前六句，将第一、二章中说父母生养我的“劬劳”“劳瘁”具体化：“父兮生我，母兮鞠我。拊我畜我，长我育我。顾我复我，出入腹我。”鞠，养育。拊，犹抚，抚爱。畜，好；畜我，犹喜爱我。反复说是父母生我养育我，抚爱我喜欢我，照顾庇护我，从小抱着我，使我长大成人。顾，照顾。复，借为覆，庇护之意。腹我，抱着我。后二句：“欲报之德，昊天罔极。”昊天，即昊天上帝，是中国古代神话中天的尊号。罔极，无常，没有准则。意思是说：而今我想报答父母的养育之恩，可是皇天不公正，使我父母去世，我不能养老送终。这就是汉代韩婴《韩诗外传》中所说的“树欲静而风不止，子欲养而亲不待”。此乃为人子之大痛也。

最后第五、六两章，也是各章四句，意思相近，采用复沓手法。说南山高峻，狂风凛冽，为何别人都有赡养父母的机会，唯独我遭此不幸，不能为父母养老送终呢？！

这应该是一首悼念父母的祭歌，表达了子女悼念和追慕父母双亲养育之德的情思，抒发了“子欲养而亲不待”的哀痛之情，呼天抢地，跌宕起伏，痛不欲生。其强烈的艺术感染力，感染了后世无数孝子贤孙。《晋书·孝友传》载，王裒（póu）因痛父无罪处死，隐居教授，“及读《诗》至‘哀哀父母，生我劬劳’，未尝不三复流涕，门人受业者并废《蓼莪》之篇”。又，《齐书·高逸传》载，顾欢在天台山授徒，因“早孤，每读《诗》至‘哀哀父母’，辄执书恸泣，学者由是废《蓼莪》”。因为一读《蓼莪》便引起伤母之深哀巨痛，不能自已，以至于教授生徒《诗经》时，竟然“废《蓼莪》之篇”，不教这一篇了。

因为《诗经》居五经之首，加之《蓼莪》这首诗宣扬的是儒家“百善孝为先”的重要理念，培育人们孝顺父母的传统美德，所以对后世影响十分深远。在表达对父母悼念之情的诗文中，经常用作典故；并以“蓼莪”专指对亡亲的悼念。

《诗经》中还有一篇《邶风·凯风》，描写的也是子女对母亲的感恩真情，也十分感人。诗曰：

凯风自南，吹彼棘心。棘心夭夭，母氏劬劳。

凯风自南，吹彼棘薪。母氏圣善，我无令人。

爰有寒泉，在浚之下。有子七人，母氏劳苦。

睍睆黄鸟，载好其音。有子七人，莫慰母心。

诗以凯风吹彼棘心开篇，把母亲的抚育比作温暖的南风，自己兄弟如同酸枣的嫩芽，全仗母亲的辛劳才能够健康成长。母亲的大恩大德，堪称“圣善”，作为子女，无以为报。

元代画家王冕（1310—1359）在《墨萱图》中，用《诗经·邶风·凯风》“凯风自南，吹彼棘心”的典故，写自己与母亲分别时的情景：“南风吹其心，摇摇为谁吐。慈母倚门情，游子行路苦。”

孝亲诗选析

母亲，是人间第一亲；母爱，是人间第一爱。人世间从古到今，唯一没有被污染，或者说被污染最少、最轻的就是母爱！母爱是不求回报的，母爱是不带丝毫功利目的的。爱，就是唯一的目的；爱，就是全部之所在。这就是爱的最高境界。

《环球时报》胡主编的母亲2019年10月以93岁高寿去世，他在怀念亡母的悼文中，有一句话说得情真意切，十分感人。他说：“母亲多长（的）寿，你的童心就有权利延续多久；母亲还像你和死亡之间的一道屏障，给你生命的踏实感。无论你多大岁数，一旦失去母亲，你都会有孤儿般的悲伤和无助。”半年多后，他的父亲也以91岁高寿去世，他又写了一篇悼念亡父的文章，两文皆有西晋李密《陈情表》之遗风，令人动情。

表达母爱最朴实、最真挚、最伟大的诗篇，毫无疑问是中唐诗人孟郊的小诗《游子吟》。诗曰：

> 慈母手中线，游子身上衣。
> 临行密密缝，意恐迟迟归。
> 谁言寸草心，报得三春晖。

孟郊身世寒微，仕途蹭蹬，母亲在他的成长中倾注了极大的心血。这首诗的开头，从母亲为即将远行的儿子准备行装的诸多事情中，选择一件最微小、最具体，也最典型的事情来描写，那就是母亲为儿子缝补，也可能是缝制衣服。由此可见，家境贫寒，所服衣衫破旧，不是裘服锦衣；或者橱无余衣，临要出门了才拼拼凑凑匆忙赶制了一件。慈母为儿子缝补（制）衣服，这里以针连着线、线连着针，暗喻母子心相连，儿行千里母担忧。清人彭极《得爰琴兄都门信》诗中，也有“春山自洒啼鹃泪，慈母曾缝游子裳”句，写母亲为游子缝补衣裳。

接下来写“临行密密缝，意恐迟迟归”，是说母亲缝了一针又一针，本来儿子也许计划外出三个月就回来，母亲缝六针就可以了，但缝好六针后，作为母亲心里会想，旅途多少艰难，难以逆料，也许三个月回不来，五个月才能回来，于是又补缝了八针；再一想，也许五个月回不来，八个月才能回来，于是又加缝了十针……一针一针地把母亲对儿子的博大、深厚、无私的爱缝进去。这就是母亲，只有母亲才能如此想；这就是母亲，只有母亲才能如此做。这里的“密密”和“迟迟”，我以为是古代诗歌中运用得最好、最伟大的叠字——尽管宋代女词人李清照有“寻寻觅觅，冷冷清清，凄凄惨惨戚戚……到黄昏、点点滴滴”（《声声慢》）等一连串精彩的叠字，但也不能与“密密”“迟迟”叠字相比。因为“密密”和“迟迟”中叠进去、表达出来的，是人世间最好、最伟大的情感——母爱！我们知道，人世间还有很多爱，诸如兄弟之爱、男女之爱、朋友之爱等，这许许多多种爱，也许也能跟母爱一样博大、深厚，但在“无私”这一点上，与母爱相比，几乎都黯然失色。

以上是从母亲如何对待儿子的角度，来写母亲的拳拳之心；最后则是从儿子对母亲的角度，来写儿子的眷眷之情——“谁言寸草心，报得三春晖。”就像小草永远也无法报答三春的恩泽似的，做子女的，永远也无法报答父母特别是母亲的养育恩情。这是赤子倾吐的肺腑之言。春晖，热烈、温暖、灿烂、美好，用春晖来比喻母爱，可谓是珠联璧合，相得益彰。古往今来，不知有多少人，将自己的书斋命名为“春晖斋”，将自己的著作命名为“春晖集”，将自己家的厅堂命名为“春晖堂”；将自己家的庭院命名为“春晖苑”……所有这些，都是表示对母亲的无限爱戴之情！

人同此心，心同此情，古今中外的人们都热爱自己的母亲。相传有这样两则故事，一则是我国古代的民间故事。讲从前有一个女子抱着很小的儿子回娘家，半路上突然下起雨来，正好后面赶上来的一个女子撑过来一把雨伞，并且主动帮前一个女子抱孩子。不久，雨过天晴，后一个女子抱着孩子就要走，前一个女子赶紧说：“这孩子是我的！”后一个女子则说：“这孩子是我的！”两个人争执不下，各不相让。孩子很小，又不会说话，吓得哇哇大哭。这时一个老人迎面走了过来，见此情景，问明缘由。略一思索，随手抓了一把灰，在地上划了一个圆圈作栏，让把孩子放到里面。说："你们一人拉一只手，朝相反的方向拉，谁先把孩子拉出这个灰栏，孩子就是谁的。"这时一个女子只是哭，不敢用力；另一个则不管不顾，拼命使劲，一下子就把孩子拉出了灰栏圈外。老人果断而又严肃地对她说："这个孩子不是你的！因为如果你是他的母亲，你就不会如此使劲地拉孩子。孩子这么小，从相反的方向拉，把孩子胳膊拉坏了怎么好呢！"可见，母爱是不可掩饰的，母爱是无法做假的；母爱是本能的，是渗入骨髓的。元代人李行道创作的杂剧《灰阑记》，全名《包待制智勘灰阑记》，将这一民间故事中母爱刻骨铭心的关键情节，运用到包公断案上，表现了包公明辨是非的智慧。

还有一则故事，是日本的"弃母的故事"。故事讲一个母亲，儿子才三岁丈夫就不幸去世了，独自一人含辛茹苦地把儿子扶养成人。不料有一天，自己突然中风，半身不遂，瘫痪在床。儿子朝夕侍候，端屎端尿。过了几年，儿子娶了媳妇，开始还可以，时间长了，"百日床前少孝子"，媳妇嫌婆婆不但不能干活，反而要日夜侍候，端屎端尿，苦不堪言。于是暗地里不断地怂恿丈夫:“把她抛弃了。”母亲对此心知肚明,“知子莫如母”。有一天儿子被说动心了,就背起瘫痪的母亲,谎称:“今天天气好,背您出去散散心。”背起母亲便一直朝大山深处走去,母亲很清楚这是要把她丢弃了,一句话也没有讲。儿子一边走,母亲在儿子的背上一边不断地用手折能够得着的树枝,折了便不断地往地上扔。时间一长,儿子觉得很纳闷,就问母亲:“您老折树枝扔地上干什么?”母亲平静地说:“孩子啊,你离家这么远,妈妈就是担心你一会儿返回的时候不认识路。”意思是你往回走时,顺着妈妈扔的树枝走就可以平安回到家了。闻此言,儿子如同五雷击顶,良心发现,转身把母亲又背回去好好侍候了。

所以我们说:慈母的情,大海的情;慈母的心,最纯的金!

唐代诗人陈去疾(约835年前后在世)外出离家,临行前到母亲坟上祭奠辞行,写了一首七绝《西上辞母坟》,诗曰:

> 高盖山头日影微,黄昏独立宿禽稀。
> 林间滴酒空垂泪,不见叮咛嘱早归。

作者于黄昏时分独立在高盖山头,夕阳西下,日影微茫，宿鸟稀少，景物苍茫凄凉。诗人滴酒洒泪，祭奠母亲。以前每一次离家远行，母亲总是千叮咛万嘱咐早早归来，而今却再也听不到母亲叮咛早归的话语，只能一个人孤零零地独立在黄昏的母亲的坟前。失母之痛在黄昏凄景的烘托下，格外悲怆。

宋末元初僧人与恭，出家后不久，父亲去世，老母亲一个人在寒舍贫困独守。与恭虽然自己生活也很清贫，但仍然尽力接济老母，不负亲恩。母亲去世后，他写了一首沉痛悼念母亲的诗，题为《思母》。诗曰：

霜殒芦花泪湿衣，白头无复倚柴扉。
去年五月黄梅雨，曾典袈裟籴米归。

字面的意思是：时已深秋，霜打芦花，泪湿衣裳。贫寒家园的柴门前，再也没有白发娘亲倚门翘盼的身影。还记得去年五月黄梅时节，我冒雨回家省亲，曾经典当了袈裟，买了一点米回家给你老人家勉强度日。首句说"霜殒芦花"，于写景中暗用"芦衣"典。《太平御览》第八百一十九卷引《孝子传》："闵子骞幼时，为后母所苦，冬月以芦花衣之以代絮。其父后知之，欲出后母。子骞跪曰：'母在一子单，母去三子寒。’父遂止。”后以“芦衣”作为孝子的典故。《论语·先进》篇中，孔子曰：“孝哉闵子骞，人不间于其父母昆弟之言。”孝顺啊闵子骞，人们没有不同意他的父母兄弟赞许他的话。与恭的这首悼念亡母的小诗，可谓是情由衷出，长歌当哭，感人肺腑。

清代词人陈维崧则写过悼念父亲的诗《将归留别练塘诸子》。诗曰：“游子衣边雪，慈亲地下心。都将苴杖泪，并作苦寒吟。此意复谁识，当歌难自禁。劳君霜夜弹，莫打失巢禽。”苴杖，古代居父丧时孝子所用的竹杖，亦指父丧。

白居易“新乐府”50首中，有一首题为《母别子》。诗中叙写一位妇女，遭到因富贵而喜新厌旧的丈夫的遗弃。诗人自己的本意如其原序中所云“刺新间旧也”，即批判富贵了便以新人离间旧人的喜新厌旧的丑恶行径。但其中写到“以汝夫妇新嬿婉，使我母子生别离”，母子离别的情景却十分感人。诗写道：“迎新弃旧未足悲，悲在君家留两儿。一始扶行一初坐，坐啼行哭牵人衣。”两个孩子都很小，一个刚刚能扶床走路，一个刚刚会坐起，两儿啼哭着拉着母亲的衣服不让走。真是“不如林中乌与鹊，母不离雏雄伴雌”。人不如乌鹊，乌鹊鸟尚且能够母鸟与雏鸟不离散。“应似园中桃李树，花落随风子在枝。”就像园中那花儿随风不知飘落何处，孕育出的果子却孤零零地留在枝头。与自己的骨肉子女分离，乃为人母者最大的痛苦也。

在古代诗歌中，写母子离别方面最为悲怆的诗歌，莫过于建安时期的女诗人蔡琰所写的《悲愤诗》。蔡琰的父亲蔡邕（133—192），乃东汉名臣、书法家。蔡琰于汉献帝兴平年间（194—195）的汉末大动乱中为胡人所掳，流落中嫁南匈奴左贤王，长达十二年，生二子。与其父友善的曹操（155—220），于建安元年（196）为丞相后，因念及昔日友情，痛念友人蔡邕无子嗣，遂遣人以重金将蔡琰赎回。这一年蔡邕已经被害四年多了，此举亦可见曹操也是一个重情重义的性情中人。匈奴应允，准许蔡琰回，但所生二子不许同归。《悲愤诗》中，写母子离别的场景，在古往今来的同类描写中，可以说无出其右。诗中有十二句这样描写母子离别的悲痛情景：

儿前抱我颈，问母欲何之。
人言母当去，岂复有还时。
阿母常仁恻，今何更不慈。
我尚未成人，奈何不顾思。
见此崩五内，恍惚生狂痴。

号泣手抚摩，当发复回疑。

诗人作为母亲，她知道此次与亲生骨肉离别便是永别，终身不复再见矣，所以内心撕肝裂肺般痛苦。蔡琰以母性特有的细腻柔情，将母子永别的悲痛，从母和子两个方面都描绘得淋漓尽致。可谓是字字血，句句泪，刻骨铭心，感人肺腑。诗中紧接着写这种悲痛产生了巨大的效果："马为立踟蹰，车为不转辙。观者皆嘘唏，行路亦呜咽。"马都徘徊不前，车轮都不转动。在场的人都悲泣抽噎，过路的人都低声哭泣。如此的效果描写，进一步烘托了母子离别的深痛巨哀。

清人李因笃（1631—1692）的《纪别三章》其一中，描写了自己远行前与慈母离别的情景，真切感人。诗曰：

置酒岁云暮，北堂淡寒晖。
饥乌相与鸣，朔风厉重闱。
老母闵游子，欲言先歔欷。
不问何日行，先问何时归。
遥遥计往路，历历询征衣。
褆身慎自防，兼量寒与饥。

长跪闻母言，铭心毋敢违。
病妻勉下床，相视首蓬飞。
谓我当行迈，有泪且勿挥。

诗人即将远行，慈母置酒饯行。开始写朔风劲吹，暮云寒晖，饥鸟啼鸣，渲染离别的氛围。“老母闵游子，欲言先歔欷”。闵，怜爱，恋念。歔欷，太息，抽咽。母亲爱怜将要远行的儿子，还没有开口，就哽咽得说不出话来。还没有离开，就“先问何时归”来。细细计算着前路的行程，一一询问着所带衣物的情况。再三叮嘱要注意安全，小心谨慎，以防不测，要按时吃饭添衣，不能饿了冷了。禔身，就是安身。诗人最后长跪叩谢，表示一定将母亲的话铭记在心，不敢违背。母乃慈母也，子亦孝子也。

清人黄仲则，字景仁，写有《别老母》，诗曰：

搴帏拜母河梁去，白发愁看泪眼枯。
惨惨柴门风雪夜，此时有子不如无。

白发老母于风雪夜晚，倚柴门送儿子远赴河梁，柔肠寸断哭得泪眼枯。看到母亲如此悲伤，诗人自责道：早知如此，还不如没有儿子好呢。

明代民族英雄于谦因为抗击外敌，戎马倥偬，为国事奔波，忠孝不能两全。他于立春日写了一首七律《立春日感怀》，诗曰：

年去年来白发新，匆匆马上又逢春。
关河底事空留客，岁月无情不贷人。
一寸丹心图报国，两行清泪为思亲。
孤怀激烈难消遣，漫把金盘簇五辛。

首联说在国家内忧外患中，跃马挥戈，徒增白发，年去年来岁月匆匆，转眼又是立春。结句是说为国事奔忙，难有空闲时间欢聚，随便凑几个菜，以应立春节景吧。“簇五辛”的五辛，指五种辛味的菜。《本草纲目》：“元旦、立春，以葱、蒜、韭、蓼蒿、芥辛嫩之叶，杂而食之，取迎新之意，谓之五辛盘。”颈联：“一寸丹心图报国，两行清泪为思亲。”诚乃国之忠臣，家之孝子，家国情怀，彪炳汗青。

赏析了孟郊的《游子吟》和古人的孝亲诗，我们的心久久不能平静。其实，从某种意义上讲，我们每一个人的一生都有三个母亲：第一个母亲是给我们血肉和生命的母亲，她的养育之恩，是我们永远也报答不完的；第二个母亲是给我们知识和才能的母亲，那就是我们的母校和母校的老师，包括小学、中学和大学，母校老师的培育之恩，也是我们永远报答不完的；第三个母亲是给我们尊严和精神的母亲，那就是我们伟大的祖国，她的哺育之恩，更是我们永远也报答不完的！

中国有一句古语叫作："滴水之恩，涌泉相报。"我要说这三个母亲给予我们每一个人的恩情，绝对不是"滴水之恩"，而是"涌泉之恩"。那么，我们应该如何报答呢？——涌泉之恩，大海相报！

第十二讲

溪涧岂能留得住，终归大海作波涛：启迪教益与哲理诗

青青园中葵，朝露待日晞。

阳春布德泽，万物生光辉。

常恐秋节至，焜黄华叶衰。

百川东到海，何时复西归。

少壮不努力，老大徒伤悲。

所谓哲理诗，就是诗人以自己的慧眼灵心，对社会和人生进行思索、探索，将所体验的深邃哲理，包孕在鲜明的艺术形象中的诗歌。哲理诗将思想渗透于形象之中，经过独特的审美创造，于浓郁的情愫中饱含作者的真知灼见。引人入胜，耐人寻味，给人以思想上的教益和艺术上的美感。

唐以前的哲理诗，最早可追溯到《诗经》。《秦风·蒹葭》的第一章写道："蒹葭苍苍，白露为霜。所谓伊人，在水一方。溯洄从之，道阻且长。溯游从之，宛在水中央。"这当然是一首情歌，但诗中弥漫着的那种似有若无、可望而不可即的淡淡愁丝和凄婉怅然之情，使人隐隐感受到人生追求美好理想时，那种可期难求的哲理之思，意境朦胧而神韵悠然。而《小雅·十月之交》中"百川沸腾，山冢崒崩。高岸为谷，深谷为陵"，则写出了自然界中万事万物永不止息的变化，表达了一种沧桑巨变、事无永恒的道理。

汉代古诗中有一首《长歌行》，诗曰：

青青园中葵，朝露待日晞。
阳春布德泽，万物生光辉。
常恐秋节至，焜黄华叶衰。
百川东到海，何时复西归。
少壮不努力，老大徒伤悲。

明亮的太阳照耀着青青园中葵上的朝露，朝露很快被晒干（晞，干燥）消失。万物在春天的德泽下繁茂光亮，而在秋风中却焜黄枯萎。大大小小的河流东奔赴海，一去而不返，再无西归之时。以此告诫人们，人生的河流也是如此川流不息："逝者如斯夫，不舍昼夜！"（《论语·子罕篇》）少壮的时候不努力奋斗，等到老了就只有白白地伤悲。这首诗歌启迪人们珍爱生命、珍惜光阴，及时奋发，有所作为。

唐代哲理诗选析

唐代诗坛，哲理诗得到了很大的发展，景象喜人。王之涣脍炙人口的五绝《登鹳雀楼》，诗曰：

白日依山尽，黄河入海流。

欲穷千里目，更上一层楼。

鹳雀楼，又名鹳鹊楼，因时有鹳雀栖息其上而得名，始建于北周时期（约557—580之间），位于山西省永济市蒲州古城西南的黄河东岸。首句“白日依山尽”，一般解释为在鹳雀楼上望着太阳依山而落。有人说楼在黄河东岸、山也在黄河东岸，因而从鹳雀楼头向西望去黄河以西没有山，于是就解释为：人在鹳雀楼上向东眺望、夕阳从西边映照在东面的山上，渐渐消失。我不太赞同这样的理解。我以为“白日依山尽”，不是写夕阳依山而落下，如果太阳落下了，下面的“欲穷千里目，更上一层楼”就不好解释了。因为如果太阳落山了，你更上一层楼、更上三层楼，甚至五层楼也什么都看不见。我思忖“白日”应该不是指落日，而是指明亮的太阳。白日，乃偏正词组。白，指光亮，明亮；日，名词，指太阳。如高适《别董大》中的“千里黄云白日曛”，“白日曛”就是明亮的太阳也变得昏暗起来。“白日依山尽”，就是明亮的太阳光芒，依照着河东延绵的群山一直映照到了山的尽头。这样理解，下面的“欲穷千里目，更上一层楼”，登高望远，目及千里就顺理成章了；而且也破了在黄河东岸的鹳鹊楼上向西望的无山之惑。

“欲穷千里目，更上一层楼”，本来只是一种描写，但后人将这两句诗赋予了一种哲理。所谓“穷目之观，更在高处”，登高方可以望远，人生就是要站得高，方能望得远，不断进取，更上一层楼！

这个哲理，在宋人王安石的《登飞来峰》一诗中，表达得更加显豁。诗曰：

> 飞来峰上千寻塔，闻说鸡鸣见日升。
> 不畏浮云遮望眼，只缘身在最高层。

飞来峰已经很高，在上面所建的千寻塔，则更高。寻，古代长度单位，一寻等于八尺。千寻，言其极高也。听说当雄鸡初鸣时，在千寻塔上便能够看见东方的红日冉冉初升。这两句极言千寻塔上乃极高之处也。身处如此最高处，自然就不怕被浮云遮住向远处眺望的目光了。这是因为已经置身在最高层，则什么都不能被遮拦、什么都可以一览无余了。其哲理在于只要身居最高层，自能高瞻远瞩，不畏浮云遮蔽。

开元二十四年（736），年仅二十出头的诗人杜甫

(712—770)，曾经有过一段漫游生活。在北游齐（山东）赵（河北），途经泰山时，写过一首五律《望岳》。诗曰：

岱宗夫如何？齐鲁青未了。
造化钟神秀，阴阳割昏晓。
荡胸生层云，决眦入归鸟。
会当凌绝顶，一览众山小。

诗题为《望岳》，“望”字是贯穿全诗的神髓。首联写远望；泰山高耸在齐鲁大地上，那青翠的山色连绵不断，没有尽头。颔联是近望；大自然把神奇秀丽的景色都汇聚泰山之中，山北山南，阴阳分开。颈联是细望；写荡涤人胸怀的那一层层升腾的云气，极目细望那远处归巢的鸟儿，眼眶都快要撑裂了。

尾联是想象自己登上泰山后的俯望。如此壮美的泰山，一定要登上其极顶，俯瞰那一座座渺小的群山。凌，升空。凌绝顶，就是飞步升空到达绝顶；极有气势。这两句，被后人赋予了一种哲理的意味，当我们鼓励某人在某一个领域努力登攀，登上巅峰时，会说：“会当凌绝顶，一览众山小。”或者借指登上某一研究领域的巅峰时，会快然感喟道：“会当凌绝顶，一览众山小。”

中唐诗人刘禹锡（772—842）的七律《酬乐天扬州初逢席上有赠》，诗曰：

巴山楚水凄凉地，二十三年弃置身。
怀旧空吟闻笛赋，到乡翻似烂柯人。
沉舟侧畔千帆过，病树前头万木春。
今日听君歌一曲，暂凭杯酒长精神。

其他姑且不讲，就讲其中的颈联：“沉舟侧畔千帆过，病树前头万木春。”本意是一条船沉没了，在那沉船的旁边有千帆竞发，无数的船儿驶向远方；帆，乃船的一部分；这里以部分代指整体，千帆者，就是千船也，即无数的船。在一棵病死枯萎了的树的前头，万木争荣，又有无数的新树蓬蓬勃勃地竞相生长。这两句形象生动的诗，表现了诗人面对世事变迁、仕宦浮沉所持有的豁达开朗的态度。后人也赋予了一种哲理在其中，即新陈代谢既是自然界，也是人世间不可抗拒的客观规律，新事物战胜旧事物，后浪推前浪，也是历史发展的必然。人生就是要顺应自然、顺应发展变化的潮流。白居易在《刘白唱和集解》中，也称赞这两句“真谓神妙”。

这一精妙哲理，刘禹锡还在另一首七律《乐天见示伤微之敦诗晦叔三君子皆有深分因成是诗以寄》中，再次形象地阐述过。诗曰：

吟君叹逝双绝句，使我伤怀奏短歌。
世上空惊故人少，集中惟觉祭文多。
芳林新叶催陈叶，流水前波让后波。
万古到今同此恨，闻琴泪尽欲如何。

诗中的颈联“芳林新叶催陈叶，流水前波让后波”，也是富有同样哲理的名句。春天新长出来的芬芳嫩叶，把去年秋冬时残留在枝头的陈叶、枯叶给催落下去了；河川里的流水，前波让给后波，波波相推奔涌向前。一代人做一代人的事情，做好这一代人的事情后，就要培养和支持下一代人接替自己，超过自己，继续大步前行，去创造更加辉煌的明天。这样，人生才有希望，人类才有希望。

富有哲理的诗，还有白居易的《赋得古原草送别》，诗曰：

离离原上草，一岁一枯荣。

野火烧不尽，春风吹又生。
远芳侵古道，晴翠接荒城。
又送王孙去，萋萋满别情。

这首五律，本来是一首送别诗，后四句写送别朋友，深情无限。前四句写景，本来是交代送别时的背景，描写古原的草生长得十分青翠茂盛。离离，这里形容草盛多、浓密的样子。原上茂盛的野草，每一年都经历一次春荣秋枯，从无例外。野火即便将野草的茎、叶烧没了，但只要草根还在，等到来年春风一吹，便又蓬蓬勃勃地生长起来。“野火烧不尽，春风吹又生”中，蕴涵着丰富的哲理。在社会生活中，但凡新生的、正义的事物，一定具有顽强的生命力，即便是暂时遭受挫折，最终也一定会战胜腐朽的、非正义的事物。

晚唐诗人杜荀鹤（846—904）的《泾溪》，诗曰：

泾溪石险人兢慎，终岁不闻倾覆人。
却是平流无石处，时时闻说有沉沦。

泾溪，水名，在安徽泾县。泾溪里暗礁密布，石滩险恶、水流湍急，人们经过时，总是胆战心惊，小心谨慎；但是一年到头也没有听说有行船在这里倾覆的。反而是流水缓慢没有险石的地方，时不时地传来船毁人亡的噩耗。其中包含的哲理是：艰难险阻中人们往往十分谨慎，结果可以化险为夷；相反，平安顺利时，人们往往掉以轻心或者忘乎所以，结果难免会遭际灾难。人生就是要居安思危，兢兢业业。

以上这些诗歌都充满了人生的哲理和智慧，给人以理性的启迪，让人回味不尽，收益无穷。

在前面讲唐诗特色时，我们已经讲了唐诗的主要特色是重情趣，本来哲理诗在唐诗中数量也不是太多，特色也不那么鲜明。在这里特别要讲一下的就是唐宣宗与庐山禅师的《瀑布联句》，篇幅虽然短小，却能激发人勇往直前，去成就一番宏大的伟业。诗曰：

千岩万壑不辞劳，远看方知出处高。
溪涧岂能留得住，终归大海作波涛。

据北宋末陈岩肖的《庚溪诗话》记载：“唐宣宗微时，以武宗忌之，遁迹为僧。一日游方，遇黄檗禅师同行，因观瀑布。黄檗曰：‘我咏此得一联，而下韵不接。’宣宗曰：‘当为续成之。’（联句从略）其后宣宗竟践位，志先见于此诗矣。”

史载：唐宣宗李忱（810—859）于公元846年4月即位，到公元859年9月去世。而前一个皇帝唐武宗李炎，是840年到846年在位，共六年。如果说李忱因为唐武宗“忌之”而“遁迹为僧”时与庐山禅师合作《瀑布联句》的话，那么所作时间当在这六年之中，也就是李忱31岁到36岁之间。虽然他很年轻，当时尚未即位，但诗句中已经隐隐然透出帝王之襟怀和气象。

庐山禅师，《全唐诗》也作黄檗；另外有一说法是指庐山高僧香严闲禅师，这里我们就不作详细考证了。所游玩的庐山瀑布，无疑就是李白《望庐山瀑布》诗中所描写的那一条瀑布：“日照香炉生紫烟，遥看瀑布挂前川。飞流直下三千尺，疑是银河落九天。”

《瀑布联句》的前起两句是禅师所言，曰：“千岩万壑不辞劳，远看方知出处高。”意谓瀑布在千山万壑中不辞辛劳，奔流而下，远远望去才知道出处极高。表面上是指瀑布从山岩的极高处跌落而下，出处自然极高；其实，禅师的联句中潜涵着禅意、禅理。这禅意、禅理就是说人生的出处要高；出处不高，难免滑入下流。所谓出处高，就是一个人从小的初心要正，本质要好。如同一副称赞君子竹的对联所说的那样：“未出土时便有节，及凌云处尚虚心。”竹子未出土时的竹笋就有节，这个“节”，跟人的气节、节操双关。意谓一个人从小要品行端正，气节良好。长大后，即便身居高位之时，还能够虚怀若谷，谦恭自抑。这种“劲节虚心”，就是“出处高”。

宣宗皇帝后续曰：“溪涧岂能留得住，终归大海作波涛。”意谓那些小溪小涧哪能把志在大海的瀑布挽留住呢？它义无反顾、认准那远大的目标，一定要奔流汇聚到浩瀚的大海里，去掀起万丈狂澜。宣宗皇帝的续作，表现了一种志存高远的博大襟怀。我们在人生和事业的奋进过程中，就是要像那认准远大的目标而一直奔流的瀑布一样，不在小花小草前流连忘返，不在小溪小涧边徘徊止步，而一定要自强不息，抛开一时一事的得失，百折不挠，奔向未来的浩瀚大海，去掀起万顷波涛，创造人生和事业的更大辉煌！

读者诸君记住，在人生前行的道路上，不必在一些小的成绩、小的成功面前沾沾自喜，也不要在这样那样的困难和挫折面前止步不前，一定要始终认准既定的远大目标，一往无前，奋斗不息，最终抵达胜利的彼岸——溪涧岂能留得住，终归大海作波涛！

宋代哲理诗选析

哲理诗到了宋代，则可谓是大放异彩。宋人将自己的求索、感悟、哲思等，融注到诗中，让人思而有得。诸如：“浓绿枝头红一点，动人春色不须多”(王安石句)；“近水楼台先得月，向阳花木易为春”(苏麟句)；“山重水复疑无路，柳暗花明又一村”(陆游诗句)；“问渠那得清如许，为有源头活水来”(朱熹诗句)；等等。下面，我们摘引唐之后的几首哲理诗，希望对读者诸君有所助益。

南宋诗人杨万里有一首《过松源晨炊漆公店六首》诗，其五曰：

莫言下岭便无难，赚得行人错喜欢。
政入万山围子里，一山放出一山拦。

题目中的松源和漆公店，都是今安徽皖南山区的具体地名。前两句指出，不要说从山岭上下来便没有什么困难了，这样认为的话，便使得前来登山的人们白白地高兴了一场。赚得，犹诓骗得。后两句则说，当你进入了崇山峻岭的万山丛中，刚刚征服了一座高山攀登上了顶峰、被一座山放过；又会有新的一座山横亘在你的面前，把你拦住。这里的“政”，同“正”。其中的哲理在于人生当不断进取，跟翻过一山又有新的一山拦住一样，攀登上一个高峰又会有新的高峰出现在面前，等待人们去继续征服。没有其他办法，只能是“雄关漫道真如铁，而今迈步从头越”（毛泽东《忆秦娥·娄山关》）了。

宋人罗大经在《鹤林玉露》中，记载某尼的《悟道诗》曰：

尽日寻春不见春，芒鞋踏遍陇头云。
归来笑拈梅花嗅，春在枝头已十分。

作者某尼，姓氏道号等均不详。手持竹杖，足踏芒鞋，外出四处寻春，踏遍了一座座云雾缭绕的山岭，但却到处找不到春的踪迹。怅然失望归来，忽见道观外的梅花的枝头已经含苞待放，凑上去嗅一嗅，花苞中已经透出一缕幽香。禁不住喜上眉梢，忽然顿悟，春在身边，春天的气息已经孕育在眼前的梅树枝头，十分饱满了。其中的哲理在于“道不远人”，自然妙道，原在身边，原在心头；越是向外寻找，越是南辕北辙，愈走愈远。生活本身告诉我们，春临大地，则春在身边，无处不春；道贯万物，则道在心中，凡事皆道。

宋代是哲理诗发展的高潮。高潮过后，哲理诗在元明清仍然余波渺渺，荡漾不绝。如清人袁枚的《苔》诗写道：

白日不到处，青春恰自来。

苔花如米小，也学牡丹开。

在明亮的太阳照不到墙角屋后，生命照常在萌动着，照常在蓬蓬勃勃地生长着。这里的“青春”，不是指青春年华，那是引申义。“青春”一词的本义、第一义，即青色的春天。春天里到处绿草如茵，绿树青枝绿叶，一片葱绿。青苔开的花儿如同米粒一样的微小，但一点也不自暴自弃，一点也不自惭形秽；相反，在背阴处依然像牡丹花一样骄傲地开放。

虽然是五言绝句，但短短的二十个字中，却包含了一个宏大的人生道理。那至微至陋的苔花与至贵至丽的牡丹花，在生命的意义上是相等的、相同的——它们同样地拥有脚下那自由生长的一寸土地，也同样地拥有头上那自由开放的一片蓝天；同样地向大自然释放着自己生命的热情，也同样地向人们展示着自己生命的光彩。生命是平等的，包括人在内的自然万物，在生命的意义上都是平等的。所以，人类要树立“民胞物与”的理念：“民吾同胞，物吾与也。”（宋张载《西铭》）爱一切人如爱同胞手足一样，并将这爱心推广开去，进一步扩大到平等的爱自然万物。善待人世间他人，善待宇宙间自然万物。

总之，哲理诗诗味隽永，内涵深邃，既给人以理性启迪，又让人有情感享受。因此魅力无尽，传诵不衰。

第十三讲

松柏不凋有本性，劲节虚心君子竹：

咏松诗与咏竹诗

亭亭山上松，瑟瑟谷中风。

风声一何盛，松枝一何劲。

冰霜正惨凄，终岁常端正。

岂不罹凝寒，松柏有本性。

在中国传统文化中，人们喜欢把经冬不凋、郁郁葱葱的青松、翠竹，和傲雪凌霜、冲寒怒放的梅花，并称为“岁寒三友”。并在“岁寒三友”的意象中，寄寓了品格高尚、意志顽强、操守纯正、耿介不阿等一系列高洁的品质和美好的精神。我们这一讲，主要讲一下“岁寒三友”中的咏松诗和咏竹诗。

咏松诗选析

我们都知道，松树的生命力十分顽强，不管是热带还是寒带，不管是山地还是平原，也不管土质多么贫瘠，环境多么险恶，气候多么恶劣，松树都能扎根生长，舒枝展叶，傲雪凌霜，郁郁葱葱。松树的这一自然属性，使之遍布神州大地，不但跟华夏民族的生存发展结下了不解之缘，而且对中华民族的精神文化产生了深远的影响。人们从松树那夏不畏酷暑、冬不屈严寒的秉性中，引申出丰富的理性象征意义。特别是儒家学说赋予松树以高尚的道德哲理内涵，从而影响和铸就了中华民族的民族心理和民族气节。

早在春秋时期，伟大的思想家、教育家孔子，就在《论语》这部儒家的经典中礼赞松树道："岁寒，然后知松柏之后凋也！"（《子罕篇》）这句话对历代的松文化影响极其深远。战国时庄子的《庄子·让王》中亦曰："天寒既至，霜雪既降，吾是以知松柏之茂也。"荀子的《荀子·大略篇》亦曰："岁不寒，无以知松柏；事不难，无以知君子。"后世人们常用"岁寒松柏"比喻在艰难困苦中保持节操的志士仁人。

孔子、荀子、庄子的这些名言，对华夏民族后世的文化、文明、文学艺术，产生了极其深远的影响。松树，作为伦理观念和品格意志的化身，积累和沉淀在历代观赏者的思维和表象中；使之在中国传统文化领域里，成为一种具有符号意义的特殊形象和意象。以至于一个具有中国文化修养的人，在中国的文化典籍中，只要一接触到松树这个形象或意象，就会唤起一片联想，即有关风格高尚、意志坚强、操守纯正、耿介不阿等一系列美好品质和美好精神的联想。

翻开中国文学史、诗歌史，我们可以看到无数文人、诗人从松树独特的自然秉性和象征意义中，获得了极大的教益和丰富的启迪，写下了无数赞美松树，或者借歌咏青松以抒怀言志的诗文作品。

建安诗坛，“建安七子”之一的刘桢，作有《赠从弟三首》，分咏蘋藻、松柏、凤凰三物，勉励其堂弟高洁自守、坚贞自持。其中，咏松柏的第二首尤其为人称道。诗曰：

亭亭山上松，瑟瑟谷中风。
风声一何盛，松枝一何劲。
冰霜正惨凄，终岁常端正。
岂不罹凝寒，松柏有本性。

山上的青松亭亭傲立，山谷里风儿瑟瑟劲吹。风声越是猛烈，松树越是坚挺，松枝越显得坚劲。冰刀霜剑十分严酷，但青松春夏秋冬一年到头总是端正挺拔。松柏岂不遭遇严寒的侵袭？只是因为它们秉持有不畏严寒的本性。正所谓“松柏之有心也，故贯四时而不改柯易叶”（《礼记》）。题目中的“从弟”，就是堂弟。这是诗人赠给堂弟的诗，以“岁寒，然后知松柏之后凋也”激励堂弟在遇到艰难困苦的时候，一定要像严寒中的松柏那样，守持本性，纯洁操守。是勉励从弟，也是自勉，更是勉励他人。

体现这一哲理的，还有陶渊明两首诗中写到的与松柏相关的名句。一首是《饮酒》其八诗中的名句曰：

青松在东园，众草没其姿。
凝霜殄异类，卓然见高枝。

东园里的青松，春夏之时，被茂密的藤草杂树所淹没。可是一旦到了秋冬时节，严霜一降，灭杀了所有杂七杂八的“异类”草木，才显现出了青松高大的雄姿。殄，就是消灭，灭绝。卓，高而挺直。见，同“现”，显露。另一首《和郭主簿》其二诗中，与此诗哲理相同的名句曰：

芳菊开林耀，青松冠岩列。
怀此贞秀姿，卓为霜下杰。

陶渊明将青松与自己喜欢的菊花并提，一起热情地推赞其外形为冠岩挺立（松树）和抱香枝头（菊花）的“贞秀姿”，其内质同为秉性不畏严寒的“霜下杰”。

唐诗中歌咏青松的诗歌也很多。初唐诗人卢照邻《五悲》诗中有句曰："兰交永合，松契长并。"以"松契"比喻友谊之地久天长。李白在《古风五十九首》其十二中，有托物寓意的名句曰："松柏本孤直，难为桃李颜。"青松没有桃李的鲜艳娇美，但桃李只能盛开一时，而青松一年四季经霜历雪后，依然郁郁葱葱，生机勃勃。中唐诗人刘禹锡在《酬喜相遇同州与乐天替代》诗中有句曰："旧托松心契，新交竹使符。"以松心之契，比喻永远不变心。杜甫曾作过《严郑公阶下新松》，诗曰：

弱质岂自负，移根方尔瞻。
细声闻玉帐，疏翠近珠帘。
未见紫烟集，虚蒙清露沾。
何当一百丈，攲盖拥高檐。

最后是期望新松"何当一百丈，攲盖拥高檐。"这跟杜甫自己在同时期、同境况下所作的《将赴成都草堂途中有作，先寄严郑公五首》诗中"新松恨不高千尺"的寓意，基本相同。

以青松自勉的，还有白居易的《栽松》，诗曰：

爱君抱晚节，怜君含直文。

欲得朝朝见，阶前故种君。

知君死则已，不死会凌云。

诗人不仅赞美青松“抱晚节”，保持操守，而且“含直文”，正直坚挺；最后借青松以抒发自己总有一天“会凌云”的豪情壮志。

晚唐诗人李商隐作有七律《题小松》，诗曰：

怜君孤秀植庭中，细叶轻阴满座风。

桃李盛时虽寂寞，雪霜多后始青葱。

一年几变枯荣事，百尺方资柱石功。

为谢西园车马客，定悲摇落尽成空。

首联描写诗人喜爱庭院里孤傲秀拔的小松，细小的枝叶轻淡的树荫带来满座清风。颔联与李白“松柏本孤直，难为桃李颜”句意相同。清人曹一士也写过“桃李艳春日，松柏黯无光。贞心结千古，誓不随众芳”（《咏古》）诗，表达的意思都是一样的。颈联随着季节转换一般的草木都“一岁一枯荣”，但今天的小松将生长成百尺苍松，成为柱石大厦的栋梁之材。那些乘车到西园踏青赏花的人们，等到大雪纷飞的时节，你们定会悲叹那美艳一时的美景而羡慕这葱郁的参天苍松！这也是借咏松以咏怀、托物以言志也。

晚唐诗人唐备的写有《失题二首》，其一曰：

天若无雪霜，青松不如草。

地若无山川，何人重平道。

意思是说如果没有严冬的霜天雪地，青松也许还不如蒿草；大地上如果没有山岭川谷崎岖坎坷，还有什么人去看重平坦大道呢？青松之可贵，正是在严厉的考验中显示出来的。

在欣赏了古人咏松诗后，我们想起了今人陶铸先生曾经写过一篇著名的散文，题目是《松树的风格》。其中有这样一段精彩的描写：

自古以来，多少人就歌颂过它，赞美过它，把它作为崇高的品质的象征。你看它不管是在悬崖的缝隙间也好，不管是在贫瘠的土地上也好，只要有一粒种子——这粒种子也不管是你有意种植的，还是随意丢落的，也不管是风吹来的,还是从飞鸟的嘴里跌落的。总之,只要有一粒种子,它就不择地势,不畏严寒酷热,随处茁壮地生长起来了。它既不需要谁来施肥,也不需要谁来灌溉。狂风吹不倒它,洪水淹不没它,严寒冻不死它,干旱旱不坏它,它只是一味地无忧无虑地生长。松树的生命力可谓强矣!松树要求于人可谓少矣!

要求于人的甚少,给予人的甚多,这就是松树的风格。

这样一种“要求于人的甚少,给予人的甚多”的风格,无疑是一种伟大的利他主义风格。松树的这种风格,正是值得人们认真学习和大力弘扬的一种风格。

咏竹诗选析

竹,是一种多年生的禾科木质常绿植物。远古时期,人们最早是从物质生活需要的角度来利用竹子的。如用竹子搭棚造屋,用竹筒装米盛饭等。在造纸术尚未问世前,古人用竹片做成竹简,用以记事,如银雀山出土的汉墓竹简。将竹简编缀成册,谓之竹书。在制作竹简时,得先用火烘烤竹片，将青竹片中的水分蒸发掉，既便于书写，又起到防止虫蛀的作用。烘烤青竹片时，竹片中的水汽被烤出时如同人出汗，所以叫汗青。古代记事的史书多用竹简写成，所以又称史册为汗青。南宋末年爱国诗人文天祥在《过零丁洋》一诗中写下了“人生自古谁无死，留取丹心照汗青”的名句，千古传诵！

竹子还是制作毛笔的主要材料，毛笔的笔杆是用细竹做成的。毛笔是我国古代知识分子不可须臾离身的书写工具。而毛笔的书写，则逐步形成了一种独特的艺术——书法艺术。我国书法艺术源远流长，至今仍然生机蓬勃。汉字乃华夏之瑰宝，书法为国学之精粹。可见，竹子在中华民族传统文化的普及、传播和推动的过程中，起到了十分特殊的重要作用。

在与竹有关的古代传说中，最美丽动人的莫过于关于“斑竹”的传说。据《述异记》载：“舜南巡而葬于苍梧之野。尧之二女娥皇女英追之不及，相与恸哭，泪下沾竹，竹文上为之斑斑然。”《群芳谱》亦曰：“世传二妃将沉湘水，望苍梧而泣，洒泪成斑。”所以斑竹又称“湘妃竹”。这个哀婉凄美的神话传说，给“斑竹”这一意象，抹上了永远也擦不去的泪痕。斑竹一枝千滴泪，千百年来，不知感动了多少读者。

自古以来，喜欢竹子的人不胜枚举。其中影响最大的要数晋代“书圣”王羲之的儿子王徽之。徽之，字子遒，性爱竹，为人疏放，卓荦不羁。刘义庆《世说新语》“任诞”篇中记载：“王子遒尝暂借人空宅住，便令种竹。或问：‘暂住何须烦尔？’王啸咏良久，直指竹曰：‘何可一日无此君！’”还有一次，他经过别人的园林，见园中绿竹扶疏，跟园主人连招呼也来不及打，便急不可待地进去观赏。醉心于绿竹，简直到了如痴如醉的地步。

宋代大文豪苏东坡也爱竹成癖。其《于潜僧绿筠轩》诗中有句曰：“宁可食无肉，不可居无竹。无肉令人瘦，无竹令人俗。人瘦尚可肥，士俗不可医。”饮食上可以无酒无肉，粗茶淡饭；但居住的地方，不可一日无竹。因为无肉使人瘦，无竹使人俗。居处栽竹，可以医俗，天天激励人拔出于流俗之中。苏东坡还和他的表兄墨竹大师文同（字与可），一起开创了中国画中的墨竹画法。文与可画竹，以“浓墨为面，淡墨为背”，每一次画竹前都精心构思，必先得成竹于胸，“执笔熟视，乃见其所欲画者，急起从之，振笔直遂，以追其所见，如兔起鹘落，少纵则逝矣”（苏轼《文与可画筼筜谷偃竹记》）。这就是脍炙人口的成语“胸有成竹”的由来。

因此，从古到今，历代诗人、画家、书法家，都留下了无数歌咏竹子的诗歌。下面我们试选一部分来加以赏析。

翻开中国文学史，数不清的文人墨客吟诗作赋，歌咏绿竹。早在《诗经·卫风·淇奥》中就这样描写竹子：“瞻彼淇奥，绿竹猗猗”“瞻彼淇奥，绿竹青青”。这里的“绿竹猗猗”和“绿竹青青”在全诗中只是停留在比兴的意义上；但这些诗句毕竟是对竹子美的正面称赞。猗猗，美盛的样子；青青，青翠的样子。这些描写准确地抓住了竹子外形上色泽的特色，语言质朴而又充满神韵。还有，在《小雅·斯干》中有句曰：“如竹苞矣，如松茂矣。”后人因以“竹苞松茂”来比喻根基牢固，枝叶繁荣；还常常用作祝愿长寿或华堂落成时的颂词。

《楚辞》中有一篇《七谏》，其中有句曰：“嫂娟之修竹，寄生于江潭；上葳蕤而防露，下泠泠而来风。”嫂娟，美好貌。葳蕤，草木茂盛的样子。描写竹之美好可爱，生动形象。晋代江逌写过一篇《竹赋》，其开头曰：“有嘉生之美竹，挺纯姿于自然。含虚中以象道，体圆质以仪天。”赞美竹子挺美姿于大自然，虚空其中而像似大道，形体圆融而以天为准则。

到了唐代，咏竹的诗人更多，咏竹诗也更为丰富。诗仙李白写过《慈姥竹》，诗曰：

野竹攒石生，含烟映江岛。
翠色落波深，虚声带寒早。
龙吟曾未听，凤曲吹应好。
不学蒲柳凋，贞心尝自保。

野竹从石缝中挣扎着顽强地生长出来，枝繁叶茂葱郁葳蕤笼罩江岛。最后赞美竹子不学蒲姿柳质遇寒则凋，而是保持贞心、坚韧不拔。李白还在《下终南山过斛斯山人宿置酒》诗中，写过咏竹名句曰："绿竹入幽径，青萝拂行衣。"绿竹掩映着幽深曲折的小径，青萝深情依依地牵拂着行人的衣袖。以物拟人，情趣盎然。

诗圣杜甫也写过一首五律《严郑公宅同咏竹》，诗曰：

绿竹半含箨，新梢才出墙。
色侵书帙晚，阴过酒樽凉。
雨洗娟娟净，风吹细细香。

但令无剪伐，会见拂云长。

题目中的严郑公，即杜甫的好友严武，曾经受封郑公。广德二年（764），严武镇蜀时，表荐杜甫为节度使、检校工部员外郎，后人因称杜甫为“杜工部”。首联“绿竹半含箨，新梢才出墙”，从眼前严武家宅院里一丛新竹落笔，写初生的新竹半截还包在笋壳之中，抽出的新梢刚刚探出院墙。这两句大处落笔，统摄全篇，字里行间透出了新竹有着十分旺盛的生命力。箨，笋壳。颔联“色侵书帙晚，阴过酒樽凉”，写竹子的青翠之色，漫过窗棂映在书桌的书套上，给人以暗淡的错觉。竹影移向酒杯，使杯中酒都仿佛带有几分凉意。这是从侧面烘托竹色的青葱和竹荫之清凉。帙，包书的布套。颈联正面描写竹子的美好姿态和资质。“雨洗娟娟净”，是诉诸视觉，小雨洗涤了竹子上的尘垢，使得更加娟净姣好。“风吹细细香”，是诉诸嗅觉，一阵微风吹过竹林，送来了幽幽的清香，沁人心脾。

最后的尾联，从实景的描写中宕开一笔，说：“但令无剪伐，会见拂云长。”意谓只要悉心保护，不被无情的刀斧剪伐，那么，假以时日，眼前的小竹子一定会枝繁叶茂地生长成参天修竹，其竹梢简直可以拂拭天际流云。结尾处寄寓了诗人的希冀，希望能得到关爱与保护，以便伸展自己的凌云之志。晚唐诗人李商隐也曾写过一首七绝《初食笋呈座中》，希望人们不要食“嫩箨香苞初出林”的新竹笋，“忍剪凌云一寸心”，怎么能忍心剪断新笋的一寸即将凌云之心呢？也是期待竹笋能蓬勃生长，终成凌云之势。

唐人钱起写过七绝《暮春归故山草堂》（一作《晚春归山居题窗前竹》）诗，诗曰：

谷口春残黄鸟稀，辛夷花尽杏花飞。
始怜幽竹山窗下，不改清阴待我归。

首句一作“溪上残春黄鸟稀”。开头两句写景，描写暮春时节的山谷口，黄莺儿的啼叫声已经稀疏得很难听得到了，迎春的辛夷花已经谢尽，只有片片杏花还在飘飞。后两句运用拟人化的手法，谓挺立在山窗下那让人怜爱的修竹，仿佛一位知心好友，情怀不改，幽雅安静地站立在窗前，等候着诗人的归来。赋予幽竹以情感和姿态，形象鲜明而又令人动情。

早在春秋时期，儒家学说中便有借竹子来说明事物的道理。《孔子家语》卷五中，记载学生子路向老师孔子请教道；“‘南山之竹，不揉自直。斩而用之，达于犀革。’以此言之，何学之有？孔子曰：‘括而羽之，镞而砺之，其入不亦深乎！’子路再拜，敬而受教。”学生子路问老师孔子：南山的竹子不用搓揉加工，自然就很直；砍下来做成箭，可以射穿皮革。如此看来，学有何用？孔子循循善诱地教导说：将竹子括一括，在后面加上羽毛箭尾，在前头再加上铁的镞头，射出去不是入物更深吗？这里以在南山之竹制作的竹箭箭尾加上羽毛、箭首加上尖镞射出去则入物更深，来说明“君子不可不学”的道理，十分生动，而且很有说服力。

1. 竹子外部特征的象征意义

竹子在外部形体上除了枝干修长、绿叶扶疏外，还有两个跟其他草木不同的独特特征：一个是有节，一节一节的；一个是竹竿的中间是空的，虚其心也。这两个自然特征，对于我们这样一个善于理性思维的民族来说，正好使人们从中产生了诸多启迪和联想，写竹明志、借竹抒怀的咏竹诗，在唐人笔下时常出现。

竹子有“节”的这个“节”，与我们传统伦理观念中所讲究的节操、贞节、气节的“节”，同字同音多义。人们喜欢用竹子有节，来比喻人，特别是男人有气节和女人有贞节。竹子的空心，即虚心；谦虚自抑、虚怀若谷，这也是我们民族所崇尚的一种美德。正是因为竹子外形上的这两个基本特征——劲节和虚心，与我们民族传统观念中所倡导的君子之风正好吻合，所以人们称竹子为“君子竹”。有一副联语是这样形容和称赞竹子的，叫作：

未出土时便有节，及凌云处尚虚心。

上联是说，竹子还没有出土之时，也就是竹笋，竹笋上便已经有节了。比喻一个人从小就品行端正，有骨气，有气节。下联是说，等到竹子长得很高很高、简直要长梢拂云的时候，竹梢处依然是空心。比喻一个人一直到很了不起的时候，身居高位，成就突出，但仍然能够谦虚自抑，谦恭谨慎，虚怀若谷。

唐人从这个方面来题咏竹子的诗歌很多。如初唐诗人陈子昂的五古《与东方左史虬修竹篇》，共十八韵，三十六句。其中八句曰：

岁寒霜雪苦，含彩独青青。

岂不厌凝冽，羞比春木荣。

春木有荣歇，此节无凋零。

始愿与金石，终古保坚贞。

竹子在严寒霜雪中，青青挺立；当草木在秋风里荣歇枯萎时，仍然“此节无凋零”，跟金石一样，“终古保坚贞”。

唐代诗人刘禹锡在《庭竹》一诗中，也写道：

露涤铅粉节，风摇青玉枝。

依依似君子，无地不相宜。

铅粉，指竹子表面常有的一层粉。青玉枝，形容竹子很美，青翠如碧玉。这首诗表面上写碧玉般翠竹在风露中亭亭劲立，直节坚挺，犹如君子之风，无处不在。实际上是说人要像君子竹一样，无论何时何地都要清高特立。是自我砥砺，是自勉，也是勉人，激励自己和他人要以君子竹为榜样，为人处世。

刘禹锡的另外一首咏竹诗《令狐相公见示赠竹二十韵仍命继和》，一共二十韵，长达二百字。开头四句曰：

高人必爱竹，寄兴良有以。

峻节可临戎，虚心宜待士。

指出高人之所以爱竹，就是因为竹子如同可临阵退敌的峻节之人，如同宜礼贤待人虚心之士。也是从劲节、虚心两个方面来称赞竹子。诗的后面还有好句曰：“规摹起心匠，洗涤在颐指。曲直既了然，孤高何卓尔。”“坚贞贯四候，标格殊百卉。岁晚当自知，繁华岂云比。”谓竹子郁郁坚贞贯穿春夏秋冬，独标高格不同于百花千卉，岁晚严寒中方能够显现出来，这些都是歌颂竹子的内质美。

2. 竹子内在秉性的寄寓意义

竹子在自然秉性上，跟松树一样经霜耐雪，寒冬不枯，一年四季总是郁郁葱葱。因此，人们常常借咏竹而抒怀言志。这方面的内容在前面的赏析中实际上也多有涉及，下面再分析几首咏竹诗。

唐之前的南朝梁刘孝先便写过《咏竹》曰：

竹生荒野外，梢云耸百寻。

无人赏高洁，徒自抱贞心。

耻染湘妃泪，羞入上宫琴。
谁能制长笛，当为吐龙吟。

描写生长在荒野外的竹子，竹梢高耸入云。没有人能欣赏其高洁，但依然保持自己的贞心。最后说谁人帮助制成一支长笛，一定能奏出壮亮的龙吟之音。龙吟，形容箫、笛一类的管乐器声音清响洪亮。“吐龙吟”，其寓意是：倘得重用，必能大展宏图，做出一番伟业。

唐人殷尧藩《竹》诗曰：

窗户尽萧森，空阶凝碧阴。
不缘冰雪里，为识岁寒心。

殷尧藩，浙江嘉兴人。性好自然山水，曾言道：“一日不见山水，便觉胸次尘土堆积，急须以酒浇之。”咏竹小诗描写在草木凋零户外一片寂寞萧条之时，惟有翠竹在台阶前投下拂扫不去的清阴。如果不是冰封雪飘、天寒地冻，竹子的坚贞怎么能显露、怎么能被人鉴识呢？！小诗宛如一幅雪中劲竹图，言短意深，味之愈长。

唐人唐彦谦，字茂业，并州晋阳（今山西太原）人。其

《咏竹》诗曰：

醉卧凉阴沁骨清，石床冰簟梦难成。
月明午夜生虚籁，误听风声是雨声。

这是一首描写盛夏时节，诗人醉卧竹阴下纳凉的诗，清爽宜人。月明午夜醒来，朦朦胧胧地把风摇翠竹声误认为是雨声。主要赞美竹之清凉，几乎没有什么特别的寓意。

中唐诗人张南史，生卒年不详，字季直，幽州（今北京大兴区）人。写过六首咏物诗，均为从一字句到七字句的宝塔体，分别咏雪、月、泉、竹、花、草。其中咏竹的《竹》，诗曰：

竹，竹。
披山，连谷。
出东南，殊草木。
叶细枝劲，霜停露宿。
成林处处云，抽笋年年玉。
天风乍起争韵，池水相涵更绿。
却寻庾信小园中，闲对数竿心自足。

这首诗题材也是正常咏竹。写漫山遍野地竹子，与一般的草木不同。处处成云，绿云缭绕；年年抽笋，枝枝似玉；细枝劲节，不畏风霜。微风吹过，绿竹发出悦耳音韵。竹影倒映池中，池水更显得碧绿。绿竹风采秀美，诗人不禁心驰神往，想效法庾信，以慰平生。庾信是北朝文学家，著有著名的《小园赋》，其中有名句曰："一寸二寸之鱼，三竿两竿之竹。"张南史这首诗在体裁形式上，比较有特点。采用逐句增字，形同宝塔；外形巧妙而内气流畅，巧妙有趣。

唐以后，咏竹诗代代不绝。宋人王安石《与舍弟华藏院此君亭咏竹》诗曰：

人怜直节生来瘦，自许高材老更刚。
曾与蒿藜同雨露，终随松柏到冰霜。

竹子节直、才高，虽然也曾经与蒿藜同沐雨露，一起生长；但等到严冬到来之时，终随松柏迎接冰霜，傲然挺立。此所刻画的竹子的形象，分明是诗人不随流俗、不畏风霜的自我形象的真实写照。

金人王寂的咏竹七律《次韵郭解元病竹二首》，其一曰：

此君清苦少知音，独有幽人忍冻吟。
生死挺然终抱节，荣枯偶尔本无心。
比肩耻与蒿莱伍，强项不容冰雪侵。
姑待东风脱新绿，傍阴高卧解吾簪。

诗中颔联说竹子生死挺然，始终抱节守志；荣枯得失，无心去计较。颈联说竹子耻与蒿莱为伍，不与小人比肩，不向冰雪严寒低头。强项，直硬颈项，不肯低头。形容秉性刚直不阿，不为威武所屈服。深得竹之骨韵。

清代广为人知的“扬州八怪”之一，诗人、画家、书法家郑燮，即郑板桥，有一首题所画《竹石》的诗曰：

咬定青山不放松，立根原在破岩中。
千磨万击还坚劲，任尔东西南北风。

在“东西南北风”的“千磨万击”下，竹子坚韧不拔，泰然自若。诗开头“咬定”二字特别有力，结句更显得无比坚定而洒脱。透过这首诗、这幅画，一个不向恶势力低头、不被千磨万击所屈服、不肯随波逐流的诗人形象正气凛然地傲立在我们面前。诗、书、画、人，可谓是四者和谐统一，相映共美。

同为“扬州八怪”的另一位画家李方膺，也曾在所画《风竹图》上题诗曰：

波涛宦海几飘蓬，种竹关门学画工。
自笑一身浑似胆，挥毫依旧爱狂风。

画竹言志，激情狂放，迸溢于字里行间。读罢令人神清气爽，激情四射。

欣赏了这么多、这么好的咏竹诗，不但提升了我们的审美情趣，同时也砥砺了我们的情操和德行。但愿人长久，但愿竹常绿，我们相信，在灿烂的华夏传统文化不断发展的历史进程中，与竹相关的文化、文学、艺术，不仅会像雨后春笋般竞相问世，层出不穷；也一定会像绿竹一样生机蓬勃，永远葱绿！

第十四讲

大鹏一日同风起，抟摇直上九万里：诗仙李白的大境界

金樽清酒斗十千，玉盘珍羞直万钱。

停杯投箸不能食，拔剑四顾心茫然。

欲渡黄河冰塞川，将登太行雪满山。

闲来垂钓碧溪上，忽复乘舟梦日边。

行路难，行路难，多歧路，今安在？

长风破浪会有时，直挂云帆济沧海。

充满悲剧色彩的李白

相传李白的母亲有一天做梦，梦见长庚星入怀，便怀孕生了李白。长庚星就是太白星，所以就给儿子取名曰“白”，字曰“太白”。这只是传说而已。

李白（701—762），字太白，出生在古代的碎叶城，即托克马克，也就是今天的中亚内陆国家吉尔吉斯斯坦。

李白出生在一个商人家庭。我国的封建社会，受到儒家“君子喻于义，小人喻于利”的思想影响，形成了“重农抑商”的传统理念。所以，李白一生从不炫耀自己的身世。不像出生在“奉儒守官”家庭的杜甫，一张嘴就是“诗是吾家事”，一张嘴就是“吾祖诗冠古”——杜甫的祖父杜审言，少与李峤、崔融、苏味道齐名，在初唐诗坛上被称为“文章四友”。李白不说自己的出身，而是以才华自傲。一张嘴就是：“天生我材必有用，千金散尽还复来。”（《将进酒》）一张嘴就是：“才力犹可倚，不惭世上雄。”（《东武吟》）一张嘴就是：“大鹏一日同风起，抟摇直上九万里。”（《上李邕》）

李白五岁时跟随父亲李客，从碎叶城回到四川江油。幼年时相传在象耳山读书，有磨针溪的传说。据南宋祝穆《方舆胜览·眉州》记载：“磨针溪，在象耳山下。世传李太白读书山中，未成，弃去。过是溪，逢老媪方磨铁杵。问之，曰：‘欲作针。’太白感其意，还卒业。”留下广为流传的俗语：“只要功夫深，铁杵磨成针。”“铁杵磨成针，功到自然成。”

20岁的李白，结束了书斋生活，先是漫游蜀中，写过《峨眉山月歌》等佳作。25岁以后，离蜀出川，到过武汉。据传李白曾经登上黄鹤楼，见眼前大江东去，波光渺渺，很想写一首诗。但看到稍前的诗人崔颢已经写过七律《黄鹤楼》，感觉人家写得很好，恐怕自己难以超步，遂搁笔长叹曰：“眼前有景道不得，崔颢题诗在上头。”——读者诸君，不妨记下这两句诗；今后出去旅游，看到风景很好但自己又写不出诗来时，也不妨脱口而出：“眼前有景道不得，某某题诗在上头。”后人在黄鹤楼旁，修建了一个亭子，取名为“搁笔亭”。

崔颢的这首七律《黄鹤楼》，这样写道：

昔人已乘黄鹤去，此地空余黄鹤楼。
黄鹤一去不复返，白云千载空悠悠。
晴川历历汉阳树，芳草萋萋鹦鹉洲。
日暮乡关何处是？烟波江上使人愁。

这首诗确实写得很好，为人称道。宋人严羽在其《沧浪诗话》中评曰：“唐人七言律诗，当以崔颢《黄鹤楼》为第一。”清人吴昌祺在《删定唐诗解》中进一步评曰：“不古不律，亦古亦律，千秋绝唱，何独李唐？”意思是不止是唐人七律第一，而且还是千古绝唱。

李白虽有此叹，但毕竟自视甚高，于心不甘。于是便依照崔颢诗的大体格式，写了一首七律《鹦鹉洲》，诗曰：

鹦鹉来过吴江水，江上洲传鹦鹉名。
鹦鹉西飞陇山去，芳洲之树何青青。
烟开兰叶香风暖，岸夹桃花锦浪生。
迁客此时徒极目，长洲孤月向谁明。

鹦鹉洲，地名，原在武汉市武昌城外的长江中。相传由东汉末年祢衡在黄祖的长子黄射大会宾客时，有献鹦鹉者，于是即席挥笔写就一篇“锵锵戛金玉，句句欲飞鸣”的《鹦鹉赋》而得名。孟浩然也曾经写过“昔登江上黄鹤楼，遥爱江中鹦鹉洲”《鹦鹉洲送王九之江左》诗句。平心而论，李白的这首七律，写得也是不错的，特别是颈联“烟开兰叶香风暖，岸夹桃花锦浪生”，不仅对仗工稳，意境亦佳。

但李白自觉不逮，颇感缺憾。相隔若干年后，李白漫游到达金陵，即今江苏南京。在金陵凤凰山上有一个凤凰台，相传南朝宋永嘉年间有凤凰集于此山，乃筑台，并由此名山为凤凰山、名台为凤凰台。登上凤凰台，李白诗情勃发，于是又依照崔颢《黄鹤楼》的格式，写了一首七律《登金陵凤凰台》，诗曰：

> 凤凰台上凤凰游，凤去台空江自流。
> 吴宫花草埋幽径，晋代衣冠成古丘。
> 三山半落青天外，二水中分白鹭洲。
> 总为浮云能蔽日，长安不见使人愁。

首联叙述史事，凤凰飞走了，台已经空了，而江水还是徒自东流。“去”“空”“自”三个字，给整个诗笼罩上一层时移世易、往事不堪回首的感伤氛围。颔联写曾经的六朝故都而今已荒芜，闲花野草掩埋了吴宫的幽径，晋代的名门士族，也已经墓木拱矣。衣冠，借指缙绅、名门士族。古丘，指历史遗迹。紧扣金陵凤凰台怀古，“埋幽径”“成古丘”，格外凄凉。

律诗一般是颔联写景、颈联抒怀，如孟浩然《临洞庭》、杜甫《蜀相》等，而李白这里则相反，颔联抒怀、颈联写景，结构比较特殊，即便写律诗，也往往不严守常规，这也是李白不愿意受束缚的性格所致。“三山半落青天外”，夸张；其实，三山并不怎么高，如此夸张为竟然有一半落在了“青天外”，此亦李白诗歌特色也。“二水中分白鹭洲”，写实；白鹭洲在长江中，将一江从中分为二水。“三山”“二水”，对仗工稳；“青天”“白鹭”，色彩鲜明。尾联绾结全诗。浮云蔽日，或有寓意，然作写景理解，亦可。结穴在一个“愁”字，切合登临怀古之本意。

这首诗情景交融，感慨深沉，大气舒展，格高调古。为自由豪放的性格所致，李白创作的诗歌，体裁上多用相对灵活自如的古风、歌行体，而较少用格律比较严格的律体，这首诗是李白笔下难得的律诗佳作。至此，李白方才长舒了一口气，后人评价说这首诗与崔颢的《黄鹤楼》，可以“雁行无愧矣”——像长空飞过的人字形的雁阵，左右对称，不相上下。

到了唐玄宗天宝元年（742），李白名声已经很大了。正好朋友吴筠在朝廷极力举荐，皇帝便下了诏书，于是李白奉诏入长安，供奉翰林。李白以为自己“直取卿相”的理想可以实现了，兴高采烈，踌躇满志，在离家赴京所作《南陵别儿童入京》诗中写道：“仰天大笑出门去，我辈岂是蓬蒿人。”大有“春风得意马蹄疾”、一朝遂却平生愿的气概。

据唐孟棨《本事诗》载：“李太白初自蜀至京师，舍于逆旅。贺监知章闻其名，首访之。”贺知章，字季真，自号“四明狂客”，官至秘书监，人称贺监。喜好饮酒，杜甫在《饮中八仙歌》中称赞的八个酒仙中，第一仙便是贺知章。天宝元年（742），李白刚刚42岁，贺知章却已经八十多岁了。据唐孟棨《本事诗·高逸第三》记载：

> 李太白初自蜀至京师，舍于逆旅。贺监知章闻其名，首访之。既奇其资，复请所为文。出《蜀道难》以示之。读未竟，称叹者数四，号为“谪仙”。解金龟换酒，与倾尽醉，期不间日。由是称誉光赫。

另有记载说，贺知章看完《蜀道难》后，惊呼曰：“公非人世之人，可不是太白星精耶？”这便是“诗仙”的由来。金龟，乃当时只有三品以上官员才有资格佩戴的一种显示官品级别的信物。李白一生中最喜欢、最引为自豪并且经常自称的一个雅号，就是“谪仙”——从天上贬谪到人间的仙人。贺知章于公元744年85岁去世后，李白很悲痛，写了《对酒忆贺监》诗，其序曰：“太子宾客贺公，于长安紫极宫一见余，呼余为‘谪仙人！’因解金龟，换酒为乐。殁后对酒，怅然有怀，而作是诗。”诗曰：

四明有狂客，风流贺季真。
长安一相见，呼我谪仙人。
昔好杯中物，翻为松下尘。
金龟换酒处，却忆泪沾巾。

李白深情地回忆四明狂客，风流倜傥，“长安一相见，呼我谪仙人”。有感于贺老前辈“昔好杯中物，翻为松下尘”，活着时喜欢喝酒，而今却离开人世，天人永隔。来到当年“金龟换酒处”，抚今追昔，物在人亡，不胜感慨，不觉泪洒佩巾。杜甫在《寄李十二白二十韵》诗中，也写有

“昔年有狂客，号尔谪仙人。笔落惊风雨，诗成泣鬼神”的诗句，由唐人《本事诗》的记载和李白、杜甫的诗歌，足可见贺知章称李白为“谪仙”，并以金龟换酒的史实，是可信的。

从42岁到44岁，李白在长安供奉翰林，表面上很得志，实际上也只是充当御用文人。据宋乐史所撰《杨太真外传》记载，大约是李白入长安后的第二年春天，沉香亭牡丹盛开。唐玄宗与杨贵妃赏牡丹时，上曰:“赏名花，对妃子，焉用旧乐为。”遽命李龟年宣赐翰林学士李白来，立进新词。此时李白宿酒尚未全醒，遂带着醉意，援笔赋《清平调》三首。

如此时间一长，李白一看，自己在朝廷所做的也就是一些御用文人点缀升平的事，原本所怀理想抱负，并不能实现，遂于744年请求放还。唐玄宗对他的兴趣也淡了，于是赐金放还，李白遂脱离官场，“复得返自然”，得以漫游天下。

公元755年冬11月，“安史之乱”爆发。次年，唐玄宗传位儿子李亨，即唐肃宗。唐玄宗的第16子永王李璘，心存不服，以抗敌平乱为号召，实际上暗怀割据一方与朝廷分庭抗礼的异志，由江陵率师东巡，经过庐山。为了壮大声势，坚请此时正隐居庐山的李白参加其幕府。李白不明就里，出于爱国热情就参加了，遂被“辟为府僚佐”。这期间，李白曾经写过《永王东巡歌十一首》，抒发了“但用东山谢安石，为君谈笑静胡沙”和“南风一扫胡沙静，西入长安到日边”的理想壮志。但永王的阴谋很快败露，被朝廷的军队所杀。李白也因为“从璘附逆”罪，本来也“当诛。（当）初，白游并州，见郭子仪，奇之。子仪尝犯法，（李）白为救免。至是，子仪请解官以赎，有诏长流夜郎”（《新唐书·李白传》）。死罪虽免，但还是被下到浔阳狱中，后被判流放夜郎，即今贵州遵义。759 年 1 月，流放途经重庆巫山，幸遇朝廷大赦，李白就不用从重庆向南到流放地贵州夜郎，而是顺着长江东下，到安徽马鞍山投奔本家叔叔李阳冰。

刚刚，诗仙还在流放之中，须知流放亦乃牢狱之灾也。一旦被赦免，58 岁的诗仙又恢复了豪放的本性，唱出了人生欢乐的歌——《早发白帝城》，诗曰：

朝辞白帝彩云间，千里江陵一日还。

两岸猿声啼不住，轻舟已过万重山。

读者诸君，细读这样的诗歌，给人的感受是什么呢？仿佛是20多岁的年轻人奔向生活的未来似的满怀豪情。我曾经在有关领导干部培训班上对他们说："在座诸君，您有这个胸襟吗？如果您的'双规'刚刚被解除，您能唱出这样豪迈奔放的歌吗？很难很难。"

据史书记载，762年11月，李白病逝于当涂马鞍山采石江畔。作有《临路（或疑"路"字为"终"字形近而误）歌》曰：

大鹏飞兮振八裔，中天摧兮力不济。
余风激兮万世，游扶桑兮挂左（原作石）袂。
后人得之传此，仲尼亡兮谁为出涕。

李白这只大鹏鸟，在当时社会现实的天宇中，并没有能够一飞冲天"振八裔"，而是中天遭摧，赍志以殁。李白去世后，便葬在马鞍山的青山脚下。

半个多世纪后，中唐诗人白居易（772—846）曾经前往凭吊，写过《李白墓》一诗，诗曰：

采石江边李白坟，绕田无限草连云。
可怜荒垄穷泉骨，曾有惊天动地文。

但是诗人多薄命，就中沦落不过君。

首句写李白坟墓的位置，是在采石江边的青山脚下；次句描写环境，围绕着墓地周围的，是野草连云。接下来的两句，直抒胸臆。感叹在这荒郊野外的黄泉之下，李白已经变为一堆白骨，但就是这堆白骨，曾经“笔落惊风雨，诗成泣鬼神”、写过惊天动地的诗文！最后两句抒发感慨，说自古以来诗人多薄命，但是在所有薄命的诗人中，最沦落的也超不过你啊！在唐代和后世很多凭吊李白的诗歌中，笔者以为白居易的这首《李白墓》，是写得最好的一首。

关于李白的去世，另有酒醉捉月而死的传说。李白在临江山崖采石矶上饮酒，他是诗仙也是酒仙，每喝必尽兴酣醉也。此时皎洁的明月，倒映在清澈的江水之中，李白一生最喜爱明月，在古代诗人中，李白是咏月诗写得最多、最好的一个诗人。酒酣的诗人朝向江中去捉喜爱的明月，不幸掉到江中溺水而死。这哪里是淹死了，有如此清澈的江水、如此皎洁的明月做伴，我们的诗仙分明是飘然仙去了。

朋友们如果去马鞍山出差或者旅游，请去青山脚下，凭吊一下李白的坟墓。但记住，最好不要在李白墓前写诗。相传明代进士梅之焕，特别崇拜李白。中了进士后，迫不及待地来到李白墓前祭拜。他在李白墓前，看到历朝历代凭吊、歌咏李白的题诗无数，或刻在石碑上，或刻在山崖上。见此，有感而发，写了一首打油诗《题李太白墓》，诗曰：

采石江边一堆土，李白之名高千古。
来来往往一首诗，鲁班门前弄大斧。

李白是什么人？是诗仙啊！你也不好好掂量掂量，什么人都随便在诗仙坟前写诗，岂不是班门弄斧，自取其辱。

著名的武侠小说作家金庸先生（1924—2018），1994 年给我们北京大学国学研究院资助了 100 万元港币，支持北大传统国学的研究。为了表彰他的善举，北大遂决定授予他名誉教授的称号。在 10 月 25 日授予他名誉教授仪式上的演讲一开始，金庸先生讲了这样一件事。他说：我曾经参观游览浙江绍兴的兰亭，兰亭的人十分热情，铺好了宣纸、准备好笔墨，执意让我题字，说您是名人，务必要留下墨宝。我说这里是书圣王羲之的故乡，我怎敢题字呢？我坚决没有题字。后来，我又去到四川成都参观杜甫草堂，杜甫草堂的工作人员跟着我，一定让我给他们题一首诗留念。我说在这诗圣曾经住过多年的草堂里，我怎敢题诗呢？我坚决没有题诗。当时我就想起了三句话，叫作："班门弄斧，兰亭挥毫，草堂赋诗"，怎么也续不上第四句。今天你们北大让我来做演讲，我忽然想起了第四句，叫作"北大讲学"。一语甫出，掌声潮起。

李白一生充满悲剧色彩——胸怀大志，无法施展；赍志以殁，就是悲剧！他人生的不幸，成为中国文学的大幸！物质上的失败，造就了他精神上的成功；生前暂时的失败，造就了他死后永恒的辉煌；他的肉体和不幸的命运随那个时代消逝了，而他的精神、他的诗歌、他传奇的人生，却超越那个时代而永存！

豪放飘逸的太白诗风

李白的诗歌风格有两个最显著的特色，那就是豪放飘逸和清新自然。这是两种相差甚大的风格，一个人能够同时具有，而且能在这两个方面各臻极致，诚非大手笔不能为也。李白正是这样一位才华横溢的大手笔。

李白诗歌清新自然的艺术风格，借用李白自己的诗句来形容的话，那就是："清水出芙蓉，天然去雕饰。"（《经乱离后天恩流夜郎忆旧游书怀赠江夏韦太守良宰》）诸如人们熟知的

《静夜思》《赠汪伦》《早发白帝城》《闻王昌龄左迁龙标遥有此寄》等。这方面我们这里就不讲了，着重讲一下豪放飘逸的太白诗风。

豪放飘逸的太白诗风，如果用李白自己的诗句来形容，那就是："兴酣落笔摇五岳，诗成笑傲凌沧洲。"（《江上吟》）如果我们借用杜甫称赞李白的诗句来概括，那就是："笔落惊风雨，诗成泣鬼神。"（《寄李十二白二十韵》）杜甫的这两句诗，乃概括李白诗歌豪放飘逸风格的最生动、最形象、最准确的十个字。

李白豪放诗歌的代表作，首推《蜀道难》，如果将《蜀道难》比作一首交响乐的话，那么，在诗的开头、中间和结尾处重复了三次的"蜀道之难难于上青天"九个字，就是这首气势磅礴的蜀道交响乐中，最激动人心的主旋律。因为这首诗太长，主要是描写蜀道高峻奇险的山水名篇，这里就不讲了。

此外，同样能够代表李白豪放飘逸诗歌风格的，还有歌行体《将进酒》，诗曰：

君不见黄河之水天上来，奔流到海不复回。

君不见高堂明镜悲白发，朝如青丝暮成雪。

人生得意须尽欢，莫使金樽空对月。
天生我材必有用，千金散尽还复来。
烹羊宰牛且为乐，会须一饮三百杯。
岑夫子，丹丘生，将进酒，杯莫停。
与君歌一曲，请君为我倾耳听。
钟鼓馔玉不足贵，但愿长醉不复醒。
古来圣贤皆寂寞，惟有饮者留其名。
陈王昔时宴平乐，斗酒十千恣欢谑。
主人何为言少钱，径须沽取对君酌。
五花马，千金裘，呼儿将出换美酒，
与尔同销万古愁。

这是天宝十一载（752）李白以酒会友时，饱蘸豪情挥洒出的一首杰作。首句发端如挟天风、带海雨，扑面而来。前一个“君不见”句，从空间范畴上夸张。黄河从天上奔流而来，直入东海，一去不回。东西万里，宇宙自然是何等的伟大永恒。后一个“君不见”句，从时间范畴上夸张。高堂明镜里，早上还是青丝、晚上已成白发。朝暮之间，人的生命是何等的脆弱渺小。“人生”六句入题，人生得意须尽欢痛饮，一饮当须三百杯。接下来节奏加快，改为三字句。再下来由狂放转向愤激："古来圣贤皆寂寞，惟有饮者留其名"，举出陈王曹植，曹植曾写有"归来宴平乐，美酒斗十千"诗句。最后反客为主，说你不要以为我没有酒钱，你尽管斟上美酒吧："径须沽取对君酌。"径须，直须。即便没有钱了，我还有"五花马，千金裘，呼儿将出换美酒，与尔同销万古愁"。

全诗大起大落，大开大合，忽翕忽张，时悲时乐，腾挪跳跃，一泻千里。由狂放，愤激，再狂放，最后结穴在"万古愁"。读起来如同大河奔流，高山滚石，无法止息，气势跌宕起伏，纵横捭阖，纯以才情为诗，实在是可赏玩、可赞叹，而不可学、没有办法学也。宋人严羽在《点评李太白诗集》中，点评此诗曰："一往豪情，使人不能句字赏摘。盖他人作诗用笔想，太白但用胸口一喷即是，此其所长。"清人徐增《而庵说唐诗》评其诗曰："太白此歌，最为豪放，才气千古无双。"

再如，《行路难三首》其一，诗曰：

金樽清酒斗十千，玉盘珍羞直万钱。
停杯投箸不能食，拔剑四顾心茫然。
欲渡黄河冰塞川，将登太行雪满山。

闲来垂钓碧溪上，忽复乘舟梦日边。
行路难，行路难，多歧路，今安在？
长风破浪会有时，直挂云帆济沧海。

这是李白在长安遭到种种打击、失意离去时所作，抒发了世路险恶、壮志难酬的激愤之情。开头四句一泻无余的宣泄，大有利刃破竹、洪水决堤之势。面对着美酒佳肴而停杯投箸，无语凝思；拔剑四顾，心绪茫然。通过这一系列的外部行为的描写，表现了被苦闷煎熬的痛苦灵魂。这几句，显然受到鲍照《拟行路难》中“对案不能食，拔剑击柱长叹息”诗句的影响。

接下来“欲渡黄河冰塞川，将登太行雪满山”两句，则以比兴的手法，落到“行路难”的本题。说想要渡过黄河，坚冰却塞满了河川；将要登上太行山，白雪却掩埋了山径。世路艰难，举步皆蹶，人生坎坷，动辄得咎。“闲来垂钓碧溪上，忽复乘舟梦日边”两句，暗用两个典故，进一步抒发了复杂的心情。一是吕尚在未遇周文王时，曾经垂钓渭水；二是伊尹在受商汤重用前，曾经梦见自己乘船从日边经过。用这两个典故，表明诗人眼下虽然失意，但仍然心存希冀，期望能有被重用的一天。可是荆棘满眼，不知路在何方，所以改用三字句，连声浩叹：“行路难，行路难，多歧路，今安在？”

最后，诗人没有从苦闷走向消沉，而是展望前程，放声高歌：“长风破浪会有时，直挂云帆济沧海。”结句疾如闪电，展示了自信和力量。诗从满怀愁绪起，到满怀信心结，基调由黯淡转向明朗，情绪由悲愤转向昂扬，境界高远，气魄宏大。全诗有愤懑的激动，有苦闷的彷徨，有昂扬的乐观，有坚定的自信，交替而出，波澜起伏，转折振荡，动人心魄。

李白的笔下有一组组高大壮美、流动飘飞的意象群，这些意象群，决定了诗人的艺术风格。这些高大壮美、流动飘飞的意象，诸如日月、星辰、高山、飞瀑、苍松、翠柏、黄云、白波、大鹏、神鹰等意象，本身就带有气势，让人惊心动魄；再加上诗人极度夸张的描写，便更加激动人心。设想一下，如果不写大鹏、骏马，而写麻雀、老鼠：“麻雀飞翔九霄上，老鼠奔腾在屋梁。”任凭你怎么描写，也显得渺小、猥琐，没有气势；任凭你再怎么夸张，也不能激起人们欣赏的激情和审美的快感。

李白喜欢驰骋丰富的想象，喜欢对事物进行极度地夸张，这无疑极大地助推了豪放风格的形成。李白能够将一个事物，极度夸张到令人难以想象的地步，但却真实可信。比如形容北国天寒雪花大，说成是“燕山雪花大如席”，将很小的事物，夸张到正常思维所无法想象的极大程度。又如说“黄河如丝天际来”，将很大的客观事物黄河，形容得像一根细微的头发丝一样，从遥远的天边飘来。这种夸张产生了更加巨大的艺术感染力。

当然，艺术的夸张要以现实的生活为基础，否则就变成荒谬可笑了。正如鲁迅先生在《漫谈“漫画”》一文中所说的：“‘燕山雪花大如席’，是夸张，但燕山究竟有雪花，就含着一点诚实在里面，使我们立刻知道燕山原来有这么冷。如果说‘广州雪花大如席’，那就变成笑话了。”（《朝花夕拾》）只有在真实基础上的艺术夸张，才有真实的生命力和强烈的艺术感染力。

再举一例，有关咏愁的历代诗词名句很多很多，但李白却天才恣纵，写出与他人迥然不同的杰作。诸如五代南唐后主李煜的《虞美人》词的下片曰：

雕阑玉砌应犹在，只是朱颜改。问君能有几多愁，恰似一江春水向东流。

这里是以江喻愁，我们知道江的主要特征是滚滚无尽，

“恰似一江春水向东流”，比喻愁之滚滚无尽也。

宋人秦少游的《千秋岁》词的下片曰：

忆昔西池会。鹓鹭同飞盖。携手处，今谁在。日边清梦断，镜里朱颜改。春去也，飞红万点愁如海。

这里是以海喻愁，我们知道海的主要特征是浩浩无边，“飞红万点愁如海”，比喻愁之浩浩无边也。

以上李后主和秦少游的词，用的都是单喻，就是以一种事物来比喻另一种事物。而宋人贺铸的《青玉案》词，用的则是博喻，就是用多种事物来比喻某一种事物。《青玉案》的下片曰：

碧云冉冉蘅皋暮，彩笔新题断肠句。试问闲愁都几许？一川烟草，满城风絮，梅子黄时雨。

以“一川烟草”之茂盛，来比喻愁之茂盛；以“满城风絮”之缭乱，来比喻愁之缭乱；以“梅子黄时雨”之绵绵不绝，来比喻愁之绵绵不绝也。

这三首词中有一个共同点，那就是用来取喻之物——

江、海、烟草、风絮、黄梅雨等，与被比喻的“愁”之间，都没有必然的联系。而李白就不一样了，他所作的《秋浦歌》十七首中，第十五首也写愁，但却别具一格，不同凡响，诗曰：

白发三千丈，缘愁似个长。
不知明镜里，何处得秋霜。

这里用来取喻的白发和被比喻的愁之间，却有着十分必然的联系：白发是因愁而生，因为愁长所以白发长；有多长呢？长到“白发三千丈”。这显然是极度夸张，现实生活中绝对没有三千丈的白发，但历代人们读这首诗时，都并不觉得荒诞不经，反而感受到一种感发人心的力量。如果不写白发三千丈，而写白发三尺长，倒是更接近于真实，但那就索然寡味了。

李白的诗酒情怀

中国是诗的国度，诗歌传统源远流长。中国的酒文化也是历史悠久，丰富灿烂。《战国策》记载：“帝女令仪狄作酒而美，进之禹；禹饮而甘之。”另外还有杜康造酒的传说。《诗经·小雅·鱼丽》曰：“君子有酒，旨且多。”是说君子有好酒，味美而且量多。《诗经·豳风·七月》曰：“为此春酒，以介眉寿。”用冬酿春熟的酒，来祈求长寿。介，祈求；眉寿，就是长寿。

诗人们都喜欢饮酒——美酒催生出好诗；可以说历朝历代的好诗，大都是被美酒浸泡、发酵、催生出来的。自古以来，中国诗的字里行间总是泛着粼粼的酒光，飘着浓浓的酒香，读了叫人神往，令人陶醉！建安英雄曹操《短歌行》唱道：“对酒当歌，人生几何！譬如朝露，去日苦多。慨当以慷，忧思难忘。何以解忧？唯有杜康。”杜康是中国古代传说中“酿酒始祖”，尊为酒神。后世遂借“杜康”以指酒。

李白一生爱酒，他的《月下独酌四首》其二曰：

天若不爱酒，酒星不在天。
地若不爱酒，地应无酒泉。
天地既爱酒，爱酒不愧天。
已闻清比圣，复道浊如贤。
贤圣既已饮，何必求神仙。
三杯通大道，一斗合自然。

但得酒中趣，勿为醒者传。

酒星在天，由此可见天爱酒。酒星，古星名，也称酒旗星。《晋书·天文志》：“轩辕右角南三星曰酒旗，酒官之旗也，主享宴酒食。”地有酒泉，可见地也爱酒。酒泉，酒泉郡，汉置，在今甘肃省酒泉市。传说郡中有泉，其味如酒，故名酒泉。既然天和地都爱酒了，那么我爱酒也就自然而然无愧于天地矣。“已闻”两句，用典。《三国志·魏书·徐邈传》记载，徐邈“平日醉客，谓酒清者为圣人，酒浊者为贤人”。贤圣们既已痛饮，何必再追求羡慕神仙呢。“三杯通大道”与“一斗合自然”互文见义；“大道”，指自然法则。《庄子·天下》：“天能覆之而不能载之，地能载之而不能覆之，大道能包之而不能辩之，知万物皆有所可，有所不可。”这里将饮酒，提升到一个最高境界，即通于大道，合乎自然法则。三杯、一斗，皆为概数，意谓酣畅淋漓地痛饮也。

结尾二句“但得酒中趣，勿为醒者传”，用典。陶渊明曾为外祖父孟嘉作《晋故征西大将军长史孟府君传》，传中记载：“（桓）温问君：‘酒有何好，而君嗜之？’君笑而答曰：‘明公但不得酒中趣尔。’”这里反用之，谓既然已经于微醺中得酒中真趣，请不要告诉那些不懂得饮酒之趣的清醒人。

此外，《月下独酌四首》其四曰：

穷愁千万端，美酒三百杯。
愁多酒虽少，酒倾愁不来。
所以知酒圣，酒酣心自开。
辞粟卧首阳，屡空饥颜回。
当代不乐饮，虚名安用哉。
蟹螯即金液，糟丘是蓬莱。
且须饮美酒，乘月醉高台。

穷愁有千万端，可是美酒只有三百杯。虽然愁多酒少，但是只要开怀饮酒，愁绪就自然一扫而空；只要酒饮到酣畅地步，好怀也就自然大开了。“辞粟卧首阳”，用典。相传伯夷、叔齐于商周换代之际，不食周粟隐居首阳山，采薇而食，最后饿死。“屡空饥颜回”，用典。《论语·先进》：“（颜）回也其庶乎，屡空。”屡空，指经常贫困。“当代”两句，诗人认为前面列举的古人为图虚名于当代，而不乐于饮酒，那虚名又有什么用呢？所以，“蟹螯即金液”，蟹螯，螃蟹的第一对大脚，乃下酒之美食。《晋书·毕卓传》："卓尝谓人曰：'得酒满数百斛船，四时甘味置两头，右手持酒杯，左手持蟹螯，拍浮酒船中，便足了一生矣。'"金液，美酒。"糟丘是蓬莱"，糟丘，酒糟堆积成山丘。极言酿酒之多。如果一手持蟹螯，一边饮美酒，糟丘之地即仙山蓬莱也。所以最后直吐心愿："且须饮美酒，乘月醉高台。"

李白是诗仙，也是酒仙；酒一斗饮下，诗百篇涌出。在《客中作》中，请听他满带醉意地放歌道：

兰陵美酒郁金香，玉碗盛来琥珀光。
但使主人能醉客，不知何处是他乡。

兰陵的美酒醇香醉人，玉碗盛来琥珀般的晶莹。只要主人能让我痛饮酣醉，我就不知道这是身处他乡。有酒就是故乡，诗人爱故乡，于是便更爱酒乡。看似酣醉，实则清醒，何等豪情勃发、狂放不羁！

在《襄阳歌》中，李白曾经满怀醉意地唱道："百年三万六千日，一日须倾三百杯。""清风朗月不用一钱买，玉山自倒非人推。"李白在《江上吟》中写道："美酒樽中置千斛，载妓随波任去留。"在《梁园吟》中写道："人生达命岂暇愁，且饮美酒登高楼。”在《答王十二寒夜独酌有怀》中写道：“人生飘忽百年内，且须酣畅万古情。”在《忆旧游寄谯郡元参军》中写道：“黄金白璧买歌笑，一醉累月轻王侯。”在《游洞庭湖五首》其二中写道：“且就洞庭赊月色，将船买酒白云边。”如此等等，不一而足。

李白不但自己喜欢饮酒，在《对酒》诗中，还劝别人也不要拒绝饮酒，诗曰：

劝君莫拒杯，春风笑人来。
桃李如旧识，倾花向我开。
流莺啼碧树，明月窥金罍。
昨日朱颜子，今日白发催。
棘生石虎殿，鹿走姑苏台。
自古帝王宅，城阙闭黄埃。
君若不饮酒，昔人安在哉。

一开头直呼“劝君莫拒杯”，不要拒绝酒杯。人如果拒杯不饮酒，难免要被春风、桃李、流莺等美好的事物嘲笑的。人生苦短，倏忽而过，今天还朱颜美好，转眼就白发满头。帝王的宫殿当年金碧辉煌，整天歌舞升平，而今荆棘丛生、麋鹿奔走。所以任何荣华富贵，转瞬即逝，王侯将相，何人还在？何不痛饮美酒，一醉方休！

诗人晚年在皖南时，经常到一个善于酿酒的姓纪的老师傅那里去沽酒喝。老人去世后，李白写了一首《哭宣城善酿纪叟》诗，满怀悲情的哭诉道：

纪叟黄泉里，还应酿老春。
夜台无李白，沽酒与何人？

纪老人家您在九泉之下，大概还在做老本行“酿老春”吧。可是阴间没有我李白，你酿酒卖给何人呢？夜台，就是坟墓；亦指阴间。诗人痛悼擅长酿酒的纪叟，可以想见，当年李白写出最后这两句诗时，恐怕早已经泪流满面了。对酿酒老友一往情深，凄恻悲怆之情，溢于言表之外。至今读了，仍然催人泪下。

杜甫是李白最伟大的知音，不但是吟诗方面的知音，也是饮酒方面的知音。杜甫称赞李白的诗情是：“白也诗无敌，飘然思不群。清新庾开府，俊逸鲍参军。”（《春日忆李白》）说李白写诗是：“笔落惊风雨，诗成泣鬼神。”称赞李白的才华是：“敏捷诗千首，飘零酒一杯。”在饮酒方面，杜甫也深知李白。在《饮中八仙歌》中，杜甫称赞当时的八个酒仙的第六仙便是李白。诗曰：

李白一斗诗百篇，长安市上酒家眠。
天子呼来不上船，自称臣是酒中仙。

首句“李白一斗诗百篇”，酒、诗并赞，酒饮一斗，好酒量；便诗成百篇，好才华。“天子呼来不上船”，前人多解释为表示李白十分“傲岸”，天子叫他，他都不去。我的一个研究生有一次写了一个读书报告给我，说他找了很多唐人诗句和资料，分析认为，“天子呼来不上船”，不是说李白很“傲岸”，而是喝高了上不了船了，不能上船了。——或为一解，令人解颐。

杜甫与李白是诗酒好友，也喜好饮酒。杜甫说自己年轻的时候，就“性豪业嗜酒，嫉恶怀刚肠”（《壮游》）。在《曲江二首》其二中写道：

朝回日日典春衣，每日江头尽醉归。
酒债寻常行处有，人生七十古来稀。
穿花蛱蝶深深见，点水蜻蜓款款飞。

传语风光共流转，暂时相赏莫相违。

此诗写于乾元元年（758）暮春，杜甫在长安任左拾遗，此时安史之乱还没有平息。曲江又名曲江池，在长安城南朱雀桥之东，是唐代长安最大的名胜游览地。后四句写曲江春景，有名句：“穿花蛱蝶深深见，点水蜻蜓款款飞。”虽极佳，但这里从略，而只讲跟饮酒有关的前两联、四句。

首联“朝回日日典春衣，每日江头尽醉归”，说自己天天上朝回来，都去典当行典当自己春天穿的衣服，每天换得钱来到江头买酒喝，一直到喝醉了才回来。暮春时节，便开始典当春衣，可见冬衣早就典当完了。其一，可想见诗人的生活是多么的拮据。其二，家境如此贫困，那么典衣所得之钱，照理应该首先去买粮食和柴米油盐之类的生活必需品，可是诗人没有这样做，而是全用来买酒了。由此可见，诗人是何等喜酒、嗜酒也。

颔联起句“酒债寻常行处有”，谓所到之处都欠人家酒债，那是寻寻常常的小事。这当中固然有诗人的无奈，更可见对酒的喜好程度何等深。律诗颔联的两句必须对仗，这里的“寻常”与下一句“人生七十古来稀”中的“七十”，看上去不对仗，其实，古代以八尺为一寻，倍寻为一常。这里借用八和十六这两个数字，来与下一句的七和十对仗，这就是借对，是格律诗包括工对、宽对、借对、流水对、扇面对等多种对仗中的一种。对句谓人生能够活到七十岁，自古以来也是很少有的了。因为很少，所以更要抓紧时光，及时尽兴，痛饮美酒。“人生七十古来稀”，如今这句诗成了妇孺皆知的名句。中国人习惯上把六十岁称为“花甲”、七十岁称为“古稀”、八十八岁称为“米寿”（“米”字上面两划为八，中间是十，下面又是八）、九十九岁称为“白寿”（“百”字少“一”）、一百零八岁称为“茶寿”（上头是“廿”，即二十；加上下面的八十八）。

当“安史之乱”平息的好消息，传到漂泊蜀中的杜甫身边时，国家即将脱离苦难，诗人高兴极了，挥笔写下了“平生第一首快诗”——《闻官军收河南河北》，激动的唱道：“剑外忽传收蓟北，初闻涕泪满衣裳。却看妻子愁何在，漫卷诗书喜欲狂。白日放歌须纵酒，青春作伴好还乡。即从巴峡穿巫峡，便下襄阳向洛阳。”杜甫一生沉郁稳重，很少狂举狂态，但当安史之乱很快结束、国运有了转机时，诗人禁不住“喜欲狂”。“喜欲狂”的时候，自然而然除了高声“放歌”，就是开怀“纵酒”了。举杯相庆祝，尽情饮喜酒。

杜甫和李白在一起，更是离不开酒。他们俩曾经结伴漫游齐鲁之间，杜甫后来回忆两个人在一起常常“醉眠秋共被，携手日同行”（《与李十二白同寻范十隐居》）。晚上喝醉后两个人同榻共被，抵足而眠；白天则手拉着手一起登山临水。两人分手时的宴席上，那就更不能没有酒。李白作有《鲁郡东石门送杜二甫》，诗曰：

醉别复几日，登临遍池台。
何时石门路，重有金樽开。
秋波落泗水，海色明徂徕。
飞蓬各自远，且尽手中杯！

快要分手，留恋难舍，日复一日喝酒，已经酣醉好几天了。一想到分别以后，便“飞蓬各自远”了，也不知道何日才能相聚、何日才能“重有金樽开”。所以，眼下还是尽情地痛饮美酒吧，“且尽手中杯”！“尽”者，不是喝一点点，而是全部喝干，实实在在地干杯也。

两人分别后，杜甫思念李白，在《春日忆李白》诗中，表达了重新欢聚、再度痛饮的渴望。诗曰：

白也诗无敌，飘然思不群。

清新庾开府，俊逸鲍参军。

渭北春天树，江东日暮云。

何时一樽酒，重与细论文。

杜甫渴望与李白早日重逢，开一樽好酒，一边慢慢小酌，一边细细论文。酒，成了这两个伟大诗人友情之间的最好黏合剂，成了两个天才灵魂相互沟通的最好媒介。可以毫无悬念地说，如果把酒从李白、杜甫的诗中抽去，李杜诗篇的魅力一定会减色不少。

跟唐代豪放的诗人李白是诗仙也是酒仙一样，宋代浪漫主义诗人、大文豪苏轼，是坡仙也是酒仙。苏东坡写中秋的《水调歌头》，历来被人们称赞为千古名篇，甚至说“中秋词，自东坡《水调歌头》一出，余词尽废”（宋人胡仔《苕溪渔隐丛话》后集）。这首词前面的小序十分重要。序曰：“丙辰中秋，欢饮达旦，大醉。作此篇，兼怀子由。”注意，“欢饮达旦”——就是从今天晚上一直欢饮到明天天亮。“大醉”——就是酣醉、沉醉；必大醉，方有好诗也。如果只是喝那么一点点酒，那是催生不出创作好诗的激情的；惟有大醉之后，达到了物我两忘的境界，方能挥毫泼墨写出激动人心的好诗！

苏轼还在一首《月夜与客饮酒杏花下》诗中，写有这样的四句诗：

花间置酒清香发，争挽长条落香雪。

山城酒薄不堪饮，劝君且吸杯中月。

东坡说穷乡僻壤的浊酒，味薄不太好、不堪饮，但酒中倒映的那一轮明月却皎洁美好。也许受唐诗人于良史“掬水月在手，弄花香满衣”（《春山夜月》）诗句的启发，东坡对月饮酒，不说饮干杯中酒，而说吸干“杯中月”，将倒映在酒杯里的那一轮皎洁的明月，一起痛饮入昂藏豪放的胸中，从而使诗人的襟怀，更加光明峻洁！何等痛快，何等磊落！读者诸君，下次再遇到月下饮酒，一定要痛痛快快吸尽杯中月。当然，杯中月其实是怎么也吸不尽的，因为诚如李白所言：“人生得意须尽欢，莫使金樽空对月。”喝干了不能空着，再满上；再喝干了便再满上，因为不能使金樽空对月。既然是杯中酒不空，那么自然是酒中月常有。月常有，则越吸越多，怎么能吸得尽呢？！

南宋杨万里在一首《重九后二日同徐克章登万花川谷

月下传觞》诗中，批评李白诗中所说的“月既不解饮”（《月下独酌四首》其一）是浪言：“天既爱酒自古传，月不解饮真浪言。”说月亮也懂得饮酒，也十分喜欢饮酒：“老夫渴急月更急，酒落杯中月先入。”说对于饮酒，月亮比我还要性急，酒刚刚倒入杯中，诗人还没有来得及饮，月亮就抢先进入杯中饮酒了。于是乎诗人“举杯将月一口吞，举头见月犹在天”。诗人举杯一饮而尽，连带着将酒中的月亮也一起吞入口中，可是放下酒杯举头一望，月亮却还在天上。是人醉乎，月醉乎，还是人月俱醉乎？真是有趣而无解也。

李白与杜甫的伟大友谊

李白和杜甫是两个伟大的诗人，他们的友谊也是伟大的友谊。李白与杜甫虽然仅仅相差 11 岁，但却代表了两个不同时代的精神风貌——李白是在唐代一步步走向鼎盛的上升时期，走上他人生和创作的舞台的，是那个强盛辉煌的时代的代表。而杜甫则是在唐代由盛转衰的转折时期，走上他人生和创作的舞台的，是那个动乱苦难时代的代表。他们的诗歌，各有风采，各具特色，一样伟大。所以，我们既不能抑杜扬李，也不能抑李扬杜，而是要记住中唐诗人韩愈在《调张籍》一诗中的忠告：

李杜文章在，光焰万丈长。
不知群儿愚，哪容故谤伤。
蚍蜉撼大树，可笑不自量。

杜甫是李白最伟大的知音！杜甫写过一首七绝《赠李白》，诗曰：

秋来相顾尚飘蓬，未就丹砂愧葛洪。
痛饮狂歌空度日，飞扬跋扈为谁雄。

清人杨伦在《杜诗镜铨》中引蒋弱六云："是白一生小像。公赠白诗最多，此诗最简，而足以尽之。"首句写李白飘零身世，相顾飘蓬，有惺惺相惜意，统摄全篇。次句见李白崇尚炼丹求仙，然不精，终未成。第三句写李白放纵于诗酒，空自度日，有壮志难酬的一腔悲愤。第四句写李白的桀骜不驯，旁若无人。四句刻画了李白最具特征的四个方面，尤其是"痛饮狂歌""飞扬跋扈"八个字，将一个活生生的李白展现在历代读者的面前。

公元744年，44岁的李白从长安放还，来到东都洛阳，遇见了33岁的杜甫，两个人一见如故，携手漫游齐鲁之间。分手后李白思念杜甫，在《沙丘城下寄杜甫》中写道：

我来竟何事，高卧沙丘城。
城边有古树，日夕连秋声。
鲁酒不可醉，齐歌空复情。
思君若汶水，浩荡寄南征。

难忘在齐鲁饮酒听歌的美好日子。结句说我思念你的感情，犹如滔滔的汶河水，浩浩荡荡送达你的身边。

“安史之乱”中，李白因为“从璘附逆”获罪下狱的消息传来，杜甫十分悲痛，写了《不见》一诗。诗曰：

不见李生久，佯狂真可哀。
世人皆欲杀，吾意独怜才。
敏捷诗千首，飘零酒一杯。
匡山读书处，头白好归来。

杜甫说，满朝的人都要治你死罪，但是我跟世人的看法完全相反，“吾意独怜才”啊！你才思敏捷，千首诗一挥而就；但是命运不济，身世飘零，薄酒一杯。多么盼望你早日脱离缧绁之灾，头白之时，重归庐山你曾经的读书处，终老旧居，落叶归根。一往情深，字里行间弥漫着浓浓的悲悯情怀。

李白不幸去世后，杜甫仍然念念不忘李白，有一天做梦梦见了李白，马上起身提笔，情不可待地写了《梦李白二首》。其一曰：

> 死别已吞声，生别常恻恻。
> 江南瘴疠地，逐客无消息。
> 故人入我梦，明我长相忆。
> 君今在罗网，何以有羽翼？
> 恐非平生魂，路远不可测。
> 魂来枫林青，魂返关塞黑。
> 落月满屋梁，犹疑照颜色。
> 水深波浪阔，无使蛟龙得。

其二曰：

浮云终日行，游子久不至。
三夜频梦君，情亲见君意。
告归常局促，苦道来不易。
江湖多风波，舟楫恐失坠。
出门搔白首，若负平生志。
冠盖满京华，斯人独憔悴。
孰云网恢恢，将老身反累。
千秋万岁名，寂寞身后事。

老朋友啊，你知道我日夜思念你，所以连续三夜频繁地进入我的梦中，与我相见。足见君意殷殷，我情切切。你壮志未酬，独自憔悴。谁说天网恢恢，疏而不漏，你平生志在报国，但却在晚年遭受牢狱之累。你虽然寂寞身后，不被看重；但一定会千秋万岁，英名永传。对亡友尚且如此，足见杜甫笃于友情，诚诗圣之博大襟怀也。

李白杜甫是真正的生死之交，心灵相通的伟大知音！著名的中国古典文学研究专家、中华诗词学会名誉会长、加拿大皇家学会院士、南开大学中华古典文化研究所所长叶嘉莹先生，在讲《李白》时，曾经有过一段十分精彩的论述。叶先生说：

古人说“文人相轻”，文人总是抬高自己，贬低别人。这是一种对同行的嫉妒。但凡这样的人都不是大家，因为他自己的才情确实有比不上人家的地方，所以才会嫉妒。而真正的天才，一定有他自己的东西，并不需要跟别人去比较。而且，一般的人往往不能认识一个天才的好处，只有才气相近的人，才能理解真正的天才。所以，真正的天才必然是互相欣赏的。杜甫和李白就是如此。

这真是一段精彩绝伦而又伟大深刻的论述，鞭辟入里，不可移易，闪射着永恒的智慧之光！

李白与杜甫是两位伟大的诗人，伟人英名，万世永存！李白与杜甫的友谊也是伟大的友谊，友谊之树，万古长青！

第十五讲

吾庐独破受冻死亦足：诗圣杜甫的大情怀

八月秋高风怒号，卷我屋上三重茅。
茅飞渡江洒江郊，高者挂罥长林梢，
下者飘转沉塘坳。
南村群童欺我老无力，忍能对面为盗贼。
公然抱茅入竹去，唇焦口燥呼不得，
归来倚杖自叹息。
俄顷风定云墨色，秋天漠漠向昏黑。
布衾多年冷似铁，娇儿恶卧踏里裂。
床头屋漏无干处，雨脚如麻未断绝。
自经丧乱少睡眠，长夜沾湿何由彻！
安得广厦千万间，大庇天下寒士俱欢颜！
风雨不动安如山。
呜呼！何时眼前突兀见此屋，
吾庐独破受冻死亦足！

命运多舛的杜甫

诗圣杜甫（712—770），字子美，巩县（今属河南）瑶湾人。出生在一个奉儒守官的家庭，在《宗武生日》一诗中，杜甫对自己的儿子杜宗武说：“诗是吾家事，人传世上情。”他还时不时地对人不无夸耀说：“吾祖诗冠古”（《赠蜀僧闾丘师兄》）。其祖父杜审言是初唐大诗人，与李峤、崔融、苏味道齐名，并称“文章四友”，是唐代近体诗的奠基人之一。

杜甫自幼好学，一生勤奋。自言：“七龄思即壮，开口咏凤凰。”（《壮游》）“读书破万卷，下笔如有神。”（《奉赠韦左丞丈二十二韵》）杜甫年轻的时候也是慷慨激昂、意气风发的，他评价自己：“性豪业嗜酒，嫉恶怀刚肠。”“饮酣视八极，俗物都茫茫。”（《壮游》）诗歌中充满豪迈之情：“所向无空阔，真堪托死生。”（《房兵曹胡马》）胡马勇往直前，所向无远近，把空阔遥远的地方看得像没有多少距离似的。这样一种凛然无畏的气度和一往无前的勇气，使人足可以生死相托付。“何当击凡鸟，毛血洒平芜。”（《画鹰》）什么时候雄鹰能从云霄俯冲而下搏击凡鸟，把毛血洒在广袤的原野上。从对骏马和雄鹰的描写中，体现了年轻的诗人杜甫，具有一种慷慨任气的豪情和倜傥不凡的气概。

大约在唐玄宗开元二十四年(736)，24岁的杜甫漫游齐赵，经过泰山时，写下了一首早期的代表作《望岳》。诗曰：

岱宗夫如何？齐鲁青未了。
造化钟神秀，阴阳割昏晓。
荡胸生层云，决眦入归鸟。
会当凌绝顶，一览众山小。

题目是《望岳》，“望”字贯穿全诗。首联写诗人从远处望东岳泰山，受到震撼，禁不住心口相商：“岱宗夫如何？”五岳之首的泰山宏伟的景象，该如何来描述和形容好呢？岱，是泰山的别称。因为泰山是五岳之首，故尊为岱宗。五岳就是东岳泰山，西岳华山，南岳衡山，北岳恒山，中岳嵩山。诗人自问后自答道：“齐鲁青未了。”泰山高耸在齐鲁大地上，那青翠的山色连绵没有尽头。这是远处望泰山。

颔联说大自然把神奇秀丽的景色，都汇聚在泰山之中。山北山南阴阳分开，晨昏有别，十分鲜明。造化，就是宇宙自然。钟，就是汇聚。“割”字用得很好，化静为动，本来是静止的泰山，这里被形容成一把挥动的宝剑，把大自然割成阴阳两个部分。这是近处望泰山。

颈联写荡涤人胸怀的，是那一层层升腾搅动的云气。极目细望那远处归巢的鸟儿，简直快要把眼眶都撑裂了。眦，眼眶；决眦，使眼眶裂开。这是极目细望泰山。

最后尾联是想象登上泰山极顶时的俯望。“一览众山小”，语本《孟子·尽心上》：“登泰山而小天下。”诗人想象自己登上泰山后，俯望群峰历历所见的情景。如此壮美的泰山，一定要登上极顶，俯瞰那四周的一座座群山都显得渺小了起来。凌，升空。凌绝顶，就是飞步升空到达绝顶。这两句，被后人赋予了一种哲理的意味，当鼓励人们在某一个领域努力攀登上巅峰时，就会说：“会当凌绝顶，一览众山小。”或者登上某一领域的巅峰时，会感慨：“一览众山小。”清人浦起龙认为：“杜子心胸气魄，于斯可观。取为压

卷，屹然作镇。”（《读杜心解》）

全诗充满了青年诗人杜甫的浪漫与激情。通过对泰山雄伟磅礴气象的描写，抒发了一种勇于攀登、傲视一切的雄心壮志，洋溢着蓬勃向上的朝气。

杜甫人生的第二个时期，是 35 岁到 44 岁困守长安的十年。诗人在长安过着“朝扣富儿门，暮随肥马尘。残杯与冷炙，到处潜悲辛”（《奉赠韦左丞丈二十二韵》）的屈辱的生活。“此身饮罢无归处，独立苍茫自咏诗。”（《乐游园歌》）安史之乱前夕，杜甫离开长安时写下了一生具有标志性的名篇《自京赴奉先县咏怀五百字》，表达自己“穷年忧黎元，叹息肠内热”的济世情怀。诗中揭露黑暗现实的十个字——“朱门酒肉臭，路有冻死骨”，可以看作一部封建社会历史的缩影，标志着杜甫的诗歌创作，从此在人生之旅和社会生活的浩瀚大海上，扬起了现实主义的风帆。

755 年 12 月，安史之乱爆发。杜甫在动乱中颠沛流离，“国家不幸诗家幸，赋到沧桑句便工”（清赵翼《题元遗山集》）。写下了辉煌的组诗“三吏”——《新安吏》《石壕吏》《潼关吏》和“三别”——《新婚别》《无家别》《垂老别》两组伟大的诗篇，加上《哀江头》《春望》《北征》《洗兵马》《悲陈陶》等一系列诗歌，成了那个动乱而又苦难的时代的历史记录。因为这些诗歌真实地记录了历史，本质地反映了历史，故被人们称为“诗史”。

杜甫的最后一个时期，从49岁到59岁去世，是漂泊西南时期。先在四川漂泊了八九年，后来又在湖北、湖南漂泊了两三年。最后，于唐代宗大历五年（770），因病长眠于湘江的一条破船上。杜甫曾经在怀念李白的诗中写过“应共冤魂语，投诗赠汨罗”（《天末怀李白》）的诗句，本来是杜甫对李白说的，不料竟成了自己命运的谶语，与屈原最终命运相同的却是自己。临终前，杜甫写下36韵长诗《风疾舟中伏枕书怀》，仍然念念不忘天下苍生的困苦，念念不忘国家遭受的不幸：“战血流依旧，军声动至今。”

1961年12月，在瑞典首都斯德哥尔摩举行的世界和平理事会主席团会议上，杜甫被列为1962年（杜甫诞辰1 250周年）纪念的世界文化名人之一。1982年在杜甫诞辰1 270周年时，北京大学中文系在学校办公楼礼堂主持召开了纪念大会。2012年，正好是杜甫诞辰1 300周年，百年整数，学界本应该隆重纪念一番。我们从网络信息中得知，这一年的年初，成都杜甫草堂博物馆和西安等地，都在筹备纪念活动；甚善。同时，在网络上还发现当时有个别无知者无耻地恶搞杜甫，真是“不知群儿愚，哪容故谤伤！”（韩愈《调

张籍》）

一位伟大的利他主义者，是不应该被人们淡忘，更不能被遗忘的。感念于此，我曾经撰了一篇小文《纪念诗圣杜甫诞辰 1 300 周年》，在我主编的《北京大学学报（哲学社会科学版）》上发表。古语曰："日月出矣，而爝火不息；其于光也，不亦难乎。"（《庄子·逍遥游》）余自知爝火萤光，微不足道；然在杜甫诞辰 1 300 周年之际，不写几句以表纪念，寸衷难安也。

令人欣喜而又振奋的是，2020 年 4 月 6 日，英国 BBC 广播公司电视台播放了一部纪录片《杜甫：中国最伟大的诗人》。作者迈克尔·伍德先生是这样充满肯定地评价杜甫："他不仅是中国最伟大的诗人，也是全世界最伟大的诗人，没有人比杜甫在表达人类共同情感方面如此出色。他不仅是一个诗人，还是这个国家良知的守护者，他在构建这个国家价值观方面，比任何皇帝都做得多。"伍德评价中国的诗歌历史"比荷马的《伊利亚特》和《奥德赛》更加古老"，而且还称"诗歌是最能抒发中国人情感的文体，这其中，最伟大的诗人就是杜甫"。这一评价，立意高远，目光如炬，何等深刻，何等睿智！伟大的诗人是属于全人类的——世界自有公认！

杜甫的爱国情怀

唐代诗坛上伟大的诗人杜甫，不仅在中国古典诗歌发展史上影响深远，而且在中华民族优秀传统的形成中地位突出，被后世尊称为“诗圣”。下面我们分别讲一讲杜甫深厚的爱国情怀和炽热的爱民情怀，以及杜甫伟大的利他主义大情怀。

我们尊称杜甫为“诗圣”，是因为杜甫总是把自己的悲喜忧乐，与祖国的兴衰荣辱紧密相连、息息相关、休戚与共。当祖国在“安史之乱”苦难中痛苦呻吟时，诗人与祖国一起流泪，写下了《春望》一诗。诗曰：

国破山河在，城春草木深。
感时花溅泪，恨别鸟惊心。
烽火连三月，家书抵万金。
白头搔更短，浑欲不胜簪。

首联发语沉痛，说国家破碎了只剩下山河在；表明没有其他东西了。春天的长安城，荒芜得草木丛生，表明没有人迹也。颔联说有感于时事流的眼泪溅落在花上，也可以理解为诗人为国忧伤的眼里，见到花上的露水感觉花在流泪。起句写见花而流泪，对句写闻鸟鸣则心惊。清人吴乔评此联曰：“花鸟乐事而溅泪惊心，景随情化也。”《围炉诗话》颈联写战争的烽火不停；“连三月”，可以理解为一直连到阳春三月。邮路因为战乱而受到阻隔，不能正常运行，所以在烽火连天中能得到一封家信，实在比获得万金还要可贵。家书就是家信。吴乔评此联曰：“极平常语，以境苦情真，遂同于《六经》中语之不可动摇。”（《围炉诗话》）尾联，诗人自谓自己为忧国而白了的头发，因为日夜焦虑不停搔挠，致使白发日益短少，现在稀疏得连簪子都承受不了、都插不住了。不胜，受不住，承受不了。

而当安禄山、史思明叛乱军队的大本营被唐朝军队捣毁、蓟北被朝廷收复、祖国有了转机和希望的时候，诗人欣喜若狂，唱出了“平生第一首快诗”（清·浦起龙《读杜心解》）——《闻官军收河南河北》，诗曰：

剑外忽传收蓟北，初闻涕泪满衣裳。
却看妻子愁何在，漫卷诗书喜欲狂。
白日放歌须纵酒，青春作伴好还乡。

即从巴峡穿巫峡，便下襄阳向洛阳。

这首诗作于唐代宗广德元年（763）春天。前一年的冬天，唐军在洛阳一带消灭了叛乱军队的主力，叛军头领纷纷投降。转年到春天，史思明儿子史朝义兵败自缢。至此，持续八年的“安史之乱”终于结束。诗的首句“剑外忽传收蓟北”，写诗人远在剑门关之外（即蜀中），忽然听闻传来唐军收复蓟北、大获全胜的好消息。“忽传”，写出了好消息是不胫而走，人们口口相传，很快地一会儿传到东、一会儿传到西，现在竟然传到了遥远的剑门之外。紧接着写“初闻涕泪满衣裳”，刚一听到这个好消息，就涕泪横流洒满了衣裳。可见诗人是多么的高兴。

颔联写诗人高兴得“却看妻子愁何在，漫卷诗书喜欲狂”。诗人十分高兴，在高兴的诗人眼中，妻与子也愁云为之一扫而空；也可以理解为受诗人高兴的情绪的影响，妻与子的愁也没有了。诗人高兴得连把正读着的书好好收拾起来都来不及了，草草地卷起来，推放到一边去了。“喜欲狂”，高兴得发狂了。杜甫的情感沉郁，很少大起大落，举止很少狂举狂态，不像李白一张嘴就是：“我本楚狂人，凤歌笑孔丘。”（《庐山谣寄卢侍御虚舟》）而当祖国天空的阴云一扫而空时，诗人竟然像孩子似的手舞足蹈，狂喜难禁。今日的“喜欲狂”，是从蓄积已久的为山河破碎而“愁欲绝”的心灵深处迸发出来的激情。杜甫的爱国热忱，真如火一般的滚烫，而且终其一生，热度不减，忠贞不渝。

颈联：“白日放歌须纵酒，青春作伴好还乡。”因为高兴，所以开怀痛饮，放声高歌。叛乱被平息，诗人可以结束流浪漂泊的生活了，于是立即想到可以与青山绿水作伴，回到盼望已久的家乡。一想到回乡，立即勾画出回乡的路线：“即从巴峡穿巫峡，便下襄阳下洛阳。”马上从巴峡穿过巫峡，下到襄阳然后奔向洛阳老家。可见，这个路线是诗人在胸中谋划已久，早就想好了的，所以一闻战乱平息的喜讯，马上和盘托出。最后一联是流水对，以流水对收结，增加了全诗的气势，使得全诗八句如一句，一气而下，其疾如飞。

明人王嗣奭《杜臆》曰：“说喜者云喜跃，此诗无一字非喜，无一字不跃。其喜在‘还乡’，而最妙在结束语直写还乡之路，他人绝不敢道。”明末清初黄生《杜诗说》曰：“杜诗强半言愁，其言喜者，惟《寄弟》数首及此作而已。言愁者使人对之欲哭，言喜者使人对之欲笑。盖能以其性情达之纸墨，而后人之性情，类为之感动故也。”

杜甫的爱民情怀

我们尊称杜甫为“诗圣”，是因为杜甫既对国家无比忠诚，又对人民爱得无比诚挚。杜甫一生对民生疾苦总是深切的同情，以人民之忧为忧、以人民之乐为乐。在《自京赴奉先县咏怀五百字》中，杜甫抒发自己是：“穷年忧黎元，叹息肠内热。”穷年，就是一整年；一年到头为百姓的疾苦而忧虑，而叹息，而衷肠炽热。在这首诗中，杜甫还写出了千百年来震撼人心的十个字：“朱门酒肉臭，路有冻死骨。”这十个字，简直是中国封建社会的历史缩影，传达出诗人热爱人民、对苦难中人民深切同情的博大的悲悯情怀。

杜甫在“安史之乱”平复后，晚年曾写过一首《蚕谷行》，诗曰：

天下郡国向万城，无有一城无甲兵。
焉得铸甲作农器，一寸荒田牛得耕。
牛得耕，蚕亦成。
不劳烈士泪滂沱，男谷女丝行复歌。

诗人渴望将战争用的兵器铠甲都熔化掉，重新铸造成农具，让每一寸土地都得到开垦，种上庄稼，这样男耕女织，百姓得以安居乐业，天下歌舞升平。这是诗人对和平生活的热情向往，是忧国忧民的心灵深处长期勾画的理想国的美好蓝图。

安史之乱中，他同情人民苦难，写下了著名的组诗："三吏""三别"。"三吏"，即《石壕吏》《潼关吏》《新安吏》；"三别"，即《新婚别》《垂老别》《无家别》。下面试各举一首，简单分析一下。

杜甫《石壕吏》诗曰：

暮投石壕村，有吏夜捉人。
老翁逾墙走，老妇出门看。
吏呼一何怒，妇啼一何苦。
听妇前致词，三男邺城戍。
一男附书至，二男新战死。
存者且偷生，死者长已矣。
室中更无人，惟有乳下孙。
有孙母未去，出入无完裙。
老妪力虽衰，请从吏夜归。

急应河阳役，犹得备晨炊。

夜久语声绝，如闻泣幽咽。

天明登前途，独与老翁别。

这是一首杰出的反映“安史之乱”中社会现实的叙事诗。开头写差吏到处征兵，到石壕村乘夜捉人去前方打仗的情景。老翁闻信跳墙逃走，他的三个儿子都应征服役，两个已经战死。儿媳妇“出入无完裙”，没有衣服穿，都出不了门。老妇人生怕守寡的儿媳妇被抓后，膝下孙子无人抚养，所以自己主动提出去军中服役，“犹得备晨炊”，可以到军营里给军人们做做饭。一方面，通过连年老力衰的老妇人也被抓去服役的这件事，揭露了官吏的残暴和兵役制度的黑暗，对“安史之乱”中人民遭受的苦难表示深切的同情；另一方面，为了平息叛乱又不得不全民动员，共赴国难。这样一种矛盾心情，在下面这首《新婚别》中也有体现。

杜甫“三别”中的《新婚别》，诗曰：

兔丝附蓬麻，引蔓故不长。

嫁女与征夫，不如弃路旁。

结发为妻子，席不暖君床。

暮婚晨告别，无乃太匆忙。
君行虽不远，守边赴河阳。
妾身未分明，何以拜姑嫜。
父母养我时，日夜令我藏。
生女有所归，鸡狗亦得将。
君今往死地，沉痛迫中肠。
誓欲随君去，形势反苍黄。
勿为新婚念，努力事戎行。
妇人在军中，兵气恐不扬。
自嗟贫家女，久致罗襦裳。
罗襦不复施，对君洗红妆。
仰视百鸟飞，大小必双翔。
人事多错迕，与君永相望。

一对新婚夫妇，“暮婚晨告别”，今晚刚刚洞房花烛，“席不暖君床”，婚床尚未暖，第二天天明，新郎便“守边赴河阳”。新娘在“君今往死地”的情况下，说自己本来也想随你一起去的，“誓欲随君去”，但又担心“妇人在军中，兵气恐不扬”，去了可能对军中士气有不良影响。所以只好希望丈夫“勿为新婚念，努力事戎行”。自己从此洗去红妆，独守空闺，寂寞度日。最后说：“人事多错迕，与君永相望。”人世间不如意的事情很多，错迕，违逆、不如意。但愿你我两地同心，永远相望，永不相忘。

全诗的字里行间，可以感受到诗人杜甫的矛盾心情。一方面，对这一对新婚夫妇“暮婚晨告别”表示出深深的同情和惋惜。另一方面，又对新娘通晓大义、鼓励丈夫“努力事戎行”的行为，表示赞叹和无奈。

杜甫对贫苦人民的关心和同情，是十分细致入微的。最感人肺腑的要数七律《又呈吴郎》。这首诗的背景是这样的，唐代宗大历二年（767），即杜甫漂泊到四川夔州的第二年，他在瀼西建了一个草堂，草堂前有几棵枣树，西边邻居的一个寡妇，常常过来打枣子以勉强度日，杜甫都慨然允许，从不干涉。后来，杜甫把草堂让给一位姓吴的亲戚。不料这位吴郎一住下来，就在草堂边插上了一道篱笆，不许西邻老寡妇过来打枣子。寡妇见此，去向杜甫诉苦，杜甫便写了这首诗，好言劝告吴郎，希望能允许寡妇“堂前扑枣”，诗曰：

堂前扑枣任西邻，无食无儿一妇人。
不为困穷宁有此，只缘恐惧转须亲。

即防远客虽多事，便插疏篱却甚真。

已诉征求贫到骨，正思戎马泪盈巾。

诗人开头第一句“堂前扑枣任西邻”，是写这首诗想达到的目的，希望吴郎继续让西邻随意地打枣子。第二句说西邻是“无食无儿一妇人”，没得吃、没有子女、没有老伴，孤苦伶仃的一个寡妇。

颔联为寡妇开脱：“不为困穷宁有此，只缘恐惧转须亲。”如果不是因为穷困得实在没有一点办法，她哪能做出打别人家枣子的事情呢？正因为她提心吊胆，我们才要对她更加亲切。

颈联又为吴郎回护：“即防远客虽多事，便插疏篱却甚真。”说西邻对你这位远客心存戒备、有所提防，虽然也有点多事——其实你并不是那种吝啬之人，她实在没有必要对你有防备之心。但是，你刚刚住下来便在茅屋边插上篱笆，有点仿佛使人觉得你真的不想让别人打枣子似的。潜台词是：你其实不是那种吝啬的人——给吴郎留足面子，留下改正行为的下坡台阶，以达到首句所提出的目的。

最后，诗人诚恳地对吴郎说：“已诉征求贫到骨，正思戎马泪盈巾。”她诉说横征暴敛，使得家里一贫如洗贫到骨了，一想到战争不停，黎民百姓生活在水深火热之中，不由得人热泪沾巾，我们何不舍几颗枣子救人一命呢?！

这首诗的字里行间，足可见杜甫对下层人民的深切同情。特别是颔联，令人感觉到诗人的这种同情，是何等的细致入微：那无食无儿的寡妇，如果不是因为困穷到走投无路的地步，哪能来打别人家的枣子呢?！正因为她打别人家枣子自己提心吊胆惴惴不安，所以我们才更要对她和蔼亲近——这实在是“仁义之人，其言蔼如也”(韩愈《答李翊书》)。明末卢世漼评此诗曰：“杜诗温柔敦厚，其慈祥恺悌之衷，往往溢于言表。如此章，极煦育邻妇，又出脱邻妇；欲开示吴郎，又回护吴郎。八句中，百种千层，莫非仁音。所谓仁义之人，其言蔼如也。”(《读杜私言》)

人民是历史的真正创造者，也是对历史事件和历史人物最公正的评判者。一个真正爱国爱民的伟大诗人，才能赢得历代人民的衷心爱戴。诗圣杜甫永远活在中华民族的光辉史册上，永远活在一代又一代炎黄子孙的心中！

杜甫的利他主义情怀

我们尊称杜甫为“诗圣”，还在于杜甫总是从自己的不幸，联想到他人的不幸、普天下人民的不幸；而越是想到他人的不幸、普天下人民的不幸，越是忘记了自己的不幸——这就是他的襟怀壮丽和伟大之处。这一讲中，我们着重分析杜甫的《茅屋为秋风所破歌》，再将其与白居易的《新制布裘》对比分析一下；然后将杜甫的《登岳阳楼》与孟浩然的《临洞庭呈张丞相》对比分析一下。主要是在对比分析中，展示“诗圣”杜甫伟大的利他主义情怀。

1. 杜甫《茅屋为秋风所破歌》与白居易诗的对比分析

杜甫晚年在四川成都，写下了著名的代表作《茅屋为秋风所破歌》。这首诗歌的创作背景是唐玄宗天宝十四载，也就是公元 755 年冬天，在唐代历史上爆发了一个惊天动地的事件，那就是“安史之乱”。杜甫随着动乱中的人民一起到处漂泊，在公元 759 年漂泊到秦州和同谷这一带。到了年底的时候来到了成都，开始的时候是住在浣花溪边的一个寺庙里面。到了第二年，也就是 760 年，在朋友的帮助下，在浣花溪的西侧盖起了几间草堂，在这里暂时安顿下来。这首诗歌就是在草堂安顿下来的次年，也就是 761 年秋天，新盖不久的茅屋被秋风刮破的时候，所写的一首名篇。这一年杜甫正好 50 岁，诗曰：

八月秋高风怒号，卷我屋上三重茅。
茅飞渡江洒江郊，高者挂罥长林梢，
下者飘转沉塘坳。
南村群童欺我老无力，忍能对面为盗贼。
公然抱茅入竹去，唇焦口燥呼不得，
归来倚杖自叹息。
俄顷风定云墨色，秋天漠漠向昏黑。
布衾多年冷似铁，娇儿恶卧踏里裂。
床头屋漏无干处，雨脚如麻未断绝。
自经丧乱少睡眠，长夜沾湿何由彻！
安得广厦千万间，大庇天下寒士俱欢颜！
风雨不动安如山。
呜呼！何时眼前突兀见此屋，
吾庐独破受冻死亦足！

全诗大体可以分为四段。开头的五句是第一段。

第一段开门见山，单刀直入，点明了主题。题目是《茅屋为秋风所破歌》，一开始就写茅屋被秋风刮破的情景："八月秋高风怒号"，秋风异常猛烈；"卷我屋上三重茅"，三重是多重的意思，很多重，茅草被刮得到处飘飞。"茅飞渡江洒江郊”，茅草飘洒到了江边，高的挂到了树梢上面，低的飘转到低洼的地方。

一开头五句，句句押韵。风怒号的号，与茅、郊、梢、坳，押的是下平声三肴、四豪韵。这种连续不断的韵脚，给人一种非常强烈的极度紧张的感觉，很有冲击力，让人无法喘息。他写出了秋风之猛烈，也写出了诗人非常地焦虑，非常地痛心。句句押韵，加强了诗歌的这种紧张的气氛，使人有一种身临其境的感觉。

第二段是接下来的五句。

主要是写一群顽童不听呼唤，抢走了茅草的事情和诗人的无奈及叹息。“南村群童欺我老无力”，孩子们欺负我老而无力。“忍能对面为盗贼”，忍能，就是忍心如此；对面，就是当面，当着诗人的面，“公然抱茅入竹去，唇焦口燥呼不得”。我喊破了嗓子他们也不理睬，“归来倚杖自叹息”。这句是一个收结，写诗人的无奈和自我叹息。

我们中文系的陈贻焮先生（1924—2000），是研究杜甫的大家，所著逾百万字的《杜甫评传》，是研究杜甫的力作。他在分析这首诗的时候说道：顽童们欺负我老而无力，竟然当面打抢，还公然抱着茅草大摇大摆地走入竹林，故意地气我，害得我叫干了嗓子他们也不理不睬，好像是在做一场恶作剧。这里老人和顽童的神情都很生动，严词斥责儿童，可见老人当时心情激动，同时又让我们感到很幽默。诗人笔下的这群孩子，顽童很不听话，像是在恶作剧，在他们顽皮的、幼稚的神态当中，我们的确可以感觉到他们可爱的地方。如果以为诗人把这些顽童说成是“盗贼”，是在极其认真地谴责孩子们，那还不能说真正地理解了诗人杜甫，不能说是正确地理解了这首诗。笔者十分赞同和敬佩陈先生的这种知音式的理解。

下面八句为第三段。

写狂风之后，大雨接着又来了。“俄顷风定云墨色，秋天漠漠向昏黑。”俄顷，就是一会儿，在大风和大雨之间有一个短暂的沉寂。大雨来了以后，诗人的屋子到处漏雨，一家人通宵难眠。“布衾多年冷似铁”，被子冷得像铁一样僵硬。用铁来形容被子，可见这个被子是多么破旧而且坚硬，不知盖了多少年了，也没有能力换一换。“娇儿恶卧踏里裂”，孩子们的睡相不好，睡觉不老实，把被子都踹坏了。“床头屋漏无干处”，说床头到处都漏雨，没有一个干的地方。“雨脚如麻未断绝”，外面的雨密密麻麻地下个不停，诗人家里雨水也滴个不停。接下来说“自经丧乱少睡眠”，把眼前的痛苦延伸开去。丧乱就是“安史之乱”，自从“安史之乱”以来，诗人一直到处奔波，不得安顿，眼下则是“长夜沾湿何由彻”，在屋顶漏个不停，到处潮湿的夜晚，怎么样才能够熬到天亮呢？诗人越是盼望着天亮，天越是亮不了，这就更加强化了诗人遭遇的痛苦和不幸。

最后五句是第四段。

写诗人在痛苦不眠之夜所产生的宏伟的理想和美好的愿望。彻夜难眠，苦苦思索，诗人想到：“安得广厦千万间，大庇天下寒士俱欢颜。风雨不动安如山。”如果能有广厦千万间，庇护着天下的穷苦的人，生活都能够非常地欢乐温暖，风不打头雨不打脸，那该多么好啊！诗人从自己眼前的那种不幸的遭遇，想到了自己长久以来的不幸；从自己长久的不幸，想到了天下人民的不幸。从而产生了一种甘愿为天下人民的不幸，而牺牲自己的这样一种伟大的情怀。“呜呼”，一声长叹；“何时眼前突兀见此屋”，什么时候眼前高耸起广厦千万间，让天下的人都能够住进去，生活得安安稳稳；那么，只有我杜甫一个人的茅屋破了，我自己一个人受冻，哪怕是冻死了，我也心甘情愿——“吾庐独破受冻死亦足！”全诗在这个高潮中，戛然而止，给人一种强烈的心灵震撼！

我们称杜甫为诗圣，圣在哪里？圣就圣在这里。为了普天下人民都能够安安稳稳，诗人自己则“吾庐独破受冻死亦足”——这是一种多么伟大的利他主义精神！一种为了他人甘愿牺牲自己的崇高而又壮丽的襟怀！

我曾经对同学们说过这样一句话，我说：如果一个人只为自己做事，做成事，做成好事，做成大好事，那是你的才，你有才；那是你的能，你能干；那是你杰出的“才能”。如果一个人为他人做事，为天下的老百姓做事，为我们社会做事，做成事，做成好事，做成大好事，那才是你的德，你的美德；那才是你的行，你的品行；那才是你高尚的“德行”。——杜甫正是这样一位德行高尚的伟大诗人！

下面将杜甫的这首诗歌和白居易的《新制布裘》做一个比较。

杜甫去世（770）两年后，白居易出生（772）。白居易前期继承了杜甫忧国忧民、关心民生疾苦的优良传统，创作了《新乐府》五十首、《秦中吟》十首等诗歌，自己说是：“惟歌生民病，愿得天子知。”有一年，夫人给白居易新做了一件布裘，诗人穿在身上暖和和的，于是有感而发，写了一首五言古风《新制布裘》。诗曰：

桂布白似雪，吴绵软于云。
布重绵且厚，为裘有余温。

朝拥坐至暮，夜覆眠达晨。
谁知严冬月，支体暖如春。
中夕忽有念，抚裘起逡巡。
丈夫贵兼济，岂独善一身。
安得万里裘，盖裹周四垠。
稳暖皆如我，天下无寒人。

诗的前面十句，描写新制的布裘颜色洁白似雪，质地软如云絮，里面的绵厚厚的，十分暖和。从早到晚穿在身上，夜晚覆盖在被子上，一直到早晨也不觉得冷。虽然是严冬时节，但只觉得身体暖和如春。支体，犹肢体，整个身体。支，“肢”的古字。中夕，就是半夜。半夜时忽然产生了一个念头，抚摸着布裘徘徊沉思。沉思什么呢？这就是后面的六句：“丈夫贵兼济，岂独善一身。安得万里裘，盖裹周四垠。稳暖皆如我，天下无寒人。”男子汉大丈夫可贵之处在于兼济天下，哪能只管自己一个人呢？！这两句是化用《孟子·尽心上》：“穷则独善其身，达则兼善天下。”意谓一个人不得志的时候就要管好自己的道德修养，得志的时候就要努力做有益于天下人的好事情。这是儒家思想对中国古代知识分子影响最为深远的两句话，这就是穷达、出处、仕隐、进退，此乃古代儒者之大节也。诗人由自己穿的裘衣，联想到如果能有万里大的裘衣，那该多么的好啊，那就能把天下四面八方都盖裹起来。四垠，就是四方。垠，就是界限，边际。这样一来，所有的人都能像我一样的安安稳稳、暖暖和和，普天下就不再有饥寒交迫的人了。

白居易另有七古《新制绫袄成感而有咏》，其中又一次重复了自己的这个愿望。后六句亦写道：

百姓多寒无可救，一身独暖亦何情。
心中为念农桑苦，耳里如闻饥冻声。
争得大裘长万丈，与君都盖洛阳城。

跟前面的五古是一样的心愿和志向。我们说白居易也很了不起，自己暖和了，希望天下所有的寒人也都跟他一样的暖和。

宋人黄彻在《䂬溪诗话》卷九中评价白居易的这两首诗和杜甫的《茅屋为秋风所破歌》时，说道："或谓子美诗意宁苦身以利人，乐天诗意推身利以利人，二者较之，少陵为难。然老杜饥寒而悯人饥寒者也，白氏温饱而悯人饥寒者也；忧劳者易生于善虑，安乐者多失于不思，乐天宜优。"

白居易说：我暖和啦，我希望天下人都跟我一样的暖和；而杜甫则说：只要天下人都暖和啦，那么只有我一个人冻死了我也心甘情愿！——古往今来有众多诗人，但人们就称杜甫一人为“诗圣”，“诗圣”“圣”在哪里？圣就“圣”在这里。当然，黄彻也认为白居易能以自己饱暖之身，而思及天下饥寒之人，亦“宜优”也。诚然！

我以为人世间有四等人，第一等人是像杜甫这样最伟大的圣人，“宁苦身以利人”。这一点我们绝大多数人都做不到。但正如司马迁在《史记·孔子世家》中称赞孔子的德行如高山仰止，景行行止，我们一般人都达不到一样，但我们抱有的态度应该是：“虽不能至，然心向往之。”向往之，追求之，实践之。第二等人是像白居易一样的“推身利以利人”。这一点通过努力修养，相信我们是可以做到的。可以做到的事，我们每一个人都应该积极去做。第三等人是只顾自己，不管他人。第四等人则是把自己的幸福建筑在别人的痛苦之上。我们应该向往第一种人，做到第二种人，警惕成为第三、第四种人。

2. 杜甫《登岳阳楼》与孟浩然诗对比分析

下面我们再将孟浩然的《临洞庭赠张丞相》与杜甫的

《登岳阳楼》对比分析一下。

孟浩然前面已讲，一生不得志，怀才不遇；越是不被重用，越是渴望能得到提拔，此亦人之常情也。所以，在他临洞庭湖时，写了一首五律《临洞庭赠张丞相》，希望能得到张丞相的提拔和重用。诗曰：

八月湖水平，涵虚混太清。
气蒸云梦泽，波撼岳阳城。
欲济无舟楫，端居耻圣明。
坐观垂钓者，徒有羡鱼情。

诗题中的张丞相，一般认为指的是张九龄（673—740），他也是当时诗坛著名诗人，曾于唐玄宗开元二十一年（733）担任丞相职务。

诗的首联“起”。总的写八月里洞庭湖水平满开阔，水天相接，蕴涵太空。涵虚，就是包含了天空，指天倒映在湖水之中。颔联“承”，写湖面水气蒸腾弥漫在云梦泽国水乡，波浪朝夕不停地拍打着高高耸峙的岳阳城。这两句对仗工整，乃描写洞庭湖之名联。颈联“转”。由湖景之壮阔，转到对自身境遇之窘促的描述：我多么想过河，可是没有船和船桨。意谓我想有所作为，可是没有一官半职。就这样白白地度日，深感有愧于这个大好时代。尾联“结”。我在一旁看别人垂钓，时有所得；而我却缺少鱼竿，只能徒然地起羡慕别人得到鱼的心情。

这首诗起承转合，结构井然，情景交融，意境浑然。孟浩然作为唐代诗坛上的“名家”，那是当之无愧的。所谓“名家”，我以为就是在某一个领域里才华出众、名列前茅、出类拔萃、声名显赫者。如某人的钢琴弹得出神入化，某人的书法写得力透纸背，某人的乒乓球获得乒坛“大满贯”等。这些人都是在相关的领域里登峰造极，无与伦比，这些人就可以称之为“名家”，现在更多的称之为“明星”。而“大家”则不仅仅要有和“名家”一样的大才华、大聪明、大智慧，而且更重要的还要有大胸襟、大气魄、大境界！——在座诸君，古往今来，“名家”常有、多有，而“大家”却不常有、很少有。自称“大家”的人多有，而真正称得上“大家”，并为历史公认的人，却很少有。

下面我们看一看杜甫的《登岳阳楼》，也是五律，体裁相同；描写的也是洞庭湖，题材也相同；结构上的起承转合，也相同；可是表达的襟怀、境界，却有很大的不同。杜诗曰：

昔闻洞庭水，今上岳阳楼。

吴楚东南坼，乾坤日夜浮。

亲朋无一字，老病有孤舟。

戎马关山北，凭轩涕泗流。

唐代宗大历三年（768），杜甫由夔州出三峡，暮冬时节泊舟岳阳城，登上岳阳楼，触景生情，写下了这首诗。

首联是“起”，说自己往昔早就听闻羡慕有名的洞庭湖水波浩渺，今天终于登上岳阳楼，得以纵观辽阔的洞庭湖。静静地叙事，平平而起。颔联是“承”，接下来是写景：“吴楚东南坼，乾坤日夜浮。”吴地和楚地，因为浩渺无边的洞庭湖而被分开了。坼，分裂开。太阳和月亮，日夜倒映浮沉在洞庭湖里。乾坤就是日月，太阳白天倒映浮沉在洞庭湖里，月亮夜晚倒映浮沉在洞庭湖里，日夜随着洞庭湖的水波浮沉。这两句写景，比孟浩然的“气蒸云梦泽，波撼岳阳城”更加气象宏伟，壮阔奇丽。

颔联是“转”，诗人从自己的不幸：“亲朋无一字，老病有孤舟。”——亲戚朋友都没有一封信来，自己又老又病、孤零零地漂泊在一条破船上，何等孤寂凄凉。但诗人没有沉浸在自己的不幸之中，而是从自己的不幸联想到他人的不幸、联想到普天下人民的不幸:“戎马关山北，凭轩涕泗流。”这是最后的“合”。在岳阳楼头，老诗人纵目远眺，但见那风烟迷茫的远方，万里关山烽烟滚滚，戎马征战不息，国家在苦难之中，老百姓也生活在水深火热之中。于是，老诗人禁不住“凭轩涕泗流”，热泪横流，洒满衣襟。为谁而流？为天下的百姓而流，为苦难的国家而流。

孟浩然和杜甫的这两首诗，在描写洞庭湖之景的气势宏大上虽大体相若，但抒发的情感、表现的思想境界、展示的人格襟怀，却高下迥然。孟浩然才华横溢，诗歌成就杰出，称为“名家”，那是当之无愧；但杜甫才是真正的“大家”。我们称杜甫为“诗圣”，圣在哪里？圣就圣在这里。所以，只有“诗圣”杜甫，才配得上“大家”的称号。因为作为“大家”，除了要有“名家”的大才华、大手笔、大聪明外，还得有大胸襟、大气魄、大境界。而所谓大胸襟，说起来很容易，做起来却很不容易，那就是：凡事总是少想自己，多想他人，或者在想到自己的同时，也能够想到他人，这就是大胸怀。如果凡事总是只想他人、不想自己——此乃圣人情怀也。

2006年2月，北大王选院士去世。王选院士不仅仅是优秀共产党员、杰出贡献奖获得者，也是我们民族的功臣。

王选院士带领他北京大学的科研团队，用了两年多的时间，于1987年5月22日，创造了世界上第一张运用激光照排机技术整页输出的中文报纸。从此，中国的印刷告别铅与火，迎来光与电。这是具有划时代意义的一件大事。

王选院士去世时，我曾经送一副挽联，不是自己撰写的，而是集前人联语。上联用杭州西湖边上岳庙对联的上联："青山有幸埋忠骨"。下联则是用杭州哲学大师马一浮先生的一句话"白云无尽是儿孙"。马先生与夫人汤孝愍结婚三年，夫人不幸身染重病、没有留下一儿半女便去世了。马先生便立誓终身不娶，有人对他说：你不续弦那么将来就没有儿孙陪伴你了。马先生慨然答道："他年青山埋骨处，白云无尽是儿孙。"等到他年我去世，在埋骨青山的坟头，那飘绕的白云，就是我的儿孙朝夕在陪伴着我。果然，马老履行诺言65年，直到去世。因为王选先生也一直没有孩子，所以我就借用马先生这句"白云无尽是儿孙"作为下联。——"青山有幸埋忠骨，白云无尽是儿孙。"以"忠骨"对"儿孙"，词性欠妥帖；但"青山"对"白云"、"有幸"对"无尽"，亦难得如此工整也。

以上所说，只是作为铺垫。王选院士在被确诊为癌症后的某一天，即2000年夏天的某一个清晨，他一反常态，没有和夫人陈坤锑教授一起出去晨练打太极拳。等到夫人打完太极拳回来后，无意中发现王选写好了一个东西（有人将其看作他的遗嘱）。其中，王选院士说道：我们北京大学季羡林季老曾经说过，什么样的人算是好人呢？就是“考虑别人比考虑自己稍多一点”。王选院士则退一步说道：我以为还可以把标准再降低一点，所谓“好人”，就是“考虑别人与考虑自己一样多！”一个人在想到自己的同时，也能够想到他人，这也就是好人了！这看起来好像是很简单、很浅显的道理，但做起来却是很难、很不容易的。这就是“大家”的“大胸襟”！

明代人吕坤在《呻吟语》中有一句十分简单而又十分深刻的话，叫作：“替别人想，是第一等学问。”古代的诗圣杜甫，今天的王选院士，所做的都是这样的“第一等学问”！我们今天的人做学问，也是要先做这样的“第一等学问”，才好。

杜甫伟大的利他主义精神，跟他自幼受儒家思想教育是分不开的，同时也跟他年幼时的人生经历，有着密切的关系。杜甫幼孤，四岁丧母，又体弱多病，他父亲没有办法，只好把他寄养在洛阳杜甫的姑母家里，由姑母抚育。杜甫的姑母是一个伟大而又善良的女性，后来史称其为“义姑”。

她自己也有一个儿子，比杜甫小一点。因为杜甫没有母亲，他姑母总是格外地关爱杜甫，有好吃的东西先给杜甫吃，不给自己的儿子吃。

有一年洛阳暴发了流行病，杜甫和他姑母的儿子都染上了。姑母心急如焚，到处求医寻药，找到了药，回来先给杜甫吃。眼见两个孩子一天天地好不起来，姑母又找了个女巫到家里，女巫作了一阵子法术，说我已经作法驱过邪了，现在让一个孩子在房柱东南侧住，房柱的东南角吉利，住在那里便可以转危为安。房柱的东南角，正好是姑母自己儿子的小床所在地。姑母听了，毫不犹豫地把自己的儿子挪开，把杜甫搬到那里去住。果然，不知何因，过了不久，杜甫竟一天天好了起来，然而姑母的儿子却不幸夭折了。

杜甫长大以后，邻居们把这件事情告诉了杜甫，杜甫被深深地震撼了。天宝元年（742），即杜甫 31 岁那一年，他的姑母去世了，杜甫给姑母写了《唐故万年县君京兆杜氏墓碑》，把长大后别人告诉他的这一件终生难忘、刻骨铭心的事情，原原本本地写在墓志铭里面。墓碑的铭文中曰："甫昔卧病于我诸姑，姑之子又病间。女巫至，曰：'处楹之东南隅者，吉。'故遂易子之地以安我，我是用存，而姑之子卒，后乃知之于走使。甫常有说于人，客将出涕感者久之，相与定溢曰‘义’。”故称其姑为“义姑”。后人正是从这个墓志铭上知道这件事情的。所以说杜甫伟大的利他主义精神，跟他姑母从小对他的言传身教、耳濡目染，是分不开的。

我曾经在北大课堂上对我的学生说过这样的话：在人与人的交往中，一个人如果真正做到“忘我”——忘记自己、想着别人，那么他（她）就永远不会被别人所忘记！杜甫正是这样一位为了人民忘了自己，从而永远不会被人民忘记的伟大“诗圣”！

后记

十年前，北京中智信达教育科技有限公司约请我讲中国古典诗歌中的人生精神。我在给全校所开的通识课内容的基础上，准备了一个讲稿，到他们的制作室录音录像，整整录了一天。后来，北京高校音像出版社于 2010 年 5 月 15 日出版了名为《大境界——诗歌中的人生精神》的 DVD，一套四碟装，一大盒，包装颇为引人注目。

东方出版中心有志于弘扬中国优秀传统文化，希望通过出版一系列精品书籍，提升广大读者，特别是青少年读者的人文素质和道德水准。他们觉得我的音像作品《大境界——诗歌中的人生精神》所宣扬的主旨，与他们追求的出版宗旨很契合，便希望以图书的形式将此内容出版。这是一件大好事，我欣然同意。其中还有一个不为人知的因素，就是我知道自己的苏北口音很重，在课堂上讲课时，可以尽量通过板书来弥补；而当年对着录像的镜头干讲，古代诗歌中又有些生僻的字词，本来就不容易听明白，加上发音不准，更让人听不清楚了，甚至会引起歧义。如果能把这些内容整理出版，不是诉诸听觉而是诉诸视觉，读者可以捧在手里仔细阅读，这个问题也就迎刃而解了。

东方出版中心的编辑冯媛君，不辞辛劳，将我那口音很重的四大盘录音，认认真真整理成文稿，还进行了很好的加工修改，我看后很受感动。编辑从出版一本书的角度出发，觉得现有的字数略嫌不足，希望我再增加一些内容，我欣然接受。于是我在原来录音整理稿的基础上，对全书的章节架构进行了调整，又从以往的讲稿中抽出若干章节充实进来，形成现在的这本小书。因为本书主要不是侧重对古典诗歌的艺术欣赏和纯学术的探析，而是力求从古典诗歌中品评挖掘出人文精神的内涵，以期给人以思想上的些许教益和理性上的某种启迪，所以开始时将这本书的书名，修改定名为《大境界 大情怀——古典诗歌与人文精神（十五讲）》；后来，考虑到与我已经出版的另外一本讲授中国文学史的小书《一日看尽长安花》相呼应，就借用李白的名句为书名——《登高壮观天地间》。

2020 年的春天，是一个不寻常的春天。突如其来的新冠肺炎疫情，使得整个世界一下子失去了喧嚣和欢跃，代之以颇大的惊恐和些许悲凉。人们纷纷或主动或被动地蛰居起来，没有了人的形体交往，没有了友朋之间的串门走动。我也只好闭门不出，终日伏案敲击键盘，于6月初完成初稿，6月中旬又用两个星期将初稿修改了一遍，发给了出版社。没有想到6月12日左右北京的疫情反弹，一下子又不能外出了，所以我便再一次通读了书稿，进行了再次修改。

这本小书能够出版，首先要感谢中国出版集团东方出版中心刘佩英女士的学术眼光、真诚信赖和不懈催促，我才决定整理并坚持完成这一书稿。她是出版界一位锐意进取的强者，也是睿智精明的智者，曾经在几年前策划编辑了我的另外一本小书《一日看尽长安花：中国文学史讲座》，出版后，陆续发行了普通版、典藏版、珍藏版等，先后一共再版了十余次。我一直心存感激，难以忘怀！感谢责任编辑冯媛君，她认真负责、热忱敬业，为书稿从转录修改、加工提高，到编辑出版，付出了极大的辛劳。

希望有更多的读者能看到并喜欢这本小书。

程郁缀

2020年7月16日于北京大学燕园大雅堂